KB063141

태양의 아이

옮긴이 오석윤

동국대학교 일어일문학과와 동대학원 석사, 박사 과정 수료.
문학박사(일본현대문학 전공). 번역문학가. 현대그룹 인재개발원
주임교수를 지냈고, 동국대학교 일본학연구소 전임연구원을 했으며,
동국대 일어일문학과와 광운대 일본학과에서 강의했다.

太陽の子

written by Haitani Kenjiro 灰谷健次郎
copyright ⓒ 1978 Haitani Kenjiro

Korean Translation Copyright ⓒ 2002 Tin Drum Publishing company
All rights reserved.
Korean translation edition is published by arrangement with Haitani
Kenjiro Office and Tony International.

이 책은 토니 에이전시를 통해 하이타니 겐지로 사무소와 독점 계약하여
(주)양철북출판사에서 펴냈습니다. 저작권법에 따라 한국 내에서 보호를
받는 저작물이므로 무단 전재와 복제를 금합니다.

태양의 아이

하이타니 겐지로 · 오석윤 옮김

양철북

1

"우아, 저것 좀 봐!"

후짱이 서로 어우러져 날아가는 메뚜기 세 마리를 보며 소리쳤다.

"6학년이나 된 애가 언제나 철이 들지. 저 애는 환갑이 지나도 마찬가지일 거야. 여보, 우리가 정말 대단한 아이를 낳았죠?"

엄마는 어쩔 수 없다는 표정으로 아빠를 돌아다보며 말했다.

아빠는 무덤덤한 얼굴로 고개만 끄떡였다.

메뚜기 세 마리는 나란히 붙은 채 세 차례나 더 날았다.

"사이가 참 좋구먼."

후짱이 어른스런 말투로 중얼거렸다.

메뚜기는 한차례 더 날더니 시야에서 사라졌다. 후짱이 키득키득 웃었다.

"왜 그러니?"

엄마가 물었다.

"왜냐고? 꼭 아빠 같잖아."

그러더니 후짱이 이내 말을 바꾸었다.

"아니, 엄마인지도 몰라."

"그러고 보니 맨 밑에 있는 놈이 제일 튼튼해 보여. 그렇죠,
여보?" 하고 말하는 엄마의 얼굴이 조금 어두워졌다.

세 사람은 소풍 가는 차림이었다. 후짱은 흰 스웨터를 입고
꽃무늬 물통을 어깨에 멨다. 엄마가 들고 있는 멋진 삼베 가
방에는 아침에 후짱과 함께 만든 도시락이 들어 있었다. 아빠
는 등산용 모자에다 감빛 조끼까지 입어서 두말할 필요 없는
하이킹 차림이었다.

조금 전까지만 해도 황금빛으로 물들기 시작한 벼가 사방
에 보였는데, 어느덧 세 사람은 언덕길로 접어들고 있었다.
고추잠자리가 끈질기게 주위를 맴돌았다.

후짱이 노래를 흥얼거리며 쉴 새 없이 뜀박질을 했다. 후짱
은 이마에 땀이 송골송골 맺혔다. 엄마는 후짱의 가뿐한 몸놀
림이 마치 흰나비가 노니는 것 같다고 생각했다. 그런 생각을
하니 기분이 한결 가벼웠다.

하늘은 모든 것이 풍덩 빠질 만큼 푸르렀다. 이따금 떠 있
는 흰 구름이 하늘빛을 한층 짙게 만들었다.

고추잠자리가 점점 많아졌다. 후짱은 헤엄치듯 잠자리 사
이를 뛰어다니며 "아빠!" 하고 소리쳤다. 아빠는 여전히 웃지

도 않고 무겁게 고개만 끄덕였다.

후짱은 재빠르게 아빠 곁으로 와서는 아빠 허리에 손을 대고 영차영차 하며 앞으로 밀었다. 아빠는 응응 하면서 몸을 약간 뒤로 젖힌 자세로 떠밀려 걸었다. 후짱은 어쩐지 가벼운 물건을 밀고 있는 것처럼 느껴져 슬픈 생각이 들었다.

'전에는 이렇지 않았는데.'

그렇게 언덕 꼭대기까지 아빠를 떠밀며 올라와 보니, 사방이 온통 붉디붉은 꽃무릇으로 뒤덮여 있었다. 후짱은 순간 숨을 삼키며 무슨 놀라운 물건이라도 발견한 듯 눈빛을 반짝였다.

"참 곱구나!"

후짱은 엄마의 감탄에도 아무런 대꾸를 할 수 없었다.

그런데 언뜻 볼 때는 사방이 꽃무릇 천지인 것 같았는데, 가만 보니 꽃무릇이 'ㄷ' 모양으로 군락을 이루고 있었다. 이곳은 한때 논이었다가 지금은 황폐해지고, 논두렁을 따라 꽃무릇만 빽빽하게 피어 있었다.

그때 후짱이 갑자기 아빠의 손을 잡아끌면서 앞으로 달리기 시작했다.

"위험해. 그러다 아빠 넘어지실라!"

엄마가 놀라서 소리쳤지만, 후짱은 웃음소리만 남기고 금세 눈앞에서 사라졌다.

"위험해, 위험하다니까!"

함께 달리던 아빠가 되풀이했지만, 정말로 위험을 느끼는 기색은 아니었다.

"위험하지 않아, 위험하지 않다니까."

후짱은 아빠의 말투를 흉내 내면서 온몸으로 가을바람을 가르며 달렸다. 엄마가 보기에는 후짱과 아빠가 꽃 속으로 아스라이 사라질 것만 같았다.

'후짱의 흰 스웨터가 저 새빨간 꽃무릇 바다에서 숨바꼭질하다가 슬그머니 그 바다에 잠겨 버리는 건 아닐까.'

엄마는 불안한 마음에 두 사람을 쫓아갔다. 아니나 다를까 아빠는 몹시 지쳐서 땅바닥에 털썩 주저앉아 있었다.

"미안, 미안."

후짱은 숨을 헐떡이는 아빠의 등을 토닥이면서 엄마의 화난 얼굴을 장난기 어린 눈으로 쳐다보았다.

"후짱은 나빠."

엄마가 눈을 흘겼다.

"여보, 괜찮아요?"

아빠는 그저 고개만 끄덕였다.

세 사람이 앉아 있는 언덕은 온통 꽃무릇 천지였다.

"참 곱기도 해라. 그렇죠, 여보?"

아빠의 거친 숨결이 가라앉자, 엄마는 안심이 된 듯 말을 건넸다.

"후짱, 좀 이르긴 하지만 여기서 점심을 먹으면 어떻겠니?"

"좋아요!"

후짱의 손은 벌써 엄마가 든 가방에 가 있었다.

소나무, 대나무, 매화나무와 학이 그려진 삼단 도시락은 꽤 묵직했지만, 신이 난 후짱에게는 가볍기만 했다. 도시락 맨 아래층에는 팥과 찹쌀로 만든 주먹밥이, 그 위층에는 밀가루, 흑설탕, 참깨를 반죽해서 기름에 튀긴 류큐* 과자가 맨 위에는 오징어 다시마말이, 빨간 생선묵, 홍백의 땅콩 들이 빛깔도 곱게 모자이크 모양으로 담겨 있었다.

"온통 빨간색이네."

"정말…."

후짱이 주위에 흐드러지게 핀 꽃무릇과 도시락을 번갈아 보고는 저도 모르게 소리쳤다. 도시락은 오키나와에서 3월 명절에 만드는 류큐 요리 가운데 하나였다.

"엄마는 어릴 적에 3월 삼짇날이 제일 즐거웠어. 그날은 어느 집이나 여자들이 하루 종일 신이 나서 도시락을 만든다고 법석이었지. 정말 공을 많이 들여서 만들었단다. 만드는 어른이나 옆에서 거드는 아이나 모두 가슴을 두근거리면서 말이야. 정말 즐거웠지. 그 이튿날은 '바다 나들이'라고 해서 바다가 훤히 보이는 곳으로 나가서 도시락을 먹는데, 그게 도시락만 먹는 게 아니야. 누구네 집 도시락이 제일이라는 둥, 올해도 역시 아무개네 집 도시락이 제일 맛있다는 둥, 그 야단법석이라니, 말도 못 하지. 말하자면 도시락 경연 대회였어. 정성 들여 만든 음식을 이웃들과 나눠 먹으며 자랑하는 것

* 오키나와의 옛 이름.

도 재미였고. 남에게 자랑한다는 건 자랑을 하는 쪽이나 듣는 쪽이나 좀 쑥스러운 일이지만, 그날만큼은 예외였어. 다들 넉넉한 마음이었지. 엄마의 엄마, 그러니까 외할머니는 3월 요리의 명인이셨다. 할머니와는 견주어 보나마나라며 모두들 손사래를 쳤지. 엄마는 어린 마음에도 그게 얼마나 우쭐했는지 몰라. 언제 한번 후짱에게도 그 도시락 요리를 만들어 줄게."

엄마가 늘 입버릇처럼 하는 말이었다. 후짱은 이제야 말로만 듣던 엄마표 도시락 요리를 먹을 수 있게 된 셈이다.

엄마가 가을에 무슨 3월 명절 음식이냐고 슬그머니 빼려는데, 입으로만 잘한다면 누가 명인이 못 되겠느냐고 후짱이 다그쳤다.

"정말 얘한텐 못 당하겠다니까."

엄마는 결국 손을 들고 말았다.

"어떠니? 이 명인의 솜씨가."

엄마가 주먹밥을 맛있게 먹고 있는 후짱에게 물었다.

"명인의 수제자라고 해야 맞지."

"수제자는 옛날 이야기고, 그사이 수업을 많이 했으니까 이젠 나도 명인이야. 그렇죠, 여보?"

아빠는 그저 고개를 한번 끄덕이고는 주먹밥 한 덩어리를 집어 들었다.

"저것 보렴. 아빠가 드시는 걸 보면 알 수 있잖니."

"맞아."

후짱은 순순히 인정을 했다. 사실 요즘 아빠는 부쩍 식욕을 잃었다. 물론 엄마도 알고 있다.

"엄마가 해 준 특별 요리를 이러쿵저러쿵했다간 벌을 받지. 그래요, 정말 맛있다. 맛있어."

후짱이 한껏 밝은 목소리로 말했다.

"진짜 칭찬하는 거냐?"

엄마가 짐짓 의심스런 듯 되물었다.

후짱은 웃으면서 주먹밥 한 덩어리를 아빠에게 건넸다.

"정말 경치가 아름답구나. 같은 고베인데도 풍경이 사뭇 다르구나. 미나토 거리하고 여기는 하늘과 땅 차이야."

차를 마시던 엄마가 또 한번 감탄했다.

"미나토 거리는 미나토 거리대로 좋은 데가 있어, 엄마."

"그야 그렇지만."

"엄마는 오키나와의 슈리 태생이지만 나는 고베의 미나토 거리 태생이니까, 미나토 거리를 너무 나쁘게 말하지 마."

후짱은 한 치의 양보도 없이 말했다.

"고베를 나쁘게 말한 건 아니잖니? 고베에도 이렇게 경치 좋은 데가 있구나 하고 감탄했을 뿐이야."

엄마도 지지 않았다.

"하지만 엄마는 툭하면 슈리는 좋은데 고베는 나쁘다고 그러잖아. 그건 편견이야."

"편견? 애가 엄청 어려운 문자 쓰네."

"어제 학교에서 배운 거야. 아직 딱지도 안 뗀 신품이야."

엄마는 웃음을 터뜨렸다.

"오늘은 후짱한테 졌다. 하지만 얼마 안 가서 널 오키나와 당으로 만들어 버릴 테니까, 기다려!"

엄마는 억울한 듯이 말했다.

"나는 고베당이야. 누가 오키나와당이 된대? 아무리 세뇌해도 그건 안 돼."

"세뇌라니. 와, 또 어려운 문자 쓰네."

"하지만 기천천이 세뇌, 세뇌 하잖아. 일본인을 몽땅 세뇌하지 않고서는 오키나와는 절대로 좋아지지 않는다고 큰소리를 땅땅 치거든. 자기도 일본 사람이면서 말이야."

"그러고 보니 후짱한테 어려운 문자를 가르쳐 준 사람이 바로 기천천이구나."

기천천은 후짱의 말씨름 상대였다. 기천천은 집단 취직으로 오키나와에서 왔는데, 지금은 주물 공장에서 일하고 있는 스물한 살 청년이다.

후짱과 엄마가 그런 말을 주고받는 동안, 아빠는 아무 말 없이 음식을 입으로 가져갔다.

"여보, 이제 그만 갑시다."

엄마가 부드럽게 말했다. 행여 아빠가 쌀쌀맞다고 느낄세라 마음 쓰면서 엄마는 도시락을 치우기 시작했다. 아빠가 무슨 말을 하려고 할 때 후짱이 불쑥 손을 뻗었다.

"아빠, 꽃무릇으로 꽃다발 만들자."

그러자 아빠는 어쩔 수 없다는 듯이 후짱의 손을 맞잡았다.

두 사람은 꽃을 따기 시작했다.

꽃무릇은 지금이 한창이었다. 한 송이 한 송이가 얼마나 성성한지, 꺾으면 톡 하는 소리가 났다. 꽃잎이 한 잎 한 잎 가늘게 떨렸다.

"후짱. 꽃무릇에 손이 썩는다는 말이 있어. 손에 진물 묻지 않게 조심해라."

엄마가 주의를 주었다.

후짱은 꺾은 꽃이 한 움큼 되면 아빠에게 건넸다. 아빠는 꽃을 받아들고 말없이 후짱의 뒤를 따랐다.

"와, 이것 좀 봐!"

갑자기 후짱이 놀란 표정을 지으며 호들갑스럽게 소리쳤다.

"엄마, 엄마!"

후짱이 가리키는 곳에 놀랍게도 하얀 꽃이 피어 있었다. 세 사람은 모두 주저앉아서 그 꽃을 보았다.

"하얀 꽃무릇이라니… . 처음 보네요, 여보."

엄마가 한숨짓듯이 말했다. 하얀 꽃무릇은 겨우 서너 송이뿐이었지만, 주위에 핀 다른 꽃들과 결코 섞이지 않는 도도함을 풍기고 있었다.

"참하기도 해라."

엄마는 다시금 감탄했다. 후짱도 정말 그렇다고 생각했다.

"이 꽃무릇은 꺾으면 안 되겠어."

후짱이 말했다. 후짱과 시선이 마주친 엄마도 물론 그렇게 생각하고 있었다.

"여보, 갑시다. 시간이 됐어요."

문득 엄마가 툭 잘라 말하며 일어섰다.

"꽃다발은 나중에 만들자. 응? 후짱."

후짱은 고개를 끄덕였다. 그러고는 아빠의 손을 아까보다도 더 꽉 잡으며 일어섰다. 오른쪽으로 흰 건물이 보였다. 도시락을 먹고 꽃을 꺾을 때도 본 건물이었지만, 처음 보는 듯한 낯선 느낌이 들었다.

세 사람은 걷기 시작했다. 이제 소풍은 끝났다.

세 사람은 이내 흰 건물의 문 앞에 도착했다. 후짱은 '신경정신과'라고 쓴 간판을 보자 반항이라도 하듯 입을 꼭 다물고 쥐고 있던 아빠의 손을 엄마 손에 옮겨 놓았다.

"넌 밖에서 기다릴래?"

엄마가 물었다. 후짱은 고개를 끄덕이고 휙 돌아섰다. 엄마는 어두운 얼굴이었다.

"밖에서 기다릴게."

후짱이 또렷한 목소리로 말했다.

후짱은 병원 안으로 들어가는 아빠와 엄마를 한 번도 뒤돌아보지 않았다.

2

　'데다노후아 오키나와정亭'은 류큐 요리 전문인데, 고급 음
식점이라기보다 끼니를 때우려는 손님들로 붐비는 대중음식
점이다.

　이 식당에서 자랑하는 요리는 돼지고기로 만드는 '라후테'
인데, 입에 넣으면 살살 녹는다. 어떻게 고기가 입에서 녹느
냐고 할지 모르지만, 거기에는 엄마가 자랑하는 대여섯 가지
비법이 있다. 후짱은 아주 어렸을 때부터 엄마를 도왔기 때문
에 물론 그 비법을 잘 알고 있었다.

　그 비법은 끓이기 전에 한번 데칠 것, 물을 쓰지 말고 오키
나와의 소주 '아와모리'를 쓸 것, 두꺼운 냄비를 쓸 것, 급하
게 끓이지 말고 느긋하게 끓일 것, 약한 숯불로 끓일 것 들인
데, 그 이상은 입으로 말해도 소용없다. 어떤 요리나 마찬가
지지만 엄마는 그것을 '정성'이라고 했다.

15

"감이겠지, 뭐."

"감도 감이지만 역시 정성이야. 그 점이 오키나와 요리가 다른 요리와 다른 점이란다."

"그러면 다른 요리는 정성이 안 들어간단 말이야?"

후짱이 입을 삐죽거리면 또다시 오키나와당과 고베당의 논쟁이 벌어지는 것이었다.

데다노후아 오키나와정이라는 식당 이름은 엄마의 먼 친척뻘 되는 할아버지가 손수 지었다. 후짱의 부모는 일흔한 살된 할아버지를 의지하고 고베로 나왔다. 다른 피붙이가 없어서 줄곧 친부모 자식처럼 지낸다. 할아버지는 식당 근처에 있는 아파트에서 혼자 산다. 이제 나이가 있으니 함께 살자고 엄마가 아무리 권해도 결코 응하지 않았다. 그런 점은 분명하게 구분을 짓고 있는 것 같았다.

밤이 되면 식당은 늦게까지 술을 마시면서 떠들어 대는 오키나와 사람들로 가득하다. 할아버지는 늘 웃어른 대접을 받지만, 사람들에게 훈계하거나 지시하는 법이 없었다. 그래서인지 사람들은 할아버지와 의논하기를 좋아했다. 대개 할아버지는 듣고만 있다가 이따금 "그렇구면" 하고 대꾸한다. 그러면 사람들은 '그렇구나, 역시 할아버지도 그렇게 생각하시는구나. 그래, 그래.' 하며 안도하는 듯한 표정을 짓는다.

"바보 같으니. 할아버지는 아무 말씀도 하시지 않았잖아?"

젊은 기천천이 이렇게 삐딱한 소리를 할 때도 있지만 무시당하기 일쑤였다.

그럴 때면 기천천은 자기도 오키나와 사람이면서 "오키나와 사람들은 도통 모르겠다니까" 하고 중얼거렸다. 한번은 기천천이 데다노후아 오키나와정이라는 이름을 트집 잡은 일이 있었다.

"할아버지, 오키나와정은 좋지만, 음 뭐냐, 데다노후아는 군더더기 아닌가요?"

"그런가."

할아버지는 덤덤하게 대꾸했다.

"할아버지, '데다'는 태양 아니면 신이란 뜻이고, '후아'는 아이라는 뜻이지요?"

"그렇지."

"그러니까 데다노후아는 태양의 아이, 신의 아이라는 건데, 그게 그러니까 듣기엔 뭐 그럴듯하지만 옛날에 류큐 국왕도 스스로 데다노후아라고 했잖아요?"

"그래, 그랬던 모양이다."

"슈리*의 데다와 하늘에 빛나는 데다, 함께 영원하소서."

"오모로구나."

류큐의 옛 노래를 '오모로'라고 한다. 기천천이 어디서 그것을 배운 모양이었다.

"할아버지, 이 말은 슈리에 있는 왕과 하늘에 빛나는 태양신이 함께 영원하다는 뜻이지요. 이건 그러니까 할아버지, 이

---

* 류큐 왕이 살던 성이 있던 곳.

건 결국… 할아버지.”

기천천은 아와모리에 취해서 혀가 잘 돌아가지 않았다.

“왕이란 대체로 독재자가 아닙니까? 그러니 말입니다. 왕이 데다의 후아라면 독재자도 데다의 후아가 아닌가 그 말이지요. 그래서 뭐냐, 데다노후아 오키나와정은 말하자면 독재자 오키나와정이란 뜻이 되지 않습니까? 이건 좀 뭣하지 않은가요?”

“이 바보 천치야!”

옆에서 술을 마시고 있던 선배 쇼키치가 느닷없이 기천천의 머리를 한 대 쥐어박았다.

“아야야!”

기천천은 머리를 감쌌지만 쇼키치보다 세 살이나 어린데다가 날마다 직장에서 쇼키치에게 일을 배우고 있는 처지라 맞받아칠 수도 없었다.

“데다노후아가 바로 후짱이야. 태양의 아이는 후짱을 말하는 거라고. 이 식당을 열 때 후짱은 엄마 배 속에 있었어. 씩씩하고 밝은 아이로 자라라고 오키나와정 앞에다가 특별히 데다노후아를 붙였단 말이야. 그렇죠, 할아버지?”

“그랬던가, 참.”

할아버지는 여전히 덤덤하게 대꾸했다.

“거 봐라. 할아버지도 그렇다고 하시잖아. 이러쿵저러쿵 더 트집 잡으면 가만 안 돼!”

어쩔 수 없이 기천천은 머리를 어루만지며 그저 입속말로 투덜거릴 수밖에 없었다.

고베시의 거리는 트럼프 카드를 한 장 한 장 옆으로 죽 늘어놓은 것처럼 보였다. 옛날부터 고베에는 제법 이국적인 이름이 붙은 명소가 많았다. 토어 로드, 외인 묘지, 아메리카 선창, 꽃으로 장식한 시청 광장의 꽃시계, 산노미야역에서 고베 세관으로 통하는 거리인 플라워 로드, 포토 아일랜드니 포트 타워…. 퍽 화려한 인상을 주는 이 거리들이 고베시의 한 얼굴인 것은 틀림없지만, 데다노후아 오키나와정이 있는 미나토 거리는 그런 겉치장을 하려야 할 수 없는 서민들의 거리였다.

미나토 천川의 제방이 발달해서 이루어졌다는 신개발지를 동쪽으로 끼고 바다 쪽으로 내려가면 막다른 지점에 가와사키 조선소가 있었다. 조선소 정문에 이르는 일대는 노동자를 상대로 하는 식당과 술집 따위가 즐비했다. 바로 옆에는 시장이 있어서 새벽부터 떠들썩한 소리가 종일 이어졌고, 밤은 또 밤대로 술꾼들의 노래와 고함 소리가 늦게까지 울려, 도대체 이 거리는 언제 잠자는 시간이 있을까 싶을 정도였다.

고베시의 중심이 산노미야로 옮겨진 뒤로 신개발지는 갈수록 볼 것 없는 거리로 변해 갔지만, 바닷가 쪽은 그와는 상관없이 막노동하는 사람들의 열기로 언제나 활기찼다. 이 시장이 끝나는 지점에 신사神社가 있고, 신사 입구에는 대문인 빨간 도리이鳥居*가 여러 겹으로 서 있다. 그 풍경만 보아도

★ 신사 입구에 세운 기둥문.

19

이곳이 서민들의 거리임을 한눈에 알 수 있다. 거기서 남쪽은 골목이 격자무늬처럼 얽혀 있다. 그 막다른 곳이 항구다. 항구에는 작은 조선소, 배에서 쓰는 기구들을 파는 가게, 창고 따위가 빼곡히 늘어서 있다. 바다는 수많은 거룻배, 예인선 따위로 뒤덮여 있다.

골목에 둘러싸인 집들은 전쟁 피해를 입지 않아서 옛날 모습을 그대로 간직하고 있다. 처마가 얕고 군데군데 회벽이 그대로 남아 있는 집들은 요즘에는 보기 드물다. 너무 낡아서 금방이라도 무너질 듯한 집들이 서로 받쳐 주듯 기대어 서 있다.

이 거리는 주택뿐만 아니라 작은 철공소나 주물 공장, 도자기 공장, 놋쇠를 깎거나 절단하는 공장 겸 상점, 와이어 로프를 파는 가게들이 모여 있어서 치장을 한다는 것 자체가 우스꽝스러운, 항구 도시 고베의 또 다른 얼굴이다.

후짱은 철이 든 이래로 언제나 탕탕탕 쇠붙이 두드리는 소리에 눈을 뜨곤 했다. 제법 쨍쨍한, 그러나 아주 맑은 그 소리가 자명종 역할을 하는 셈이다. 그 소리를 신호 삼아 연달아 여러 가지 잡다한 소리의 홍수가 시작된다.

어디서 기계 돌아가는 소리가 나면 그 소리를 뒤쫓듯이 또 다른 소리가 들린다. 무엇이 튀는 듯한 소리는 전기 용접을 하는 소리다. 후짱은 그 소리로 '아, 로쿠 아저씨가 벌써 일을 시작했구나' 하고 짐작했다. 한쪽 팔이 없는 로쿠 아저씨는 용접 방광면을 머리에 고정시켜 놓고 손쉽게 올리고 내릴 수 있는 방법을 고안했다. 한쪽 팔이 없었지만 로쿠 아저씨는 유

20

능한 용접공이었다.

로쿠 아저씨가 "두 팔이 그대로 있었으면…" 하고 정말 아쉬운 듯이 말할 때가 있다. 샨센*을 타는 솜씨가 일품이었다는 로쿠 아저씨는 샨센을 타고 싶을 때면 자기도 모르게 푸념하곤 했다.

멀리서 개가 낮은 소리로 으르렁거리면, 그것은 고로야 아저씨가 운전하는 크레인이 움직이기 시작했다는 뜻이다. 고로야 아저씨는 지상에서 수십 미터나 높이 솟아올라 있는 상자 안에서 하루 종일 쇠를 잡았다가 놓았다가 하는 일이 싫증도 안 나는 모양이었다. 한번은 후짱이 날마다 저런 좁은 운전석에 있으면 지겹지 않느냐고 물었다.

"지겹다니. 높은 곳에 있으면 내가 무슨 새라도 된 것 같은 기분이 든단다. 뭐랄까? 마치 몸은 사라지고, 그저 마음만 남아 있는 것 같다고나 할까? 마음만 구김 없이 살아 있는 것 같은 그런 기분….”

"하느님같이 된다는 거예요?"

"글쎄, 하느님과 얘기해 본 일은 없지만, 하느님이 되면 그런 기분일지 모르지."

일어나기 전에 이부자리 속에서 그런 대화를 떠올리노라면 후짱은 어쩐지 마음이 포근해지곤 했다.

★ 오키나와 전통 현악기.

3

"아빠, 안녕히 주무셨어요?"

후짱이 언제나처럼 밝은 목소리로 말했다.

"그래."

방 한구석에서 말없이 앉아 있던 아빠가 조용히 고개를 끄덕였다.

"잘 잤니?"

아빠는 후짱의 얼굴을 보지도 않은 채, 어린애가 도리질하듯이 머리를 저었다.

"정말 걱정이네."

낙담한 후짱이 중얼거렸다.

아빠가 잠을 자지 못한 날은 식구들도 괴로웠다. 그런 날이면 아빠가 알 수 없는 말을 더 많이 하기 때문이었다. 섬뜩한 말을 할 때도 있었다.

"휴, 정말 큰일이야."

후짱은 한숨이 나왔다.

"아빠, 슬슬 나가 볼까요?"

후짱이 언짢은 기분을 털어 버리듯이 입을 열었다.

아침 산책은 두 사람의 일과였다. 요즘 들어 아빠는 후짱이 나서지 않으면 먼저 움직이려고 하지 않았다. 그래서 후짱은 매일 아침 아빠와 함께 산책하려고 애를 썼다. 밖으로 나오자 선반 기계 돌아가는 소리가 여기저기서 들려왔다. 이제 크레인 여러 대가 작동하기 시작한 모양이다. 조선소에서 대갈못을 박는 소리가 들렸다. 후짱의 표현대로 '쇠붙이의 심포니'가 시작된 것이다.

"아, 시끄러워!"

후짱은 일부러 호들갑을 떨었지만 사실은 듣기 싫어서가 아니라, 그 심포니를 연주하는 사람들에게 박수를 쳐 주는 기분으로 하는 말이다. 아빠는 역시 아무 대꾸도 없이 조금 나른한 발걸음으로 걷기 시작했다.

"아빠, 어제 그 꽃무릇 생각나요? 왜 그 하얀 꽃무릇 말예요."

"…."

"네잎클로버는 행운을 뜻한다는데 하얀 꽃무릇은 그보다 더 엄청나게 보기 어려운 꽃이라잖아요. 그러니까 어쩌면 우리 집에 굉장히 좋은 일이 생길지도 몰라!"

"…."

"아빠는 그런 생각 안 들어?"

아빠는 마지못해 한번 "응" 하고 대꾸했다.

"하기야 좋은 일이란 그리 쉽게 찾아오는 게 아니지만."

후짱은 자신의 어른스러운 말투가 마음에 들었는지, 혼잣말로 "그래…" 하고 또 한마디를 보탰다.

후짱은 아빠와 산책을 할 때면 늘 오늘처럼 조잘거렸다. 쉴 새 없이 아빠에게 말을 걸고, 가끔씩 떼를 쓰듯 아빠의 대답을 받아 내곤 했다. 반년 전에는 이렇지 않았다. 그때는 대개 후짱이 듣는 쪽이었다. 불과 반년 전까지만 해도….

"봐라, 후짱. 오키나와의 바다 빛이 몇 가지나 되는 줄 아니?"

"응? 난 몰라."

"녀석, 무뚝뚝하긴."

"노을 질 때 말고는 보통 때 바다는 파란색이지 뭐. 파란빛이 조금씩 다를지 몰라도."

"오키나와 바다는 달라. 보통 청색이다 남색이다, 하는 정도가 아니야. 에메랄드 그린이니 울트라 마린이니 하는 사람도 있고, 비취색이다 자남색이다 어려운 말을 쓰는 사람도 있지. 그만큼 오키나와의 바다 색깔은 무궁무진해."

"그건 불공평한데?"

"뭐가?"

"어째서 오키나와 바다만 그렇게 고우냔 말이야."

"하하하. 그렇게 말하면 그렇기도 하구나. 하지만 오키나

와 사람들은 옛날 옛적부터 너무 가난한 데다 고생을 해서 그
저 바다만이라도 좋은 것을 줘야겠다고 하느님이 봐줬는지
모르지.”

아빠는 오키나와에 대해서 많은 이야기를 들려주었다. 오
키나와에서 지낸 어린 시절 이야기를 할 때면 아빠는 눈시울
을 적시곤 했다. 후짱은 그런 아빠의 눈빛을 좋아했다.

“오키나와에는 일본 본토에는 없는 것들이 많이 있어.”

즐거운 듯이 이야기를 시작하면, 그것은 영락없이 어린 시
절에 했던 놀이 이야기였다.

“뭍으로 풀쩍 뛰어오르는 희한한 물고기가 있는데, 나무
위에까지 올라간단 말이야.”

“문절망둑이 말이지? 규슈에도 있다던데?”

후짱이 그렇게 말하면 아빠는 금세 풀이 죽는다. 후짱은 그
럴 때마다 키득키득 웃으며 이야기를 계속 해 달라고 조른다.

“아빠, 그래도 더 이야기해 봐.”

“이번만큼은 진짜 일본 본토에 없는 거다. 찐 고구마를 얇
게 개어서 초롱을 만드는데, 참 희한한 물건이지. 후짱, 그 속
에 뭘 넣을 것 같으냐?”

“초롱이라니까 불을 넣겠지 뭐. 촛불을 넣나?”

“우리 후짱, 상상력이 좀 부족한데.”

“하지만 불을 안 넣는다면 초롱이라고 할 수 없잖아. 아빤
바보네!”

“하하하. 그렇게 화내지 마라.”

"약 올리지 말고 빨리 말해 줘."

"그 속에 개똥벌레를 넣지."

"흐음?"

"고구마의 붉은색과 차가운 반딧불이 섞여서 뭐라 말할 수 없는 부드럽고 고운 빛깔을 내는 거야. 그게 여기저기 떠도는 모습을 보면 진짜 이 세상 물건 같지가 않아."

아빠도 그렇고 엄마도 그렇고 오키나와 이야기를 할 때면 정말 황홀한 얼굴이다. 후짱은 누구에게나 고향은 있겠지만 오키나와 사람들만큼 고향을 소중히 간직하는 사람들도 없을 거라고 생각했다.

"내 고향은 고베가, 아니면 오키나와?"

엄마와 기천천은 "그야 오키나와지"라고 말한다. 아빠가 오키나와 남쪽에 있는 야에야마 제도의 하테루마섬에서 태어났고, 엄마가 슈리에서 태어났으니까 후짱의 고향은 둘 다라고 기천천이 자기 일인 양 자랑스레 말한 적도 있었다.

아빠가 아프기 전에는 할아버지처럼 생각에 잠긴 표정으로 "흠, 이건 어려운 문제구나. 후짱의 고향은 역시 고베와 오키나와 모두라고 해야 할까?"라고 했다. 로쿠 아저씨도 고로야 아저씨도 쇼키치도 "그래. 그렇게 되겠군" 하며 맞장구를 칠 뿐, 어느 누구도 후짱의 고향이 고베라고 말하지 않았다. 고베에게는 너무 억울한 일 같았다.

"내 고향은 고베야. 내가 오키나와를 알게 뭐야."

후짱은 심술궂은 투로 단호하게 말하곤 했다.

"그건 틀린 말이야, 후짱. 태어난 곳은 고베일지 몰라도 후짱에겐 오키나와 사람의 피가 흐르고 있단 말이야. 그러니까…."

기천천이 제법 아는 체를 하며 설교를 시작하면 후짱은 딱 부러지게 말했다.

"어렵게 얘기하지 마, 기천천 오빠. 피는 붉으니까 피란 말이야. 저쪽 사람과 이쪽 사람이 핏빛이 달라?"

"흠."

"그런 소리 하면 기천천 오빠는 고베에서 추방이야."

"얼굴은 귀여운데 제법 야무진 소리를 하네!"

그때마다 기천천은 혀를 내둘렀다.

말은 그렇게 해도 후짱은 속으로 '기천천 오빠도 역시 오키나와를 아주 사랑하는구나' 하고 느꼈다.

기천천은 낡아 빠진 요트를 한 척 가지고 있었다. 이름이 킹 피셔King Fisher인데, 그다지 볼품은 없다. 일본 사람으로는 최초로 태평양을 횡단한 호리에가 같은 요트를 탔다고 한다. 기천천은 그것을 자랑스러워했지만, 데다노후아 오키나와정의 단골손님들은 모두 그 요트의 정체를 알고 있으므로 사정을 잘 모르는 사람들한테나 통하는 이야기였다.

원래 그 요트는 아카시 항구의 한구석에 가라앉아 있었다. 그런데 기천천이 태풍으로 두 군데나 구멍이 나서 버려져 있던 그 폐선을 건네받아 수리를 한 것이다. 반년이나 걸려 수리한 끝에 겨우 탈 수 있게 되었다. 사람들은 그 요트를 '업슬레라 2세'라고 했다.

"애인도 업슬레라(없을레라), 기천천

돈도 업슬레라, 기천천

아무것도 업슬레라, 기천천."

쇼키치가 술에 취해 입에서 나오는 대로 부른 노래가 그대로 그 배의 이름이 된 것이다.

"업슬레라는 그리스신화에 나오는 여신의 이름이지."

잘 모르는 사람에게는 그렇게 꾸며서 이야기하곤 했다.

"아ㅡ, 그래요?"

듣는 사람은 설마 아무것도 없다는 뜻의 '없을레라'라고는 생각하지 못하고 탄복하는 것이다.

기천천은 언젠가 후짱에게 오키나와를 잊지 않으려고 요트를 탄다고 했다.

"오키나와 사람은 바닷사람이기 때문에…."

기천천은 가슴을 활짝 펴고 자랑스레 말했다. 그래서 후짱은 '오키나와 사람은 바다를 참 좋아하는구나'라고 생각했다.

후짱의 아빠도 바다를 사랑했다. 아빠는 곧잘 바다 이야기를 했다.

"낙지 먹는 상어, 그 상어는 말이다, 후짱. 천둥이 치면 구멍에 틀어박혀 꼼짝도 하지 않아. 하하하. 후짱이랑 똑같지. 그런 놈을 꼬리부터 살살 쓰다듬어서 안심시켜 놓고 잡는 거야."

"에이, 얄미워!"

"그건 꾀 싸움이야. 꾀 싸움에서 이긴 사람을 얄밉다고 하면 안 되지."

아빠는 1년에 30센티미터나 자라는 갯가재, 고구마로 게를 잡는 방법을 마치 눈앞에 가재나 게가 있는 것처럼 실감 나게 이야기했다.

"아빠는 만날 놀기만 했나 봐."

후짱이 그렇게 말하면 아빠는 멋쩍게 웃으며 대꾸했다.

"바다가 학교였지."

"아빠 이야기를 듣고 있으면 자연의 모든 생물이 친구인 것 같아."

"그래, 친구라고 할 수 있지. 설령 사람에게 해를 끼치는 동물과도 그런대로 사이좋게 지내거든."

"그게 뭔데?"

"까마귀 말인데, 까마귀는 나쁜 놈이야. 어린 산양의 눈을 파먹지 않나, 병아리를 채 가지 않나, 심지어는 집 안에 들어와 냄비까지 뒤집어엎거든. 그렇게 미운 놈이지만 사람들이 까마귀를 내쫓았다는 말은 못 들었어."

"역시 그놈도 친군가 보지?"

"그건 어쩔 수 없는 거야."

"어쩔 수 없다니?"

"글쎄, 이 세상엔 사람보다 까마귀가 먼저 살고 있지 않았겠니?"

아빠는 후짱과 이야기하고 있으면 참 즐겁고 재미있다는
생각에 껄껄 웃었다.

'얼마 전까지만 해도 아빠와 한 이야기는 늘 그랬는데….'
반년 사이에 아빠는 무척이나 변했다. 아빠가 먼저 말문을
여는 일이 거의 없어졌다. 어느새 웃는 것도 잊어버렸고, 갑
자기 후짱을 껴안고 우는가 하면, 오랫동안 방구석에 틀어박
혀 골똘히 생각에 잠기곤 했다. 어쩌다 식당에 나와 음식 만
드는 것을 거들 때도 설탕과 소금을 분간하지 못하기도 했다.
그래서 엄마가 큰 냄비에 가득 담긴 돼지고기를 울면서 내다
버린 적도 있었다. 아빠의 눈이 조금씩 빛을 잃어 가는 것을
후짱도 느낄 수 있었다.
"병은 꼭 낫게 마련이야, 후짱. 무슨 수를 써서라도 아빠를
예전의 모습으로 만들자, 우리. 살면서 고생만 실컷 하신 아
빠가 불쌍하구나."
엄마는 꼭 한 번, 울면서 후짱에게 그렇게 말했다.
"우는 것은 이번 한 번뿐이다. 운다고 아빠가 좋아질 리도
없고, 엄마는 이제부터 울지 않을 거야."
엄마는 울고 나서 결심한 듯이 단호하게 말했다.

4

"아빠, 저 크레인에 고로야 아저씨가 타고 있어요."

데다노후아 오키나와정에서 남쪽으로 쭉 내려가면 항구가 나온다. 항구에는 물에 떠 있는 커다란 조선소가 있고, 그 옆에는 크레인 몇 대가 서 있다. 그중에서 제일 안쪽에 있는 것이 고로야 아저씨의 크레인이다.

"고로야!"

후짱은 목청껏 부르며 손을 흔들었다. 물론 들릴 턱이 없으므로, 고로야 아저씨의 크레인은 계속 으르렁거리며 좌우로 움직였다. 고로야 아저씨는 아빠의 친구이다. 동갑내기인데다가 오키나와에서는 줄곧 아빠와 함께 지냈다. 함께 포탄 속을 뚫고 나와 감자 한 알도 나눠 먹은 사이란다.

마흔다섯 살이나 된 어른을 "고로야"라고 부르는 것은 아빠 흉내를 낸 것이다. 어려서 말도 제대로 못 하던 후짱이 아빠가 "고로야, 고로야" 하고 부르는 것을, "고로쟈, 고로쟈" 하고 흉내를 내다가 그대로 굳어 버린 것이다.

"어른한테 그럼 못써. 아저씨라고 하든지 가네시로 아저씨라고 해야지."

후짱은 엄마에게 꾸중을 듣고 딱 한번 "가네시로 아저씨"라고 부른 적이 있었다. 후짱이 "가네시로 아저씨"라고 부르자 고로야 아저씨는 웃음을 터뜨렸다.

"그게 무슨 뚱딴지같은 소리냐?"

후짱도 웃음을 터뜨렸고, 결국 예전처럼 "고로야"로 부르게 되었다.

"아빠, 오늘은 바다가 너무 넓어 보여."

후짱이 고로야 아저씨에게 인사를 하고 암벽을 따라 서쪽으로 걷다가 바다를 보며 깜짝 놀란 듯이 말했다. 보통 때는 일거리가 없는 거룻배가 꽉 차 있어 바닷물이 보이지 않을 정도였다.

"오늘은 일이 많았나 봐, 아빠."

요즘은 트럭에 일을 뺏겨 거룻배 일거리가 별로 없었다. 바닷물이 보이지 않으면 그래서 이중으로 슬픈 일이었다.

후짱은 아빠 손을 놓고 뛰기 시작했다. 그리고 50미터쯤 앞질러 가서 큰 소리로 아빠를 불렀다. 아빠는 천천히 걸어왔다.

"깅 아저씨 배도, 하나부사 아저씨 배도 나갔나 봐."

후짱이 들뜬 목소리로 말했다. 독신자인 깅 아저씨는 조금이라도 돈을 벌면 기분 나는 대로 써서 언제나 엄마한테 타박

을 받았다. 지난주 토요일에는 킹 아저씨가 하나부사 아저씨
네 딸, 마리를 동물원에 간다며 데리고 갔다.

"마리야, 동물이 많던?"

마리 엄마가 돌아온 마리에게 물었다.

"많아."

이제 막 말을 배우는 마리가 신이 나서 대답했다.

"어떤 동물?"

"말."

"그래? 말하고 또 무슨 동물이 있었지?"

"응. 말."

"기린이나 코끼리는?"

"아니 말, 말뿐이야."

그때 킹 아저씨가 슬금슬금 도망치려다가 마리 엄마에게
붙잡히고 말았다.

"킹 아저씨!"

마리 엄마는 킹 아저씨에게 눈을 흘겼다.

"아이구….."

킹 아저씨는 머리를 감싸 쥔 채 작은 목소리로 용서를 비는
시늉을 했다. 동물원이 아니라 경마장에 데려갔기 때문이다.
경마장에 갔던 마리가 진짜 동물원에 가게 된다면 그곳을 어
디라고 생각할까?

"아빠. 킹 아저씨는 오늘 밤 이라부 요리를 시킬 거야."

킹 아저씨는 돈이 생기면 이라부 요리를 주문했다. 이라부

33

는 바다뱀을 말한다. 이라부 훈제와 다시마를 오래 삶은 것을 '이라부신지'라고 하는데, 이라부신지는 류큐 요리 중에서도 고급 요리에 속한다. 킹 아저씨는 오키나와 사람은 아니지만, 오키나와 사람보다도 류큐 요리의 진미를 잘 알고 있었다.

"엄마에게 이라부 요리를 만들어 달라고 하자, 아빠."

"음."

아빠는 내키지 않는 듯 마지못해 대꾸를 하고는 물끄러미 바다 저쪽을 바라보았다.

후쩡은 야에야마로 돌아가고 싶냐고 물으려다가 입을 다물었다. 그렇게 물으면 어쩐지 아빠가 마음이 아플 것 같았기 때문이다.

"가요."

후쩡은 왠지 슬퍼져서 아빠의 팔을 힘껏 끌어안았다.

산책에서 돌아오니 엄마는 장을 봐 와서 한참 재료를 다듬고 있는 중이었다. 솥에는 물이 펄펄 끓고 있었다. 개수대에는 깨끗이 씻은 고기 내장이 아직 번질거리는 빛깔로 놓여 있었다. 말린 바다아사*는 물에 불려서 소쿠리에 담아 놓았다. 고깃덩어리는 비닐봉지째 부엌 바닥에 부려져 있었다. 맛있는 기름 냄새가 식당 안을 은근히 떠돌았다.

두 사람이 들어서자, 엄마는 급히 꼭지를 돌려 가스 불을 약하게 줄였다. 너무 바쁘게 돌아가는 모습이 아빠의 신경을

★ 해초의 일종.

자극하지 않도록 작은 것까지 마음을 쓰는 것이다.

그날 아침 아빠는 토스트 두 조각을 먹었다. 아빠가 토스트 두 조각을 다 먹을 때까지는 특별히 평소와 다른 구석은 찾을 수 없었다.

"엄마, 오늘 아침 항구에 갔는데, 깅 아저씨랑 하나부사 아저씨네 배가 보이지 않았어."

"그래? 일거리가 있었나 보구나. 잘됐다."

"깅 아저씨가 또 '이라부 2인분!' 이렇게 소리치며 가게에 들어오게 생겼어."

"그럼 이라부신지를 만들어야겠구나."

둘이서 그런 말을 주고받고 있을 때였다. 문득 고개를 돌려 보니 아빠가 손을 부들부들 떨고 있었다.

"여보, 왜 그래요?"

엄마가 놀라서 물었다. 아빠가 뭐라고 말하는 것 같았다.

"뭐라고요? 틀렸다고요? 뭐가 틀렸어요?"

엄마가 여러 번 되물었다. 대답 대신 아빠가 벌떡 일어섰다.

"여보!"

엄마는 겁에 질린 듯한 목소리를 냈다. 아빠가 맨발로 가게에 뛰어 들어온 것이다.

"여보!"

엄마는 찢어지는 듯한 소리를 질렀다. 그리고 아빠의 허리를 감싸안았다.

"후짱! 할아버지를 모셔 와라! 어서 할아버지를 모셔 와!"

후짱은 맨발로 내달렸다. 다리가 후들거려 금방이라도 고꾸라질 것 같았다. 할아버지는 후짱의 얼굴을 보자마자 무슨 일이 생겼는지 알아차린 듯싶었다. 두 사람은 숨이 턱까지 차서 헐떡이며 달렸다. 식당에 들어섰을 때 아빠는 손에 무엇인가 시꺼먼 것을 들고 우뚝 서 있었다. 그것은 이라부 훈제였다.

"누가 후짱을 죽이려고 한다니까, 후짱을 죽이려고 한다고…."

아빠는 고기를 손으로 찢으면서 계속 중얼거리고 있었다.

5

아빠는 이내 진정을 되찾았지만 후짱은 가슴이 두근거리
는 걸 쉽게 가라앉힐 수 없었다. 종일, 그것도 이른 아침부터
아빠가 무서운 말을 입 밖에 낸 것은 처음 있는 일이었다. 후
짱이 아빠가 이라부 훈제를 손으로 찢는, 무서운 모습을 눈앞
에서 본 것도 처음이었다.

"할아버지, 오늘은 쭉 우리 집에 계셔요. 엄마 곁을 떠나면
안 돼요."

후짱은 떨리는 목소리로 말했다. 그렇게 말하고 난 후짱은
깜짝 놀란 눈으로 엄마와 아빠의 얼굴을 보았다. 그리고 자기
가 한 말을 믿을 수 없다는 듯이 소리쳤다.

"아니야! 아니야!"

후짱은 어쩔 줄 몰랐다.

"아빠, 아빠, 잘못했어요."

후짱이 울먹이며 아빠의 가슴에 파고들었다.

할아버지가 등 뒤에서 후짱의 어깨를 따뜻하게 어루만졌다.

그날 후짱은 학교에 지각했다. 좋아하는 만들기도, 체육도 재미없었다.

"오미네, 너 왜 그러니?"

5교시쯤 되어 담임인 가지야마 선생님이 후짱에게 물었다.

"아니에요."

후짱은 아무 일도 없다는 듯이 고개를 저으며 미소를 지었지만, 그 웃는 얼굴에 평소의 씩씩함은 보이지 않았다. 가지야마 선생님은 하루 종일 후짱이 마음에 쓰였다.

"아빠는 좀 어떠시니?"

가지야마 선생님은 창밖의 경치를 보는 척하면서 슬쩍 물었다.

후짱이 몸을 쭈뼛거렸다.

"많이 안 좋으시니?"

후짱은 고개를 끄덕였다.

"그랬구나."

얼굴이 어두워진 가지야마 선생님이 한숨을 내쉬었다. 젊은 가지야마 선생님은 이럴 때 후짱을 어떻게 위로해야 할지 몰랐다. 후짱은 어깨를 떨어뜨린 채 교탁 쪽으로 걸어가는 가지야마 선생님을 보며 어쩐지 자신이 나쁜 일을 한 것처럼 느껴졌다.

후짱은 한 가지 일을 계속 생각하고 있었다. 난생처음으로

아빠가 무서웠던 것이다. 그래서 자기도 모르게 할아버지에
게 엄마 곁에 있어 달라고 부탁했던 것이다. 왜 그랬을까. 마
치 아빠가 엄마에게 무슨 해를 끼치는 짐승이나 되는 것처럼.
지금이야 그렇게 냉정하게 따져 볼 수도 있는 일이지만, 그
순간은 역시 아빠가 무서웠다. 아빠가 무서워졌다니….

"오미네!"

가지야마 선생님이 큰 소리로 불렀다.

"오늘은 그만 집으로 돌아가거라."

가지야마 선생님이 후짱 곁으로 왔다.

"집에 돌아가서 아빠를 돌봐 드려야지. 공부도 중요하지만
아빠가 더 중요해."

후짱은 순순히 책가방을 챙기기 시작했다. 인사를 하고 돌
아서려는데 가지야마 선생님이 갑자기 후짱의 얼굴을 자신의
품으로 와락 당겼다. 후짱은 가슴이 저려 오는 것을 느꼈다.

후짱은 식당까지 한달음에 달렸다. 엄마와 할아버지는 개
수대에서 돼지 귀에 있는 털을 뜯고 있던 참이었다.

"후짱 왔니? 그런데 오늘은 웬일로 이렇게 일찍 왔니?"

"응."

후짱은 조퇴했다고 굳이 말하지 않았다.

"아빠는?"

"안에 계신다."

"별일 없었어요?"

후짱은 숨을 죽여 작은 소리로 물었다. 엄마는 웃으며 고개

를 끄덕였다.

"할아버지, 다녀왔습니다!"

후짱은 마음이 놓였는지 이번에는 큰 소리로 인사를 했다.

"참 빨리도 인사한다."

엄마가 나무랐다.

"그래, 그래, 어서 오너라."

할아버지는 지긋이 웃으며 대답했다. 후짱은 방으로 올라가 아빠에게 말을 건넸다. 아빠는 벽 쪽을 향해 가만히 앉아 있다가 후짱의 목소리를 듣고 고개를 돌렸다. 아빠는 눈언저리가 거무스름했다.

"아빠, 다녀왔습니다."

아빠는 대답 대신 갑자기 후짱을 끌어안고 힘없이 울기 시작했다. 아빠의 마음은 아침 그대로였던 것이다. 병든 마음 그대로.

저녁이 되자 데다노후아 오키나와정은 여느 때와 다름없이 떠들썩했다. 엄마는 재바르게 움직였다. 로쿠 아저씨는 좋아하는 아와모리 술을 마시고, 기천천은 돼지 족발로 만든 아시테비치를 곱빼기로 시켰다. 고로야 아저씨는 취해서 〈고양이 윤타〉라는 노래를 흥얼거리고 있었다. 엄마도 할아버지도 아침 일은 누구에게도 말하지 않은 모양이다. 아빠를 위해서도 평소처럼 지내는 것이 좋다고 생각하는 듯했다.

7시쯤, 가지야마 선생님이 문병을 왔다.

"좀 어떠십니까?"

엄마는 급히 가지야마 선생님을 한쪽 구석으로 이끌고 갔다. 후짱이 식당에 나왔을 때, 두 사람은 아무 일도 없었던 듯한 얼굴이었다.

"후짱, 저녁 먹었니?"

가지야마 선생님은 밝은 목소리로 물었다. 교실에서는 '오미네'라고 성을 부르지만 교실 밖에서는 '후짱'으로 통한다. 가지야마 선생님은 다른 아이들한테도 그렇게 했다.

"안녕하세요, 선생님."

후짱도 큰 목소리로 인사를 했다.

"후짱 담임선생님이세요?"

옆에 있던 기천천이 입을 열었다. 후짱이 눈을 흘겼지만 기천천은 못 본 체하고 술 주전자를 들고 가지야마 선생님 곁으로 다가왔다.

"선생님이 참 젊으시군요. 저와 비슷한 나이 아닙니까?"

"스물넷입니다."

가지야마 선생님은 웃는 얼굴로 대답했다.

"몇 살이든 무슨 상관이야? 기천천 오빠는 저리로 가."

후짱이 짜증을 냈지만 기천천은 개의치 않았다.

"후짱은 학교에서 잘하고 있나요?"

"잘하고말고요. 저도 예뻐하고 있지요."

"우우!"

기천천이 괴상한 소리를 냈다. 그러고는 손가락을 딱 소리나게 통기더니 금방 활짝 웃는 얼굴이 되었다.

"그러면 그렇지. 후짱은 오키나와 애거든요."

기천천은 마치 후짱이 자기 혈육이나 되는 듯 가슴을 활짝 펴고 뽐냈다.

"바보! 난 고베 아이야."

후짱이 큰 소리로 맞받았다.

"정말 큰일이야. 선생님, 좀 보세요. 얘는 어느새 오키나와 아이라는 걸 잊어버리고 저런 소리를 한단 말입니다."

기천천이 기가 차다는 투로 이야기하자 가지야마 선생님이 웃음을 터뜨렸다.

"그만하고 술이나 마십시다."

기천천은 가지야마 선생님에게 아와모리를 따랐다.

"이건 웃을 일이 아녜요. 그렇지 않습니까, 선생님? 학교에서 오키나와에 대해 단단히 가르쳐 주세요. 그게 일본이란 나라를 좋은 나라로 만드는 지름길이거든요."

"어째서 오키나와 이야기를 가르치면 일본이 잘된다는 거야?"

옆에서 돼지갈비를 뜯던 깅 아저씨가 어리둥절한 얼굴로 물었다.

"그건 말이지….."

기천천이 한바탕 연설을 시작하려고 하자 로쿠 아저씨가 재빨리 끼어들었다.

"그렇게 백날 떠들어 봤자 오키나와를 몰라. 오키나와 술을 마시고 오키나와 노래를 듣고 할아버지나 고로야에게 오키나와 이야기를 들으면 되는 거야. 그러면 되는 거라고. 후짱 선생님, 가끔 이 식당에 들르시오."

"예."

가지야마 선생님은 초등학생처럼 대답했다.

"맞아, 그 말이 맞다."

기천천도 다소 반성하는 눈치였다. 기천천은 아시테비치를 접시에 담아 가지고 와서 가지야마 선생님에게 권했다.

"갑자기 싹싹해졌구나."

쇼키치가 놀려 댔다. 고로야 아저씨는 숙주 볶음 요리를 가지야마 선생님에게 권했다.

"숙주와 두부를 돼지기름에 볶은 겁니다. 오키나와에서는 아주 흔한 서민 요리인데, 만들기도 쉽고 영양도 좋아 경제적이지요."

"아, 예예."

가지야마 선생님은 연거푸 감탄하면서 음식을 입으로 가져갔다. 가지야마 선생님이 감탄한 것은 음식 맛뿐이 아니었다. 데다노후아 오키나와정에는 손님이 열 사람쯤 있었는데, 모두가 형제같이 정다워 보였던 것이다. 가지야마 선생님이 초면인데도 스스럼없이 대했다. 후짱의 엄마는 그런 사람들을 보며 흐뭇하게 웃었다. 가지야마 선생님은 데다노후아 오키나와정의 분위기에 흠뻑 빠졌다.

가지야마 선생님은 후짱에게 세 번째 잔을 받은 다음, "참 기분 좋은데요, 기천천 선생" 하며 기천천에게 악수를 청했다. 가지야마 선생님은 매우 흐뭇한 모양이었다.

"후짱, 기천천 선생은 원래 이름이 뭐니?"

후짱은 시치미를 떼고 대답했다.

"기천천이요."

"이 바보!"

기천천이 토라진 시늉을 했다.

"알았어, 알았어."

후짱은 기천천의 잔에도 술을 따랐다.

이때 고로야 아저씨를 앞세우고 아빠가 식당에 나타났다. 고로야 아저씨는 쉬지 않고 아빠의 등을 쓰다듬고 있었다. 엄마와 할아버지는 서로 얼굴을 쳐다보았다.

"집에만 틀어박혀 있으면 몸에 안 좋아. 오늘은 후짱의 선생님도 오셨고 하니 좀 마시자고. 어때, 나오?"

오미네 나오. 그러니까 '나오'는 아빠의 이름이다.

아빠는 고개를 끄덕였다.

"아빠, 술 마셔?"

후짱은 신이 난 목소리로 말했다.

"가지야마입니다."

가지야마 선생님은 자리에서 일어나 아빠의 손을 잡았다. 여전히 아빠는 고개만 끄덕일 뿐이었다. 아빠가 여러 사람들 틈에서 술을 마시는 것은 실로 오랜만의 일이었다.

엄마도 할아버지도 그리고 후짱도 조금은 걱정스러웠지만 아빠는 생각보다 상태가 좋아 보였다.

6

고로야 아저씨가 〈고양이 윤타〉를 부르기 시작했다. 고로 야 아저씨가 오키나와 민요 중에서 후짱이 제일 좋아하는 노래니까 가지야마 선생님에게 한번 들려주자고 말했기 때문이다.

"노랫가락 중에서 고양이 울음소리가 후렴으로 들어가는데, 이건 여자가 부르는 대목이지요. 후짱이 그 대목을 참 잘 부르거든요. 선생님, 들어 보세요."

"싫어!"

후짱이 도망치려고 했지만, 가지야마 선생님은 재촉하듯 박수를 그치지 않았다.

"야에야마의 노래지요. 후짱 아버지네 고향 노랩니다."

전에 없이 할아버지가 샨센을 타겠다고 나서는 통에 후짱은 항복하고 말았다.

"할아버지의 샨셴이라면 내가 봐줘야지."

로쿠 아저씨가 맞장구를 쳤다. 로쿠 아저씨는 자신이 샨셴
을 타지 못하게 된 후로 할아버지 말고 다른 사람이 샨셴을
타면 속상해했다.

샨셴 소리가 울렸다.

"가ー라ー다ー기ー누

마타 유이 사누

구스ー나ー나가

마타 먀우 먀우

효ー우ー호ー카ー라

다ー요ー쯔"

약간 애조를 띠지만 결코 어둡지 않은 선율이 낭랑하게 울
려 퍼졌다. 밀려오는 밀물같이, 또는 빠져나가는 썰물같이 로
쿠 아저씨는 마음을 모아 열심히 노래했다. 2절부터는 후쨩
이 후렴 부분을 불렀다.

"우ー후ー다ー기ー누

마타 유이 사누

스바ー나ー나가

마타 먀우 먀우"

"여기가 고양이 울음소리죠."

기천천이 가지야마 선생님에게 일러 주었다.

후쨩의 목소리는 높고 맑았다. 미묘한 가락인데 조금도 어색하지 않고 매끄럽게 넘어갔다. 가지야마 선생님은 문득 오키나와의 푸른 하늘을 떠올렸다.

"효―우―호―카―라 다―요―쯔"

모두가 합창하는 동안 후쨩은 가지야마 선생님을 위해서 오키나와 말로 된 가사를 일본 본토 말로 바꿔 속삭여 주었다.

고양이가 새끼를 낳았다네

일곱 마리 낳았다네

다섯 마리에게 젖을 빨리고

일곱 마리에게 젖을 빨리고

몹시 배가 고파졌다네

바닷물이 빠졌기에

갯가에 달려가서

여기저기 찾다가

부부 낙지를 보고 잡았다네

그런데 사람한테 들켜서

파초 밧줄로 꽁꽁 묶여

커다란 집 안으로 끌려갔다네

큰 기둥에 묶여

쌀밥을 먹게 되어도

생선국을 먹게 되어도
다섯 마리 새끼 생각이 나서
일곱 마리 새끼 생각이 나서
목구멍으로 넘길 수가 없었다네

후짱은 담담하게 읊어 나갔다.
"이건 고양이 이야기가 아닙니다, 선생님."
기천천은 가지야마 선생님의 귀에다 대고 속삭였다.
"이건 인두세人頭稅에 사무친 원한의 노래지요."
"예?"
"사키시마*에서만도 정말 무지막지하게 세금을 긁어 갔지요. 열다섯 살부터 세금을 빼앗기기 시작해서 쉰 살이 되면 너나없이 파파 늙은이가 되었지요. 푸성귀를 심어도 관에 공출당하니, 나중엔 들풀까지 돼지기름에 볶아서 먹었다는 거 아니에요. 달팽이가 진수성찬이었다니까 얼마나 지독했는지 알 만하잖아요?"
가지야마 선생님은 인두세의 고통을 덜기 위해 병자나 불구자를 죽였다는 끔찍한 전설이 야에야마에 있다는 이야기를 떠올렸다.
"관리에게 혹사당해도 말 한마디 못 했지요. 땔나무를 해 오래도 예, 물을 길어 오래도 예, 몸을 씻겨 달라 해도 예, 영

---

* 오키나와 남부의 섬들.

락없는 노예였단 말이오. 관리들은 마음에 드는 여자가 있으면 처녀든 남의 여편네든 제멋대로 끌어갔지요. 끌려간 여자의 사무치는 원한을 고양이 신세에 빗대서 노래한 것이 바로 〈고양이 윤타〉지요."

"후짱은 이 노래의 뜻을 알고 있습니까?"

가지야마 선생님은 언뜻 후짱 쪽을 보며 물었다.

"처음엔 그저 먀우먀우 하는 고양이 울음소리가 재미있어 흉내를 냈지만, 지금은 뜻을 제대로 알지요."

기천천은 당연하다는 듯 말했다. 후짱이 겨우 열두 살 난 소녀인지라 가지야마 선생님은 으음, 하고 입을 다물었다.

샨센 가락이 한층 높이 울렸다. 후짱은 아와모리를 마시고 있는 아빠의 눈빛이 아주 편안해 보여 기뻤다.

'아빠도 오키나와 노래를 무척이나 좋아하니까.'

후짱은 아빠를 생각하며 노래 끝에 나오는 후렴구를 더욱 목청껏 불렀다.

"브라보!"

깅 아저씨가 소리쳤다.

"야, 그 빠다(버터) 냄새 좀 집어치워!"

기천천이 투덜댔지만 깅 아저씨는 또 한번 브라보를 외치고 미친 듯이 박수를 쳤다. 가지야마 선생님도 힘껏 박수를 쳤다.

"오키나와 노래는 참 좋거든!"

깅 아저씨는 흥분이 가시지 않는 목소리였다.

"그렇게 오키나와의 먹거리나 노래만 좋아하지 말고, 오키나와에 대해 진짜 공부를 좀 하라고."

기천천이 또 한번 퉁을 놓았다.

가지야마 선생님 덕분에 더욱 즐거운 밤이었다. 아빠가 오랜만에 사람들과 어울려 술을 마신 일, 가지야마 선생님에게 오키나와 음식을 대접하고 오키나와 노래를 들려준 일 그리고 당분간 할아버지가 후짱 집에 와 있기로 한 일 등, 후짱에게는 모두 좋은 일뿐이었다.

식당 문을 닫은 뒤에도 후짱은 내내 들떠 있었다.

"아빠! 오늘 아침에 내가 뭐랬어? 뭔가 좋은 일이 있을지도 모른다고 했지? 역시 하얀 꽃무릇은 행운의 징조였어, 그렇지?"

후짱은 오늘 아침에 자기가 어두운 기분에 잠겼던 일 따위는 완전히 잊고 있었다.

"할아버지, 우리 집에서 자는 거 참 오랜만이지?"

"글쎄다."

"아주 우리 할아버지가 되면 어때? 진짜 후짱 할아버지가 되는 거야, 응? 그렇게 하자."

"그래 그래."

아빠는 오랜만에 술이 좀 취한 듯했다. 그리고 희한하게도 아빠는 스스로 잠자리에 들었다. 후짱은 할아버지 옆에서 잤다.

"옛날이야기 좀 해 줘잉."

후짱이 응석을 부렸다. 어릴 때는 할아버지가 옛날이야기를 들려주지 않으면 잠들지 않던 아이였다.

"오늘은 무슨 이야기를 해 줄까?"

"내가 모르는 이야기."

"네가 모르는 이야기라."

할아버지는 천천히 이야기를 시작했다.

"옛날 옛적에 류큐 제일의 가라데 도장이 있었단다. 덩치 큰 놈이나 작은 놈이나 '에잇, 얏' 하면서 사이좋게 가라데 연습을 했지. 그런데 그 가라데 도장 천장에 벼룩과 이가 살고 있었지."

"아이고, 더러워."

"더럽다고?"

"사실 좋은 건 아니잖아? 벼룩과 이가….."

"그럼 그만둘까?"

"안 돼!"

"그럼 계속하지. 벼룩과 이는 날이면 날마다 가라데 연습을 보고 있자니 자기들도 가라데를 해 보고 싶어졌단 말이야. 그래 두 놈이 에잇, 얍, 하고 시합을 했지. 그런데 좀처럼 승부가 나야 말이지. 담배 한 대 피우고 쉬면서 아래를 내려다보니 도장의 제자들이 망년회를 한다고 술을 마시고 있는 거야. '가라데에는 선수가 없다는 말이 있다. 가라데는 어디까지나 호신술이니까 함부로 싸움을 먼저 걸어서는 안 된다.' 하고 사범이 훈시를 하고 있는 중이었지. 벼룩과 이는 이 말을 듣고 감탄했지. '맞아, 맞아' 그래서 시합을 멈추고는 부엌으로 내려갔지. '아와모리가 남아 있구나' 하고 술을 좋아하는 벼룩이 한 모금 두 모금 마시기 시작했고, 이는 이대로 음식 남은 것을 허겁지겁 먹기 시작했는데, 그걸 본 벼룩이 '이놈아, 가끔 술도 좀 마셔 봐라. 술 못 먹는 놈치고 가라데 잘하는 놈 못 봤다.' 하고 빈정거렸지. 그래서 또 싸움이 시작됐어. '이놈, 이야. 내일은 새해 아침이다. 아침에 슈리 성에서 임금님의 신년 하례식이 있다. 그곳에 누가 먼저 도착하나 시합하자.' 다리에 자신이 있는 벼룩이 그렇게 말했어. 당연히 멸시를 당한 이는 분했겠지. 이는 한참 팔짱을 끼고 궁리하다가, 밤잠도 자지 않고 늘 하는 것처럼 느림보 걸음으로 성을 향해 가기 시작했지. 자, 후짱, 어느 쪽이 먼저 도착했겠니?"

"그야 뭐, 이겠지."

"명답이다."

"토끼와 거북 이야기와 비슷하니까."

"비슷한가?"

"비슷하지 뭐. 자만하면 안 된다, 이거 아냐?"

"좀 다른 데도 있단다. 그건 벼룩과 이는 시합이 끝난 후에도 그 승부에 상관없이 계속 가라데 시합을 했으니까. 벼룩은 네가 알다시피 허리가 꼬부라질 때까지. 그리고 이는 등이 아주 납작해질 때까지⋯."

"하하하."

후짱은 '토끼와 거북이' 이야기보다 재미있다고 생각했다.

"이번에는 후짱이 할아버지에게 이야기해 줄게. 코끼리와 벼룩은 친구였습니다. 어느 날 코끼리는 벼룩의 집에 놀러 갔습니다. 벼룩이네 집은 자갈밭 속에 있었습니다. 코끼리는 벼룩이네 집이 어딘지 몰라 '이거 큰일났다. 벼룩이네 집은 어딜까?' 하고 중얼거렸습니다. 그러자 발밑에서 아야야 하는 비명 소리가 들렸습니다. 그것은 벼룩이었습니다. 벼룩은 '복수닷' 하고 코끼리를 향해 달려들어 온몸으로 들이받았습니다. 쾅 하는 소리와 함께 코끼리에게 10미터나 되는 큰 혹이 생겼습니다. 코끼리와 벼룩 사이에 큰 싸움이 벌어졌습니다. 벼룩이 코끼리의 배꼽 위에 올라앉아 '내가 이겼다아, 용용 죽겠지' 하고 말했습니다."

"우하하하."

할아버지가 큰 소리로 웃었다.

"재미있어?"

"참 걸작이다. 걸작이야."

할아버지는 한참 동안이나 이불 속에서 웃고 있었다.

후짱이 잠들고 나서 아빠가 또 발작을 일으켰다. 욕실에 누가 숨어 있다고 억지를 쓰는 것이었다. 아빠는 할아버지와 엄마가 달래서 새벽 4시쯤 겨우 잠들었다.

7

"오미네, 잠깐."

후짱이 청소를 마치고 집으로 가려는데, 가지야마 선생님이 후짱을 불렀다.

"네?"

"잠깐 나 좀 보자."

가지야마 선생님이 다정하게 말했다.

"어제는 큰 대접을 받았다."

가지야마 선생님은 후짱과 어깨를 나란히 하고 걸으면서 어제저녁에 대한 인사를 했다.

"후훗."

후짱이 대답 대신에 살풋 웃었다.

"네게 말해도 모르겠지만 오키나와 술을 마시니까 온몸의 관절이 녹는 것 같더구나. 기분이 참 좋던걸."

가지야마 선생님은 그렇게 말하고는 쑥스러운지 후짱을
보고 웃었다.

"후훗."

후짱이 또 소리 없이 웃었다.

교무실로 와서, 가지야마 선생님은 책 한 권을 꺼내 후짱
앞에 놓았다.

"어제 집에 돌아와서 그냥 자는 것이 아쉬워 오키나와에
관한 책을 이것저것 뒤적이다 보니 이런 책이 있더구나. 읽어
보겠니?"

후짱은 책을 받아들고 페이지를 넘겼다. 후짱의 눈이 빛나
기 시작했다.

"아빠가 말한 그대로다."

후짱은 감격해서 중얼거렸다.

"소철 잎사귀로 만든 말도, 지푸라기로 만든 학도….."

후짱은 한 장씩 페이지를 넘겼다.

가지야마 선생님이 보여 준 책은 일본의 화초花草 놀이에
관한 책이었다. 어느 잡지의 특집호인데, 창포와 제비꽃으로
만든 인형과 솔잎으로 만든 씨름꾼 인형 들이 화려한 색깔로
인쇄되어 있었다.

"전국에서 모은 화초 놀이라고 쓰여 있지만, 오키나와 놀
이가 절반 이상이지?"

"정말이네요."

후짱은 고개를 끄덕였다.

"자, 앉아라."

후짱이 너무 열심히 책을 보고 있어서 가지야마 선생님이 옆에 있던 의자를 가져왔다.

"구바나무 잎으로 만든 배도 있네."

후짱은 의자에 앉으면서도 책에서 눈을 떼지 않았다.

"야라부 잎으로 만든 연도 있고…. 보세요, 선생님."

"어디?"

"우리 아빠는 야에야마 태생이거든요. 야에야마에서는 마름모꼴에, 야라부 잎으로 만든 연을 '가부야'라고 한대요. 아빠가 그러는데 가부야는 높이 날지 못해서 주로 어린애들이 가지고 놀고, 큰 애들은 '피키다'라는 팔각형 연을 만들어 날린대요."

"그래?"

선생님은 진초록색의 야라부 잎으로 만든 연이 빨간 천 꼬리를 달고 파란 하늘로 훨훨 올라가는 장면을 상상했다.

"참 멋지겠구나."

이번에는 가지야마 선생님이 꿈꾸는 듯한 얼굴이었다.

"아빠는 곧잘 자랑하셨어요. 오키나와 아이들은 소철 잎사귀 한 장만 있으면 사흘도 좋고 나흘도 좋고 일주일도 좋고 그걸로 놀 수 있다고요. 여기 소철 잎사귀 장난감이 나와 있어요. 이건 안경, 이건 말, 이건 곤충 집…."

그렇게 말하면서 후짱은 무슨 생각을 했는지 키득키득 웃었다.

"뭔데 그러니?"

"선생님, 이게 뭐게요?"

후짱은 장난기 어린 눈빛을 띠고 작은 목소리로 노래를 부르기 시작했다.

"지인 지인 진타마케 오우테고우와 사케노마사."

"무슨 소리냐, 그게?"

가지야마 선생님이 눈이 휘둥그레져서 다시 물었다.

"'잠자리야 따라오너라. 술 마시게 해 주마.'라는 뜻이에요."

"호, 그래?"

"재미있지요?"

"잠자리에게 술을 마시게 한다는 대목이 참 재미있구나. 술 마시게 해 준다는 말만 들어도 잠자리는 취해서 흐늘흐늘 떨어지겠네."

후짱도 가지야마 선생님도 큰 소리로 웃었다.

"아빠가 그랬어요. 소철 잎사귀로 만든 곤충 집에 잠자리 같은 것을 잡아서 넣어 두기도 하지만, 그걸로 개울에서 새우도 잡는대요. 그 속에 고구마 조각을 넣고 끈을 달아 개울에 띄워 두면 새우가 막 들어온대요."

후짱은 어느새 가지야마 선생님같이 허물없는 말투가 되었다.

"흐음, 후짱은 아는 것도 많다. 네가 오키나와와 무슨 상관이냐고 기천천을 약 올린다더니, 그래도 후짱만 한 오키나와

박사도 없을 것 같은데."

"그렇지만…."

후짱은 입을 열었다가 상대가 기천천이 아니고 가지야마 선생님이라 찔끔 입을 다물었다.

"그런 좋은 오빠를 괜히 기분 상하게 하면 못써요."

후짱은 고개를 살짝 움츠리고 또 후훗, 하고 웃었다. 가지야마 선생님은 참 웃음이 많은 아이라고 생각했다.

"후짱, 이 책을 네게 주마. 마음에 들거든 가지고 가렴."

"진짜요, 선생님?"

후짱은 뛸 듯이 기뻐했다.

"진짜 주시는 거예요?"

"내가 가지고 있는 것보다 후짱에게 더 값어치가 있지 않겠니?"

가지야마 선생님은 후짱의 손에 그 책을 얹어 놓았다.

"아이 좋아."

후짱은 들뜬 목소리로 말했다. 책을 가슴에 안고 다시 한번 "아이 좋아" 하고 소리쳤다.

"아빠가 참 좋아할 거야."

후짱은 마치 야에야마라도 얻은 것처럼 기뻐했다.

"어서 밥 먹어라."

집에 들어오자 엄마가 말했다. 토요일이라서 학교 급식이 없었던 것이다.

"아빠, 같이 밥 먹자아."

후짱은 안쪽을 향해 큰 소리로 불렀다.

"쉿, 조용!"

엄마가 입을 막았다.

"왜?"

"지금 주무신다."

"왜 주무셔?"

후짱이 볼멘소리로 물었다.

"아빠가 낮잠 자지 못하게 하라고, 내가 말했잖아?"

"그런 소리 해 봤자….."

"낮잠을 자면 그 시간만큼 밤에 못 자는데, 엄마도 잘 알면서!"

후짱이 큰 소리로 화를 냈다.

"후짱한테 또 야단을 맞네."

엄마는 울상이 되어 중얼거렸다.

그때 후짱은 엄마의 눈을 보았다.

"엄마, 눈이 빨개."

엄마는 당황해서 고개를 돌렸다.

"왜 그래? 무슨 일 있었어?"

"아무 일 없었어."

후짱은 말없이 엄마 얼굴을 보았다.

"어젯밤 내가 잠들고 나서 무슨 일이 있었구나!"

엄마는 후짱이 금방 눈치를 채서 내심 놀랐다.

"아빠가 밤중에 한번 일어났을 뿐이야. 아무 걱정할 것 없다."

후짱은 낙심한 듯했다.

"또 밤에 일어났군. 어제는 술을 마시고 자서 안심했는데…. 참 걱정이야."

그렇게 말하면서 후짱은 방으로 눈길을 돌렸다.

"그래서 아빠가 지금 잠이 든 거야? 할아버지는?"

"잠깐 할아버지 아파트에 가셨다."

"흐음."

어젯밤 할아버지는 밤새 한잠도 못 잤기 때문에 엄마가 억지로 권해서 집으로 돌아가 쉬시게 했던 것이다.

"할아버지 곧 돌아오셔?"

"저녁때나 오실 거야."

후짱은 엄마와 둘이서 점심을 먹었다.

"엄마, 오늘 무지 좋은 일이 있었어."

엄마는 또 시작이네 하는 표정으로 후짱을 보았다.

"또 그런 얼굴. 엄마, 진짜 좋은 일이라니까. 엄마는 오키나와당이니까 이 얘길 들으면 좋아서 '7월 에이사'*를 추고 싶을지도 몰라."

"후짱은 언제나 호들갑을 떠니까 제대로 들어야지…."

"근데 엄마, 이 일만으로도 대단하지만 머리를 쓰면 더 멋

* 오키나와 특유의 경쾌한 춤.

진 일로 만들 수 있어."

"흐음, 그렇게 좋은 일이니? 그럼, 한번 들어 보자꾸나."

"아니야, 이건 비밀!"

후짱은 시치미를 뗐다.

후짱은 점심을 먹고 나서 자기 방으로 갔다. 가지야마 선생님이 준 책을 가방에서 보물 다루듯 꺼내어 포장지로 책 표지를 씌워 가지고 나왔다. 항구 쪽에 있는 기천천과 쇼키치의 주물 공장까지 걸었다. 후짱은 공장 창문 앞에서 기웃거리다가 기천천과 제일 가까운 곳에서 소리를 질렀다.

"기천천 오빠! 나 좀 잠깐 봐. 기천천 오빠!"

공장 안이 소란해서 후짱 목소리가 좀처럼 들리지 않는 모양이었다. 세 번이나 소리를 지른 후에야 기천천이 들었다.

"후짱 아니야, 웬일이야?"

거푸집 벗기는 작업을 하고 있던 기천천은 온통 재투성이였다.

"꼭 너구리 같아."

후짱은 창 너머로 재빨리 손을 뻗어 기천천의 눈언저리에 동그라미 두 개를 그렸다.

"뭐 하는 거야!"

기천천이 그렇게 말했을 때는 벌써 얼굴에 동그라미 두 개가 그려져 있었다.

"돋보기 안경 쓴 너구리."

후짱은 깔깔대며 웃었다.

“장난은 그만하고. 근데 왜 왔니?”

“이봐, 기천천. 뭘 하고 있어?”

안쪽에서 쇼키치가 소리를 질렀다.

“으응….”

기천천은 건성으로 대답했다.

“너 왜 왔어?”

“이것 봐!”

후짱은 기천천이 볼 수 있도록 그림책을 펼쳤다.

“흐음, 자세히도 조사했다.”

기천천은 감탄하며 그림책을 보았다.

“근데 말이야, 기천천 오빠. 한 가지 부탁이 있는데.”

후짱은 기천천한테 귀엣말로 속삭였다.

“응? 알았지?”

“그래, 그래.”

“오케이?”

“그래, 오케이다.”

기천천이 기분 좋게 대답했다.

“야, 기천천! 그만하고 이리 와.”

쇼키치의 목소리가 또 날아왔다.

후짱은 기천천과 헤어지고 할아버지의 아파트로 향했다.

‘누구보다도 할아버지가 도와주어야 해.’

후짱은 혼잣말을 하고는 깡충깡충 신이 나서 달렸다.

8

기천천과 킹 아저씨가 크게 말다툼을 했다. 데다노후아 오키나와정 근처에는 술집이 많아 술주정꾼들의 싸움은 그다지 신기할 것이 없었다. 하지만 후짱네 가게에서는 그런 싸움이 단 한 번도 없었다. 그런데 그 자랑스러운 기록(?)을 하필이면 기천천과 킹 아저씨가 깨 버린 것이다.

로쿠 아저씨의 말을 빌리자면, 오키나와 사람들은 싸움을 좋아하지 않는다. 거실 중앙 벽에 샨센을 걸어 두는 것도 그런 마음의 표현이란다. 오키나와 사람들 중에는 전쟁에 끌려가는 것을 거부해 감옥살이를 한 사람도 많았다고 한다. 또, 아이들이 싸움을 할 때에는 왼팔 팔꿈치를 내밀어 상대의 공격을 방어하는 자세를 먼저 취하고, 무기를 쓰지 않는 대신 선제 공격이 금지되어 있는 가라데를 고안해 낸 것도 다 싸움을 싫어하기 때문에 그런 것이라고 했다.

"'맞은 사람은 다리 뻗고 자도 때린 사람은 못 잔다'는 속담이 있을 정도야. 태풍도 마당의 화초를 뿌리째 뽑아 쓰러뜨릴 기세지만 바람이 자면 다시 제자리에 되돌려 놓을 줄 아는 정이 있는데, 무엇이 좋아서 싸움이나 전쟁을 하겠냐."

로쿠 아저씨는 끊겨 나간 팔을 지그시 바라보며 그렇게 말한 적이 있었다.

깅 아저씨는 아니지만 기천천은 오키나와 토박이다. 그런 기천천이 먼저 한 방을 날렸으니 일이 커질 수밖에. 기천천과 깅 아저씨의 싸움은 사소한 일에서 시작되었다. 깅 아저씨가 보기에는 그렇지만, 기천천 쪽에서 본다면 결코 사소한 일이 아니었다.

밤 8시쯤, 기천천이 후짱네 식당에 한 소년을 데리고 왔다. 소년은 열대여섯 살쯤 되어 보였는데, 나이치고는 활기가 없고 어딘가 주눅이 들어 있는 듯한 얼굴이었다.

소년은 기천천이 주문해 준 오키나와 볶음밥을 먹고 있었다.

"너, 오키나와 말 배우지 않을래?"

"조, 좋아."

소년은 내키지 않는 듯 대답했다.

"오키나와 사람이 오키나와 말을 못 하다니, 그건 사람에게 혼이 없는 거나 마찬가지야."

"응."

소년은 말없이 꿀꺽 물을 마셨다.

"너나 나나 지금 오사카 사투리를 쓰고 있지만, 오키나와 사람들끼리 만나면 오키나와 말을 써."

"응."

소년은 여전히 만사가 귀찮다는 식이었다.

"여기, 물 가져와!"

소년이 갑자기 소리쳤다. 거친 말투였다.

마침 식당에 있던 후짱이 소년에게 물을 따라 주기는 했지만, 데다노후아 오키나와정에 오는 손님 중에 그렇게 건방지게 말한 사람은 처음이었다.

"응? 오키나와 말을 배우자, 우리."

기천천은 열심히 부추기고 있었다.

소년이 한마디 툭 던졌다.

"엄마를 오키나와 말로 뭐라고 해?"

"안마."

후짱이 대답했다.

"오키나와라고 뭉뚱그려 이야기하지만 말은 여러 가지야. '엄마'만 해도 '아야'라고도 하고 '아보'라고도 하지."

그때 옆에 있던 깅 아저씨가 한마디 끼어들었는데, 그게 싸움의 발단이 되었다.

"말이란 게 뜻만 통하면 되는 거 아냐?"

"그럴 수는 없지."

그때까지 기천천은 순한 말투였다.

"특별히 오키나와 사투리를 모른다고 먹고사는 데 지장이 있는 것도 아니고 말이야. 영어를 배운다면 통역이라도 해서 돈벌이를 할 수도 있겠지만."

"네 말을 듣고 있으면 그만 속이 뒤틀려. 너야 고베에서 나서 고베에서 자랐으니 말 때문에 겪는 고생 따윈 모르겠지만, 오키나와 사람이 도회지에 나오면 첫째 고생이 바로 말이야. 그 때문에 사람이 엇나가고 심하면 자살하는 경우도 있단 말이야."

기천천이 쏘아붙였다.

"그거야 죽는 놈이 바보지."

"뭐라고?"

기천천이 핏대를 올렸다.

"그까짓 일로 죽는 놈은 일찌감치 죽는 게 나아."

깅 아저씨가 말했다.

"너 지금 그까짓 일이라고 했지? 그 말을 하고 싶은 것은 도리어 나다. 그까짓 일로 사람을 차별 대우하는 놈은 어느 나라 어느 놈이냐, 이 말이다."

"내가 알 게 뭐냐?"

"내가 알 게 뭐냐? 너 다시 한번 말해 봐!"

기천천은 완전히 이성을 잃었다. 깅 아저씨가 일어서려고 했다.

"이 개 같은 자식!"

그러자 깅 아저씨도 살기 어린 얼굴을 곧바로 기천천에게 들이댔다. 순간이었다. 깅 아저씨의 커다란 몸뚱이가 고무공처럼 허공에 날았다.

"그만해, 미노루!"

쇼키치가 큰 소리로 기천천의 원래 이름을 부르며 말했다. 깅 아저씨는 일어나서 기천천을 향해 돌진했다. 두 사람의 몸뚱이가 한데 엉켰다.

"그만해!"

후짱이 찢어지는 듯한 소리를 질렀다.

쇼키치와 아저씨들이 두 사람을 겨우 떼어 놓았다. 두 사람은 씩씩거리며 서로를 노려보고 섰다. 입술이 터졌는지 깅 아저씨가 피를 흘렸다.

"바보!"

갑자기 후짱이 기천천에게 덤벼들었다.

"이 바보야, 바보, 바보!"

후짱은 오른손으로 기천천을 마구 때렸다.

"사과해, 어서 사과하란 말이야!"

후짱은 기천천의 머리카락을 쥐고 머리를 몇 번이나 내리눌렀다.

"바보, 바보, 바보. 기천천 오빠는 바보!"

후짱은 울면서 기천천을 결코 용서하려 하지 않았다. 후짱의 격한 행동에 주위 어른들이 숨을 죽이고 잠잠해졌다. 그러자 이번에는 기천천이 울기 시작했다. 곁에 있던 소년은 눈을 휘둥그렇게 뜨고 두 사람을 가만히 지켜보고 서 있었다.

"후짱. 용서해라. 날 용서해라."

깅 아저씨가 어쩔 줄을 몰라 되뇌었다.

"이제 안 싸운다. 용서해라."

깅 아저씨는 그 커다란 덩치를 잔뜩 움츠리고는 울먹였다. 후짱한테 몇 번이나 빌었다. 후짱은 방으로 뛰어 들어가서 엉엉 울었다. 기천천도 고개를 떨어뜨리고 계속 울먹였다.

"자, 이제 됐어. 일어서."

쇼키치가 기천천을 일으켜 세운 뒤 카운터 앞에 앉혔다.

"할아버지, 로쿠 아저씨가 후짱 아빠를 뒷문으로 데리고 나가 산책을 시키고 있어요."

후짱 엄마가 할아버지의 귀에 대고 속삭였다. 쇼키치가 미안하다고 엄마에게 사과했다. 엄마는 깅 아저씨의 상처부터 치료했다. 치료하면서 자기 자식한테 타이르듯이 이야기했다.

"고베는 예부터 고베지요, 깅 아저씨. 고베가 도쿄가 되거나 나하*가 되는 일은 없어요. 고베는 고베니까 좋은 거예요. 고베가 도쿄 흉내를 내거나 나하 흉내를 낸다고 좋아할 고베 사람은 하나도 없죠. 고베에서 자란 사람은 고베의 좋은 점을 사랑하면서 살아왔어요. 그렇지요, 깅 아저씨? 그런 마음을 잘 알기 때문에 우리들은 오키나와 사람이지만 고베 말을 쓰고 고베를 소중하게 알면서 살아왔지요. 고베 사람, 일본 본토 사람 모두가 우리들이 고베를 생각하는 것처럼 오키나와를 생각해 준 일이 이날 이때까지 단 한 번이라도 있었는지.

★ 오키나와 현청 소재지.

기천천은 그게 분하고 원통해서 견딜 수가 없었던 거예요. 이해가 되시죠, 깅 아저씨?"

엄마의 눈에 어느새 눈물이 핑 돌았다.

"기천천이 먼저 손을 댄 것은 우리가 백번 사과하겠어요. 하지만 기천천의 마음도 좀 헤아려 줘요. 네? 깅 아저씨."

깅 아저씨는 엄마의 말을 조용히 듣고 있었다.

9

　후짱은 가지야마 선생님이 준 책을 보고 계획을 하나 세웠는데, 기천천과 깅 아저씨가 싸운 덕택에 조금 앞당겨 실행하기로 했다.

　"이건 싸운 벌이야."

　후짱의 말에 두 사람은 풀이 죽었다. 그때까지 기천천과 깅 아저씨는 특별한 일이 없으면 일이 끝나기가 무섭게 데다노후아 오키나와정에 들러 아와모리를 마시곤 했는데, 싸운 뒤로는 그럴 수가 없게 되었다. 후짱이 기천천과 깅 아저씨를 협박(?)해서 뭔가를 시켰던 것이다. 하루 일과가 끝나면 두 사람은 할아버지의 아파트로 가야 했다.

　두 사람은 후짱과 함께 아단 잎사귀와 파파야 잎줄기와 지푸라기 따위를 가지고 열심히 무엇인가를 만들었다. 주로 할아버지가 만드는 방법을 가르쳐 주었는데, 식당이 붐빌 때쯤 할아버지가 일을 도우러 나가면 후짱이 선생이 되었다.

"어제 텔레비전을 보니까 베트남에서는 나쁜 짓을 한 사람은 노동을 하면서 자기가 한 짓을 반성한다던데?"

후짱이 빗대어 놓고 들으라는 듯이 말했다.

"히히히."

깅 아저씨가 묘한 소리로 웃었다. 기천천도 쑥스럽다는 표정을 지었다.

한 시간쯤 지났을 때였다.

"아와모리 생각난다."

기천천이 일손을 멈추고 한숨 쉬듯 말했다.

"어제는 기천천 오빠가 날 울렸잖아. 난 내가 울고 싶어서 울기 전엔 누가 울려서 운 적이 없어. 그깟 아와모리 마시는 것 좀 늦으면 어때!"

후짱이 말했다. 그 말에는 기천천도 할 말이 없었다.

"그나저나 소철 잎사귀로 말은 몇 마리나 만들어야 되는 거냐?"

깅 아저씨도 푸념하듯 물었다.

"깅 아저씨는 경마 좋아하잖아? 일생에 한 번이라도 좋으니 내 말 한번 가져 보고 싶다고 했지? 지금이 좋은 기회야. 백 마리쯤 만들지 뭐."

후짱이 시치미를 뚝 떼고 그렇게 대답하자 "야, 사람 미치겠네" 하고 깅 아저씨가 기절하는 시늉을 했다.

"후짱, 너 너무한다."

기천천도 소리를 질렀다.

"싫으면 관두던지!"

후짱도 지지 않고 소리쳤다.

잠시 뒤 깅 아저씨가 갑자기 상냥한 목소리로 후짱을 불렀다.

"후짱."

"왜?"

"얘, 우리가 끽소리 안 하고 이거 만들고 있을게, 너 식당에 가서 아와모리 한 사발만 가져와라."

"안 돼!"

후짱은 매몰차게 말했다.

"가만있어. 이 사람아."

기천천이 왠지 다소곳한 목소리를 냈다.

"여기 할아버지한테 자리끼 술이 있잖아? 그걸 마시면 되잖아."

"그래? 그거 좋지."

"할아버지한테 일러바칠 거야."

후짱이 소리를 질렀지만 두 사람은 아랑곳하지 않았다.

"나쁜 짓 할 때만 사이가 좋구나."

"그렇다면 어쩔래?"

두 사람은 할아버지의 술을 병째로 들이켰다. 후짱이 눈을 흘겼지만 이제는 협박도 소용없었다. 술이 들어가자 두 사람은 손끝 작업이 귀찮아진 모양이었다. 기천천은 아단 잎사귀로 '호시코로'라는 별 모양의 장난감을 만들고 있었는데, 끝내는 나자빠질 듯이 소리를 지르고 말았다.

"야하, 이건 정말 복잡하네. 이젠 또 어떻게 하는 거냐, 후
짱?"

"기천천 오빠는 바보."

후짱은 기천천의 손을 잡고 가르쳐 주었다.

"아, 그렇구나."

그러나 얼마 지나지 않아서 기천천은 또 막혀 버렸다.

"야, 이건 안 되겠다."

이리저리 만지다가 드디어는 호시코로를 내던져 버렸다.

"사바니*를 만들까?"

기천천이 깅 아저씨에게 말을 건넸다.

"멋대로 이것저것 만들면 계획이 엉망이 되잖아!"

"그럼 어때?"

"맞아!"

깅 아저씨도 맞장구쳤다. 깅 아저씨는 소철 잎을 한 잎 한
잎 꼼꼼하게 엮는 일에 진력이 난 참이었다.

"가만있자."

깅 아저씨는 마침 잘됐다는 듯이 말 만들기는 집어치우고
옆에 있던 화초 놀이 모음집을 뒤적거렸다. 구바나무 잎줄기
로 만든 장난감인 사바니 사진이었다.

"이건 간단하다. 이걸 만들자고, 기천천. 톱 좀 이리 줘 봐라."

★ 뱃머리가 약간 들린 오키나와 배.

"오냐."

기천천은 즐거운 듯 대답했다.

"시키는 대로 해!"

후짱은 성난 체했지만 두 사람 사이가 좋아져서 기뻤다.

"이런 재료, 어디서 구했니?"

깅 아저씨가 구바나무 잎줄기를 끊으면서 물었다.

"다카라즈카의 열대 식물원에 가서 얻었지. 우리 선생님이 가르쳐 주셨어."

"뭐?"

깅 아저씨가 깜짝 놀라는 시늉을 했다.

"후짱은 집념이 강하지. 역시 오키나와 애들은 하는 짓이 다르단 말이야. 너처럼 매사에 흐지부지하는 일이 없거든!"

"쓸데없는 소리 마."

후짱이 말을 막았다.

"깅 아저씨, 저런 소리에 신경 쓰지 말아요. 난 오키나와하고 아무 상관도 없으니까. 다만 아빠를 즐겁게 해 주고 싶을 뿐이야."

후짱은 깅 아저씨 편을 들었다.

"상관이 없다고?"

기천천은 불만스런 목소리였다.

"그만들 하게."

깅 아저씨는 노인네처럼 말하고는 톱질을 했다.

몸체를 파내고 양끝을 비스듬히 자르고 나니 배의 앞부분과 뒷부분이 완성되었다. 야라부 잎을 한복판에 세워 푸른 돛을 달았다. 예쁜 사바니가 만들어졌다.

"참 보기 좋네."

깅 아저씨는 흥분한 목소리로 말하고 아와모리를 꿀꺽 들이켰다.

"야에야마 사람들은 이런 배를 타고 고기잡이를 나가지. 야에야마에는 '요나라 도랑'이라는 죽음의 해협이 있는데, 이 사바니와 담력만 있으면 거뜬히 건너간다, 이 말씀이야. 어때!"

오키나와 자랑을 할 때면 기천천은 고집스런 갓난아기 같은 얼굴이 된다.

후짱이 옆에서 끼어들었다.

"하지만 사바니는 곧잘 뒤집힌다며?"

"후짱, 기분 잡치는 소리 그만해."

"그래도 곧잘 뒤집혔다고 할아버지가 말했어. 그래서 야에야마에서 내려오는 전설에는 상어에게 구조된 사람 이야기가 많다고."

"과연 해양 민족답구나."

하루 종일 거룻배를 타는 깅 아저씨도 자신이 바다의 아들이라고 생각하는 모양이었다.

"사바니가 뒤집혀서 표류하고 있는데 상어가 다리 사이로 기어 들어와 섬까지 운반해 주더라는 이야기 말이지?"

"그래."

"후짱, 내가 몇 번이나 설명해 주지 않던? 그 이야기는 인 두세를 피해서 도망쳤던 사람들이 사실대로 말하면 목이 잘 리니까, 그런 이야기를 꾸며 내서 섬에 돌아올 구실을 만든 거라고."

기천천은 정말 억울해 못 견디겠다는 얼굴이었다.

"그 말은 전에도 들었어."

후짱은 대수롭지 않다는 듯 말했다.

"그러니까 그런 전설은 잘못된 이야기야."

"그렇지만 기천천 오빠는 상어가 섬까지 운반해 주었다는 이야기가 흐뭇하지 않아? 그리고 그런 거짓말을 열심히 생각 해 낸 사람들을 생각하기만 해도 마음이 조마조마하지 않냐 구. 한 이야기로 이렇게 두 가지 재미를 느낄 수 있잖아?"

후짱은 볼멘 시늉을 했다. 그런 전설은 잘못된 것이라고 말 하는 기천천에게 항의를 한 셈이다.

"나는 후짱 편이다. 네 말은 이치에 맞지만 재미는 없어. 후 짱의 이야기는 어딘가 이상하지만 재미가 있고, 그래도 재미 가 우선 아니겠냐?"

"뭐?"

기천천이 기가 막힌다는 표정이었다.

장난감 사바니 다섯 척이 만들어졌다. 킹 아저씨는 세 척째 돛을 세우면서 내내 마음에 걸렸던 것을 기천천에게 물어보 았다.

"그 소년은 어떻게 됐어?"

"으음."

기천천은 왠지 말하기가 어려운 듯했다. 애당초 그 소년 때문에 두 사람이 싸운 것 아닌가.

"그 녀석, 부모가 저를 버렸다고 원한을 품고 삐뚤어진 모양인데, 자세히 말을 들어 보니 그 부모가 자식을 버린 건 아닌 것 같아. 오해가 있었던 모양인데, 그것을 풀기엔 세상 사람들에게 너무 지독한 고통을 당했어."

"그 애는 오키나와에서 온 건가?"

"응. 어려서 일본 본토로 나온 모양인데, 그 세대가 제일 힘들었지. 나야 오키나와를 자랑으로 알고 가슴 펴고 살지만, 그 녀석은 오키나와 사람이면서도 자랑할 만한 오키나와를 갖고 있지 않거든. 그러면서도 오키나와 태생이라는 것 때문에 제일 많이 고통을 받았어. 정말 간이 썩어 문드러지는 고통이지."

기천천은 어두운 표정으로 말했다.

"뭐? 간이 썩어 문드러진다고?"

"그만큼 가슴이 아프다는 거야."

기천천은 새삼 분통이 터진다는 얼굴이었다. 세 사람은 잠깐 동안 말이 없었다.

"이름이 뭐야?"

"기요시라던가? 어떻게 쓰는지는 모르겠어."

"지금 어디 사는데?"

"그건 몰라."

77

기천천은 쓸쓸하게 말했다.

"이틀을 집에서 재워 주었는데 말도 없이 갔으니까."

"인사도 없이?"

"내 돈을 몽땅 가지고 갔으니 인사는 하기 어려웠겠지."

기천천은 자기 잘못이나 되는 듯 기어 들어가는 목소리로 우물거렸다.

"나쁜 놈이군. 다시 나타나면 내가 가만 안 둘 테다."

깅 아저씨는 핏대를 올렸다.

"넌 속 편하게 그렇게 지껄일 수 있으니 좋겠다."

"….."

"그 녀석을 욕하는 소리를 들으면 내가 욕을 먹는 것 같아."

"….."

무안해진 깅 아저씨는 겸연쩍은 것을 감추려는 듯이 기천천의 어깨를 탁 치면서 말했다.

"야, 너무 속 썩지 마라. 네 월급날까지 네 술값은 내가 댈게. 기운 내!"

기천천은, 좋은 친구지만 남의 속을 너무 모른다고, 깅 아저씨한테 안 들리게 중얼거렸다.

10

토요일.

후짱은 학교가 끝나기 무섭게 집으로 달렸다. 친구들이 뭐라고 말을 걸었지만 후짱은 손만 흔들고 토끼처럼 내달렸다. 후짱은 먼저 할아버지의 아파트에 들러, 커다란 골판지 상자를 두 개 끄집어내고는 그걸 양손으로 영차영차 끌고 갔다.

후짱은 집에 돌아오자마자 소리를 질렀다.

"아빠, 아빠! 굉장한 게 있어요!"

후짱은 지금껏 참았던 것을 단번에 쏟아 놓듯이 숨을 헐떡이며 재잘댔다.

"아빠 놀라지 마! 이거 뭔지 알아? 진짜 굉장한 물건이야!"

엄마는 기막혀 하면서 '정말 폭죽 같은 아이야'라고 생각했다.

"이것 봐, 이것 봐."

후짱은 골판지 상자를 열고 속에 물건들을 차례로 끄집어
내면서 말했다.

"봐요. 이게 소철 열매로 만든 원숭이야. 아빠가 전에 말했
잖아? 소철 열매를 칼로 조각해서 동물의 얼굴을 만든다고.
이건 또 아단 잎사귀로 만든 나팔이야. 진짜 소리가 나."

후짱은 한 뼘 정도 크기의 나팔을 입에다 대고 불었다.

김빠진 듯하지만 재미있는 소리가 났다.

"어때, 아빠?"

후짱은 의기양양한 얼굴로 물었다.

"어머, 네가 어떻게 이런 것들을….."

엄마가 먼저 놀랐다.

"이것 말고도 또 있어. 아빠, 놀라지 마."

지푸라기로 만든 학이랑 거북이, 아단 잎으로 만든 물고기,
손가락을 넣고 잡아당겨도 빠지지 않는 뱀, 소철 잎사귀로 만
든 말 등. 후짱은 만든 것을 계속해서 내놓았다.

"봐요, 이건 아단 잎사귀로 만든 풍차야. 오키나와에서는
아흔일곱 살이 되면 꽃 풍차를 만들어 축하한다고 전에 아빠
가 말한 적이 있었죠? 여기 다섯 개나 만들어 놓았으니까, 아
빠 오백 살까지 살아야 해!"

아빠가 아단 잎사귀 풍차를 손에 들고 이리저리 보는 것이
기뻐서 후짱은 어쩔 줄 몰랐다.

"아빠, 야라부 연도 만들었어요. 가부야인데 꽁지에 빨간
천을 달았지."

방바닥은 순식간에 후짱이 만든 장난감들로 가득했다.

"온통 오키나와 천지야."

그것을 보며 후짱은 상기된 얼굴로 말했다.

"야에야마투성이야."

또 한번 소리쳤다.

"요즘은 오키나와에서도 화초로 장난감을 잘 안 만드는데. 이것들은 진짜 귀한 물건이다."

엄마가 기뻐했다.

후짱은 아빠에게 소철 잎 안경을 씌워 주었다.

"후후후. 재미있는 얼굴이 되었네."

후짱은 장난스럽게 웃었다. 싫다는 엄마에게도 파란 안경을 씌우고는, 저도 작은 안경을 썼다.

"오늘 하루는 안경 벗는 일 없기다."

후짱이 명령조로 말했다.

"아빠, 구바나무로 샨센도 만들었어요. 봐요, 크지? 잘 만들었지? 아빠, 이거 로쿠 아저씨에게 하나 주자."

아빠가 고개를 끄덕였다.

"엄마. 이 샨센, 로쿠 아저씨에게 하나 준다."

엄마도 찬성이었다.

"학교에서 돌아와서 어디론가 살금살금 빠지더니, 이것들을 만들려고 그랬구나."

"응."

엄마는 후짱을 살짝 흘겨보며 말했다.

"기천천 오빠와 킹 아저씨가 거들어 주었지? 늘 둘이서 함께 가게에 오길래 이상하다 싶었지. 싸우고 나서 당장 또 어떻게 저렇게 사이가 좋아졌나 했더니….'

엄마는 이제 알겠다는 표정이다.

"여보, 얘가 꽤나 수단이 좋죠."

아빠는 다시 한번 고개를 끄덕였다.

"아빠. 이걸로 식당을 꾸미자. 아빠랑 나랑 장식해서 다들 놀라게 해 주자. 어때, 아빠?"

후짱은 신바람이 나서 말했다. 역시 아빠는 말없이 고개를 한번 끄덕였다.

"그럼 나는 빼고 둘이서만 하겠다는 거야?"

엄마가 토라진 듯이 말했다.

"어쩔 수 없잖아. 아빠는 운동 부족이거든. 엄마는 다른 할 일이 많잖아?"

후짱은 엄마는 좀 빠져 달라면서 마냥 즐거워했다.

호시코로는 실로 묶어 천장에 매달았다. 지푸라기로 만든 학과 거북은 아와모리 항아리 옆에 죽 늘어놓았다. 야라부 연은 벽에 붙이고, 모형 사바니는 아단 잎사귀 풍차와 짝이 되게 테이블 위에 한 쌍씩 놓았다. 경마를 좋아하는 킹 아저씨를 위해 카운터 한 끝에는 소철 잎사귀로 만든 말들을 둥글게 놓고 경주하고 있는 것처럼 보이게 했다. 소철 잎사귀로 만든 곤충 집과 구바나무로 만든 샨센을 여기저기에 장식하고 나

니, 데다노후아 오키나와정은 후짱의 말마따나 '오키나와 천
지'가 되어 버렸다.

그날 손님들은 후짱의 귀여운 명령에 따르느라 모두들 소
철 잎사귀 안경을 쓰고 있었다.

"이건 영락없이 '오키나와 날'이구나."

하나부사 아저씨가 말했다.

"옛날 생각이 간절하군."

고로야 아저씨는 눈을 껌벅거리며 중얼거렸다.

"오키나와의 산과 바다를 옮겨다 놨구먼."

쇼키치가 멋진 한마디를 던졌다.

"야, 이거 대단한데. 이런 기막힌 물건들을 어느 손이 만드
셨나?"

깅 아저씨가 능청을 떨며 소리쳤다. 할아버지는 사람들의
그런 모습을 빙긋이 웃으며 바라보고 있었다. 단골손님들이
거의 다 모였을 때 후짱이 일어나서 오늘 일을 설명했다.

"오키나와 화초 놀이는 처음에 가지야마 선생님이 가르쳐
주셨습니다. 그리고 할아버께 만드는 법을 배워서 저와 기
천천 오빠와 깅 아저씨 셋이서 일주일 걸려서 만들었어요. 아
빠가 장식을 했고요. 기천천 오빠와 깅 아저씨는 다시 사이가
좋아졌답니다. 우리 모두 축하, 축하해요."

모두들 떠들썩하게 웃고 박수를 쳤다.

박수는 한참 동안 계속되었다.

"이제 그만, 이제 그만…."

기천천은 쑥스러워서 손을 계속 내저었다.

그날은 아빠도 오랫동안 식당에 있었다. 후짱은 정말 기뻤다. 모두들 여느 때보다 술을 많이 마셨다. 샨센을 타고 노래도 불렀다. 모두들 즐거워 보였다.

후짱은 참 잘됐다고 생각했다. 모두 한마음으로 기뻐하고 있었다. 어떤 시간보다 멋지고 넉넉한 시간이었다. 후짱은 모두에게 사랑받고 있다는 것을 가슴 깊이 느낄 수 있었다. 후짱이 만든 '작은 오키나와'는 지금 이 순간만큼은 '큰 오키나와'였다.

후짱은 구바나무 샨센을 주려고 로쿠 아저씨를 찾았다. 화장실에 갔는지 식당 안에는 보이지 않았다. 한참 기다려도 오지 않아서 후짱은 가게 뒷마당으로 갔다. 로쿠 아저씨는 술을 너무 많이 마시면 뒷마당에 나가 술이 깨기를 기다리곤 했기 때문이다.

정말로 로쿠 아저씨는 거기 있었다. 말을 건네려다가 후짱은 멈칫하고 말았다. 로쿠 아저씨가 울고 있었던 것이다. 후짱이 만든 풍차를 꼭 쥐고 무슨 말인가 중얼거리며 흐느껴 울고 있었다.

로쿠 아저씨의 중얼거리는 말을 들은 후짱은 순간 얼어붙고 말았다. 후짱은 불현듯 두 다리를 벌리고 우뚝 서서 이라부 훈제를 찢던 아빠의 모습을 떠올렸다.

후짱은 아찔한 현기증을 느꼈다.

11

이튿날 아침, 후짱은 지나가는 말로 엄마에게 물었다.

"미치코가 누구야?"

"미치코? 글쎄."

엄마는 의아하다는 표정을 지었다.

"로쿠 아저씨와 관계가 있는 여자인데."

"아아, 그 미치코라면 로쿠 아저씨의 딸이지. 갓난아기 때 죽었다고 하더라만….."

그제야 엄마는 생각난 듯이 말했다.

"혹시 그 아기, 누가 죽인 거야?"

후짱은 눈을 크게 뜨고 엄마를 지켜보았다.

"얘는, 그게 무슨 소리니?"

엄마가 당황해서 후짱의 눈길을 피했다.

가게 뒷마당에서 풍차를 붙들고 울던 로쿠 아저씨는 올해

쉰다섯 살이다. 그 나이에 어른이 남의 눈을 피해서 울고 있다는 것만으로도 예삿일이 아닌데, 로쿠 아저씨는 듣기에도 섬뜩한 말을 중얼거리고 있었다. 그것은 후짱의 아빠가 발작을 일으켰을 때 했던 말과 거의 비슷했다.

후짱은 로쿠 아저씨의 가늘고 쉰 목소리 때문에 혹시 잘못 들었는지 확인하고 싶었다.

"로쿠 아저씨 딸은 갓난아기 때 전쟁에서 죽었지?"

"그랬단다."

여전히 엄마는 얼굴을 돌린 채 대답했다.

"그렇담 죽인 거 아냐?"

"말하자면 그렇지."

왠지 엄마는 힘든 일 끝에 한숨 돌리는 듯한 표정으로 대답했다.

"어젯밤 로쿠 아저씨가 그 갓난아기 이름을 부르며 울었어."

후짱은 여린 목소리로 말했다.

"그랬구나."

엄마가 그다지 놀라는 기색이 아니라서 후짱은 그런 엄마가 매정하다고 느꼈다.

"엄마는 너무 냉정해!"

후짱이 발끈해서 가시 돋친 목소리로 덤비듯 말했다.

"뭐가?"

"뭐가라니? 로쿠 아저씨가 불쌍하지도 않아? 난 어젯밤 울고 싶었어."

엄마는 대답하지 않았다.

"로쿠 아저씨를 가만히 내버려두렴."

"엄마!"

후짱이 정색을 했다.

"왜 전쟁 이야기만 나오면 그렇게 모른 척하는 얼굴을 하는 거야? 옛날 오키나와가 좋았다는 이야기를 할 때는 시시콜콜 다 늘어놓으면서."

후짱은 엄마만 그런 게 아니라 모두들 그렇다고 못마땅한 듯이 말했다.

"쓰리고 슬픈 일이 많았다고 다들 말하지만 어떤 쓰라린 일이 있었는지, 어떤 슬픈 일이 있었는지 아무도 말해 주지 않아."

엄마는 아무 말이 없었다.

"왜들 그래? 응, 엄마?"

후짱이 절박한 심정으로 물었다.

"내가 어린애라서 그래?"

"그건 말이야…. 누구나 쓰리고 아픈 이야기는 하루라도 빨리 잊어버리고 싶지 않겠니?"

엄마는 툭 던지듯 한마디 했다.

"…."

"잊자, 잊어버리자 생각하고 있는 이야기를 입 밖에 내는 건 고통이란다. 그렇잖니?"

"…."

엄마는 더는 아무 말도 하지 않았다. 후짱은 여전히 못마땅했다. 엄마가 무슨 말을 하는지는 알 것 같았지만 불만은 가시지 않았다.

"전쟁 때 아빠는 몇 살이었어?"

"글쎄, 열네댓 살이나 되었을까."

후짱은 흐음, 하고 입을 다물고는 생각에 잠겼다. 아빠와 로쿠 아저씨는 열 살 차이니까 전쟁 때 로쿠 아저씨는 스물다섯 살 즈음이었을 것이다. 그때 로쿠 아저씨에게는 어린 딸이 있었고, 아빠에게는 물론 자식이 없었다. 아빠와 로쿠 아저씨는 같은 말을 입 밖에 냈는데, 그 둘 사이에 아무 관계도 없단 말인가.

후짱의 머릿속은 수수께끼 같은 그 무엇으로 가득찼다.

엄마는 두 번째 진찰을 받으러 아빠를 병원에 데리고 갔다. 돌아온 엄마는 눈이 빨갰다. 할아버지도 후짱도 깜짝 놀랐다.

"이건 너무해."

이유를 물어도 엄마는 말없이 한동안 눈물만 줄줄 흘렸다. 아빠는 방 한구석에 가만히 앉아 고개를 떨어뜨리고 있었다.

의사가 아빠를 심문하듯 했다는 것이다. 형사가 하듯이 머뭇거리는 아빠를 마구 다그쳤다고 했다. 환자에게서 여러 가지 이야기를 듣고 진단을 내리는 것이 의사의 일이니까 묻는 말에 환자가 순순히 대답하는 것은 당연하지만, 그 의사는 누구든지 쉽게 대답할 수 없는 질문을 쉴 새 없이 연달아 퍼부어서 아빠를 당황하게 했다고 엄마가 분한 듯 말했다.

엄마는 의사가 했던 질문을 두서너 가지 말해 주었다. 자신의 어디가 이상하다고 생각하느냐? 원인을 자세히 말해라. 무엇이 불안하고, 왜 생각에만 잠겨 있는가? 그런 따위의 질문인데, 그런 건 아빠가 대답할 게 아니라 오히려 의사에게서 듣고 싶은 이야기라고 엄마가 말했다.

아빠가 우물거리고 있으니까 이야기를 안 하면 아무것도 알 수 없지 않느냐고 윽박질렀다고 한다. 아빠가 열심히 무엇인가를 대답해도 그런 걸 묻는 게 아니라고 의사가 매몰차게 무시한 모양이다.

"아빠가 가엾더구나. 도무지 병원에 다녀왔다는 생각이 들지 않아. 무슨 나쁜 짓을 하고 경찰서에 끌려갔다 온 기분이야."

후짱은 아빠의 곁에 다가가서 아빠의 등을 어루만졌다. 후짱도 어느새 눈시울이 붉어졌다.

"병원에서 해 준 거라곤 뇌파 검사밖에 없어. 내가 거길 뭐하러 갔는지 모르겠다. 될 수 있으면 신경을 자극하지 말고 당분간 느긋하게 쉬는 것이 좋다고 하는데, 그런 말이야 의사가 아니라도 누가 못 해? 참 기가 막혀서."

엄마는 시간이 지날수록 더 속이 상한 모양이었다.

지난날 오키나와에서는 많은 일들이 있었던 모양인데, 그때 겪은 일들이 원인이 되지 않았겠느냐고, 진찰 끝에 그 의사가 말했다고 한다. 엄마는 무엇보다 그 말에 제일 화가 났다며 입술을 깨물었다.

12

후짱은 한참 망설이다가 고심 끝에 교무실로 들어갔다. 가
지야마 선생님은 시험지를 채점하고 있었다.

"선생님."

"왜?"

후짱이 무엇인가 골똘히 생각하고 있는 눈치였으므로, 가
지야마 선생님은 무슨 일인가 싶었다.

"말씀드릴 것이 있어요."

"말해 보렴."

가지야마 선생님은 손에 들고 있던 사인펜을 책상 위에 가
만히 내려놓았다.

"아빠에 대한 얘긴데요."

후짱이 운을 떼우자, 가지야마 선생님은 곧 후짱의 어깨에
손을 얹고 교실로 가자고 했다. 아무도 없는 교실에서 후짱은

선생님에게 물었다.

"선생님. 우리 아빠가 나을 수 있을까요?"

후짱은 애써 눈물을 참고 있었다.

"무슨 일이 있었니?"

가지야마 선생님은 놀라서 물었다. 후짱은 띄엄띄엄 어제 엄마가 병원에서 돌아온 뒤에 있었던 일들을 이야기했다. 엄마가 무엇보다 속상해했던 일도 이야기했다.

"엄마가 아주 낙심하고 있어요. 말씀도 잘 안 하시고."

"어떻게 그런 일이….."

가지야마 선생님은 신음하듯 말했다.

"선생님."

후짱은 가지야마 선생님을 똑바로 쳐다보았다.

"아빠가 무엇 때문에 그런 병에 걸린 거예요?"

가지야마 선생님은 후짱이 무슨 생각으로 이런 질문을 하는지 짐작이 가지 않아서 잠시 후짱의 얼굴을 바라보았다.

"마음의 병을 노이로제니 신경증이니 하던데요….."

가지야마 선생님은 당황했다.

"후짱. 그렇게 쉽게 단정하면 못써요. 아빠가 무슨 병인지 아직 잘 알 수 없잖니?"

"하지만 마음의 병이지요?"

"…."

"무슨 병이든 다 원인이 있는 거죠?"

가지야마 선생님은 으음, 하고 작은 신음 소리를 냈다.

"아빠와 엄마는 정다운 사이였고, 장사도 잘되고, 마음의 병이 될 만한 걱정거리가 없었어요. 그런데도 아빠가 왜 그런 병에 걸렸는지 정말 모르겠어요."

후짱은 눈물을 글썽이면서 작은 목소리로 말했다. 그렇게 말하면서 후짱은 왠지 모르게 풍차를 손에 움켜쥐고 울던 로쿠 아저씨를 떠올렸다.

가지야마 선생님은 숨을 길게 내쉬고 나서 말했다.

"후짱. 네가 여러 가지 걱정하는 것은 선생님도 잘 알겠어. 하지만 네가 아빠의 병이 나을지 어떨지 의심하면 어떻게 하니? 나을지 어떨지가 아니라 반드시 낫게 해야지."

"엄마도 그렇게 말해요."

"그렇겠지!"

.대답하는 목소리가 자신도 모르게 너무 커서 가지야마 선생님은 쑥스러운 듯 웃음을 지었다.

"선생님은 의사가 아니니까 자세히는 모르지만 마음의 병에는 원인이 밝혀지지 않은 것도 많단다. 모르는 게 많다기보다 아예 모르는 것투성인가 봐. 증상이 어째서 나타나는지, 몸의 어느 부위에 이상이 생겼는지 알아내는 방법도 치료하는 방법도 모르는 것이 많아."

후짱은 가지야마 선생님의 말을 귀담아들었다.

"하지만 말이다, 후짱. 그렇다고 선생님은 비관적으로 보진 않아. 의사들이 들으면 엉터리 소리라고 할지 모르지만, 마음의 병은 마음으로 고칠 수 있다고 믿어."

후짱이 알아듣는 듯 끄덕끄덕 고갯짓을 해서 가지야마 선생님은 마음이 조금 놓였다.

"옛날 인간이 자연 속에 살고 있던 시대에는 마음의 병 따위는 없었단다. 세상이 발전하면서 그런 병이 많아졌다는 거야. 그 말은 결국 어느 시대라도 마음의 병은 인간의 마음으로 어떻게든 할 수 있다는 말 아니겠니?"

가지야마 선생님은 후짱에게 힘을 주려면 무슨 말을 해 주어야 좋을지를 생각했다. 그러면서도 가지야마 선생님은 기특한 후짱에게 힘이 되어 주기에는 자신이 너무 무력하다는 것을 절감했다. 그러나 후짱 아버지의 병이 '오키나와'와 연관이 있을 거라고는 전혀 생각지 못하고 오직 개인적인 문제로만 보고 있기 때문에 더욱 무력할 수밖에 없다는 것을 그때는 조금도 깨닫지 못했다.

가지야마 선생님은 멍하니 교실 창밖을 바라보다가 후짱이 텅 빈 운동장을 뛰어가는 것을 본 순간 가슴 밑바닥에 뜨거운 것이 차오르는 것을 느꼈다.

가지야마 선생님이 교실 창문을 활짝 열고 소리쳤다.

"후짱!"

후짱이 멈춰 섰다.

"기, 운, 내, 라, 아!"

후짱은 선생님을 향해 손을 흔들고 다시 달려갔다. 가지야마 선생님의 눈에서 이내 후짱이 사라졌다.

그날 밤 후짱은 기천천이 가게에 나타나기가 무섭게 말했다.

"기천천 오빠, 오늘 밤은 술 너무 마시지 마."

"왜?"

"이따가 기천천 오빠 아파트에 놀러 가게."

"헤."

기천천이 그 말을 받았다.

"이제야 후짱의 눈에 들었구나."

쇼키치가 놀려 댔다.

"미쳤어?"

기천천이 쏘아붙였지만 그다지 성난 얼굴은 아니었다.

"후짱, 너 10년쯤 지나거든 내게도 그런 소리 좀 해 주라."

"바보!"

쇼키치는 후짱에게 쓴소리를 듣고 아와모리가 든 카라카라 병까지 빼앗겼다.

"봐주라, 에이. 좀 봐줘."

쇼키치는 애원하는 시늉을 했다. 후짱은 엄마에게 꾸중을 듣고 쇼키치에게 카라카라 병을 내주었다.

"엄마, 잠깐 기천천 오빠 아파트에 놀러 갔다 올래."

"아니, 이 시간에?"

엄마는 정색을 하고 말했다.

"잠깐 숙제를 도와 달라고 할 거야, 괜찮지? 기천천 오빠, 응?"

후짱은 기천천에게 찡긋 눈짓을 했다.

"그, 그래⋯. 그럼 가자꾸나."

기천천은 애매하게 대답하고 일어났다. 데다노후아 오키나와정을 나오자 기천천이 곧바로 물었다.

"뭔데 그러니? 또 무슨 일 꾸미는 거냐?"

"아무것도 아니야."

후짱은 얼버무리며 기천천의 팔을 끌었다.

"뭐냐? 괜히 겁난다."

기천천은 정말로 의아했다. 기천천은 쇼키치와 함께 조선소 가까이에 있는 간이 건물 3층에 살고 있었다. 두 사람은 건물은 낡은 편이지만 창으로 바다가 보여서 마음에 들어 했다.

두 사람의 방은 분위기가 사뭇 달랐다. 기천천의 방에는 책이, 쇼키치의 방에는 레코드가 많았다. 쇼키치는 음악광으로 포크, 록 같은 노래를 특히 좋아했다. 쇼키치는 오키나와 민요를 부르는 실력도 수준급이었다. 포크와 오키나와 노래가 사이좋게 함께 살고 있는 셈이었다.

기천천이 가지고 있는 책에는 무슨 무슨 오키나와라든가 오키나와 무엇 무엇이라는 등, 대부분 오키나와라는 말이 붙어 있어서 후짱은 별로 관심이 없었다. 게다가 툭하면 오키나와 이야기를 꺼내서, 후짱은 그때마다 그렇게 오키나와 이야기만 할 거면 다시는 놀러 오지 않겠다고 핀잔을 주었다.

그러나 사실 오키나와에 대한 책보다 만화책이 훨씬 많았다. 기천천은 킹 아저씨와 달리 경마라든지 여자가 있는 술집에 가는 일이 없으므로 용돈을 대부분 책값으로 썼다. 후짱이 학교에서 들은 만화책 이야기를 하면 다음 날 기천천은 꼭 그 책을 사다 놓았다. 후짱은 학급에서 첫째가는 만화 박사였지만, 이 사실을 아는 사람은 별로 없다. 어쨌든 그것도 바로 기천천 덕분이었다. 두 사람 집에는 큰 방과 작은 방이 있는데, 처음에는 쇼키치가 큰 방을 썼다. 그런데 언제부터인가 방이 바뀌었다. 레코드는 수가 늘어나도 그다지 자리를 많이 차지하지 않지만 책은 그렇지 않았던 것이다. 더구나 값은 얼마 안 되어도 두꺼운 만화책은 자리를 많이 차지했다. 성격이 호탕한 쇼키치가 흔쾌히 방을 바꿔 줘, 나중에 들어온 기천천이 큰 방을 쓰게 되었다. 적어도 남들에게는 그렇게 보였다.

"기천천은 대단한 학자구나."

처음 기천천의 방에 들어온 사람은 누구나 그런 말을 했다. 그리고 유심히 책 제목을 들여다보고 나서는 대개의 사람은 "이게 다 무슨 책이야?" 하고 말했다. 물론 후짱은 그런 말을 하지 않는다.

어쨌든 기묘한 배합이다. 오키나와 책과 오키나와의 민요, 만화와 포크라면 누구나 수긍이 가겠지만….

후짱과 기천천은 그런 기천천의 방에 도착했다.

"너 숙제하기 싫어서 만화책 보러 왔지?"

기천천이 말했다.

"좋을 대로 생각해."

후짱은 대수롭지 않게 넘겼다.

"기천천 오빠, 내가 읽을 만한 오키나와 책이 있어?"

"얘가?"

기천천은 놀랐다.

"이게 어찌된 거야. 이때까지 오키나와에 대해 여러 가지 이야기를 해 주었지만 네가 직접 책을 읽고 알 수가 있겠니? 넌 아직 초등학교 6학년이잖아?"

"무시하지 마!"

후짱이 볼멘소리를 했다.

"아마 기천천 오빠보다 글자를 내가 더 많이 알걸?"

기천천이 미안 미안, 하고 사과했다.

"그보다 사진첩이 어떠냐?"

"사진첩?"

후짱은 실망한 듯한 목소리였다.

"우선 보기나 해 봐. 얼마나 아름다운데."

기천천은 늘 자랑스럽게 여기는 오키나와 이야기를 할 수 있게 되자 당장 신바람이 나는 모양이었다. 기천천이 들고 온 책은 겉보기에도 아주 근사했다. 오키나와가 '류큐'라고 불리던 시절의 여러 가지 공예품이 원색으로 인쇄되어 있었다.

처음에는 대충대충 책장을 넘기던 후짱이 이내 탄성을 질렀다.

"옷이 참 곱다!"

"그걸 본토에서는 가스리*라고 해. 오키나와 천 중에서 제

---

* 감색 바탕에 날아가는 흰 새 무늬가 있는 옷감.

일 고운 거야."

옷감에 푸른 바다와 하늘빛을 한꺼번에 담뿍 녹인 것처럼 보였다. 씨줄과 날줄로 엇갈려 짠 흰색은 산호초에 부딪혀 흩어지는 흰 물결, 멀리 수평선 너머에 흐르는 흰 구름 같은 아름다움이 있었다.

"빈가다* 옷은 엄마도 한 벌 가지고 있지만, 이건 그것과도 아주 다르네. 정말 곱다. 나도 한번 입어 봤음!"

역시 후짱은 여자애였다.

"이 옷감은 야에야마에서 만드는 거지. 후짱 아빠의 고향에서 나는 천이야."

우아, 후짱이 감탄했다.

"이건 또 어떠냐?"

기천천이 다음 페이지를 펼쳤다. 오키나와의 옛 항아리였다. 후짱은 제 손으로 차례차례 페이지를 넘겼다.

"이것도 재미있네. 기천천 오빠, 정말 독특한 데가 있어."

"어디 보자."

기천천이 들여다보았다.

"파나리야키야. 후짱은 정말로 대단하구나. 이건 야에야마의 항아리지."

파나리야키라는 항아리는 붉은색이 은은히 감돌고, 우툴두툴하게 생긴 것이 어딘가 친숙하고 정다운 느낌을 주었다.

★ 오키나와 특유의 무늬가 염색된 옷감.

통통한 모양이 여자아이의 볼처럼 귀여웠다.

"파나리라는 말은 집의 바깥채라는 뜻인데, 야에야마에서 떨어져 나간 아라구수쿠섬을 가리켜. 이 항아리는 붉은 진흙에 달팽이를 섞어서 참억새풀로 구워 낸 거야. 그렇게 구워 내는 방식은 세계 어디를 가도 찾아볼 수 없지. 정말 세계 제일의 항아리야."

기천천의 자랑은 끝날 줄을 몰랐다. 대충 훑어보고 난 뒤에 후짱이 말했다.

"기천천 오빠. 오키나와 전쟁에 관한 사진첩은 없어?"

"뭐?"

기천천은 후짱이 던진 질문에 의아했다.

"오키나와 전쟁만을 담은 사진첩은 없지만, 이 책 저 책 속에 조금씩 나와 있는 건 있다. 보고 싶으면 찾아 줄까?"

"찾아 줘."

후짱은 또렷하게 말했다.

후짱의 가슴이 두근두근 뛰기 시작했다.

13

기천천은 책장에서 책을 꺼내 책장을 넘기고 있었다.

"막상 찾으려니까 눈에 안 띄네."

투덜투덜하면서도 그런대로 책하고 잡지 몇 권을 찾아냈다.

"그런데 이런 사진을 후짱한테 보여 줘도 괜찮을지 모르겠다."

기천천은 작은 목소리로 중얼거렸다. 오키나와당인 기천천이지만 어린 후짱한테 전쟁의 잔혹함을 그대로 보여 줘도 괜찮을지 여전히 망설여지는 모양이다. 후짱은 점점 가슴이 두근거렸다.

"기천천 오빠도 전쟁을 모르잖아? 그럼 나하고 마찬가지 아니야?"

"응, 그건 그렇지만….."

기천천은 어딘지 마음이 편하지 않은 듯했다. 오키나와당의 골수치고는 좀 줏대가 없어 보였다.

"빨리 이리 줘."

"그래."

기천천은 마지못해 후짱 앞에 책을 놓았다.

"이게 뭐야, 기천천 오빠?"

후짱이 접혀 있는 첫 페이지를 펼쳐 보며 물었다.

"함포 사격과 공중 폭격을 받아 구멍투성이가 된 오키나와 남부의 사진이야."

"우주선에서 보내온 달 사진 같아. 진짜 엄청난 일이 있었 구나."

황량한 모습이었다. 그 책에 나와 있는 오키나와는 후짱의 엄마 아빠가 늘 이야기하던 아름다운 오키나와가 아니라 아무런 생명체도 보이지 않는 적막한 세계였다. 모든 것이 파괴되고 타 버린 오키나와는 후짱 말대로 달 표면과 다를 것이 없었다. 다르다고 하면 무수히 뚫려 있는 크고 작은 구멍이 모두 거대한 포탄 자국이라는 것뿐.

"도망칠 곳이 아무 데도 없잖아?"

후짱이 비명을 지르듯 말했다.

"남부는 어디나 평지니까 숨을 곳이 없지."

기천천이 대답했다. 두 사람은 마주 보았다. 기천천과 후짱 은 무서운 장면을 떠올렸다. 후짱은 침을 꼴깍 삼켰다.

"세 사람 중 한 사람 꼴로 죽었어."

흐음, 후짱이 듣는 둥 마는 둥 대답했다. 후짱은 재빠르게 머릿속으로 계산을 하고 있었다.

'아빠와 엄마, 할아버지와 로쿠 아저씨와 고로야 아저씨가 살아남고, 나와 기천천 오빠가 죽는 셈이구나.'

"있잖아, 기천천 오빠. 후짱이 죽는다면 엄마 아빠가 얼마나 슬퍼할까?"

"말도 안 되는 소리!"

기천천이 되받았다. 바보 같은 소리 말라고 기천천이 다시 한번 핀잔을 주었지만, 후짱이 무엇을 생각하고 있는지는 알지 못했다.

"함포 사격이란 게 뭐야?"

후짱은 화제를 바꿀 양으로 물었다.

"굉장히 큰 군함에서 포탄을 소나기처럼 퍼붓는 거야. 이걸 봐."

기천천이 다음 쪽을 펼쳤다.

"이게 다 미군 배야?"

"그래."

기천천이 대답했다. 후짱은 크게 한숨을 내쉬었다. 크고 작은 여러 척의 함선이 빈틈없이 바다를 뒤덮고 있었다. 상륙한 전차가 길과 논과 밭을 거침없이 질주해 다니며 난폭하게 바퀴 자국을 내고 있었다.

"이게 전부 미군의 전차야?"

후짱이 물었다.

"그래."

기천천은 같은 대답을 했다.

"어디서 전쟁을 하고 있는 거야?"

"뭐?"

기천천은 도대체 무슨 소리냐는 투였다.

"너 지금 어디서 전쟁을 하느냐고 물었냐? 어디서라니?"

기천천은 말을 더듬으며 사진을 가리켰다.

"여기서 하고 있잖아?"

"전쟁이라면 양쪽이 싸우는 거 아냐? 그렇지? 기천천 오빠."

답답하다는 듯이 후짱이 되물었다. 기천천은 무슨 소린가
싶어 멍한 표정을 지었다.

"진짜 답답해 죽겠네. 전쟁이라면 총으로 서로 쏘는 거 아
냐? 저쪽에서 대포를 쏘면 이쪽에서도 대포로 맞받아 쏘고.
전차는 전차끼리, 비행기는 비행기끼리 그렇게 맞받아치는
게 전쟁이잖아?"

기천천은 그제야 후짱이 무슨 말을 하는지 알 것 같았다.

"오키나와 전쟁은 그런 전쟁과는 달라."

기천천은 기가 막힌다는 얼굴로 말했다.

"그럼 어떤 전쟁인데?"

"글쎄, 뭐라고 해야 할까….."

기천천은 여전히 말문이 막히는 모양이었다.

"이런 건 정확하게 이야기해 줘야 하거든."

기천천은 그렇게 말하면서 책장에서 다른 책을 한 권 꺼내
왔다.

"자, 여기 쓰여 있지. 이 육전사연구보급회에서 펴낸《오키나와 작전》에 의하면 미군 수는 4월 30일에는 20만 6,750명, 5월 31일에는 23만 8,669명으로 불어났어. 이 거대한 미군이 1,500여 척의 함선에 나눠 타고 오키나와를 기습한 거야. 자 봐라, 후짱. 1,500척의 배 안에는 비행기를 실은 배도 있고, 전차를 실은 배도 있고, 대포를 실은 배도 있어."

"일본은?"

후짱이 물었다.

"그게 말야."

기천천은 다음 페이지를 넘겼다.

"자, 읽는다."

기천천이 읽어 내려갔다.

"육군 병력 약 8만 6,400명, 해군 병력 약 1만 명. 그 밖에 화력으로서는 화포가 25문, 분진포 20문, 박격포 50문, 각종 기관총이 대충 300정쯤 있었다. 겨우 이걸로 전쟁이 되겠니? 오키나와 사람들은 용감하게 싸웠지만 이건 처음부터 게임이 안 되는 거였어."

기천천은 벌겋게 달아오른 얼굴로 흥분해서 말했다.

"게다가 말이다…. 오키나와 결전을 바로 앞두고 오키나와를 지키던 일본군이 3분의 1쯤 되는 병력을 딴 데로 빼돌렸어."

어느새 기천천은 무서운 얼굴이 되었다.

"처음부터 오키나와를 지킬 생각이 없었던 거야. 눈 뜨고 오키나와를 죽인 거지. 일본 본토 놈들은 멋대로 오키나와를 희생시켜 저희들만 단물을 빨아먹었지. 옛날부터 줄곧 그랬어. 지금도 마찬가지야. 앞으로도 그럴 거고."

후짱은 늘 일본 본토를 욕하는 기천천이 싫다는 생각을 했었다. 오키나와, 오키나와 하면서 역성을 드는 것도 꼴불견이었다. 지금도 기천천이 하는 말이 옳은지 그른지 잘 알 수는 없었다. 고베에서도 죄 없는 많은 사람들이 공습으로 타 죽었다고 가지야마 선생님이 말했다. 하지만 이 순간, 기천천에게서 그런 말을 꺼낼 수 없게 만드는, 서슬 퍼런 기운이 느껴졌다.

"모두 두더지처럼 죽어 갔지. 오키나와 주민 45만 명 중에서 16만 명이 죽었어. 이런 전쟁이 세계 어디에 또 있었단 말이냐?"

기천천은 직접 전쟁 피해를 입지 않았고 집단 취직으로 고베에 나와서도 줄곧 쇼키치와 함께 지냈으니까 그다지 쓰라린 고초도 당하지 않았다. 그런데도 오키나와에 관한 일이라면 무섭게 변했다. 오키나와 태생이라는 것 때문에 고생하는 사람을 보면 가족처럼 돌보아 주었다.

기천천과는 곧잘 입씨름을 하지만, 후짱은 지금 눈이 붉게 충혈되어 분노하고 있는 기천천이 참으로 마음 따뜻한 사람이라는 생각을 했다.

"기천천 오빠, 이제 다음 사진 보자."

후짱은 따뜻한 목소리로 말했다.

다음 페이지를 넘기니 전차가 한 줄기 불길을 동굴을 향해 쏘아 대는 사진이 있었다.

"화염 방사기로 안에 있는 사람들을 태워 죽이고 있는 거야. 좁은 동굴 속에 갇힌 채 불타 숯처럼 되는 거지. 이게 전쟁이야. 용감이다 뭐다 개나발 불지 말란 말야. 엉터리 같은 놈들."

기천천은 누구더러 엉터리 같은 놈들이라고 한 것일까.

기천천은 입을 다물고 다음 쪽을 펼쳤다. 후짱은 큰 눈을 더 크게 뜨고 조금도 움직이지 않았다. 참혹한 사진이었다.

부녀자와 아이들의 주검이 겹겹이 쌓여 있었다. 어떤 여자는 몸을 앞으로 오그린 채, 어떤 여자는 하늘을 향한 자세로 죽어 있었다. 엄마 팔에 안긴 채 죽은 아이도 있고, 고무공처럼 내동댕이쳐진 아이도 있었다. 언뜻 보면 낮잠을 자고 있는 듯 보이는 아이 주변에는 온통 피가 흥건히 고여 있었다. 눈이나 코에서 한두 줄기 피가 흐르고 처참한 시체가 있는가 하면, 시체와 시체 사이에 가슴만 뒹굴고 있는 것도 있고, 다리만 내던져져 있는 것도 있었다. 위아래를 구별할 수 없는 몸뚱이뿐인 시체도 몇 구 있었다. 사방에 흩뿌려진 핏자국은 저마다 옷에 점점이 물들어 마치 벌레가 엉겨 붙어 있는 것 같았다.

"수류탄으로 자결하거나 목구멍을 찌르거나 배를 갈라 죽은 사람도 있어. 도대체 왜 이들이 죽어야 했냐고…."

기천천은 거의 알아들을 수 없는 작은 목소리로 말했다.

갑자기 후짱이 어깨를 들먹이더니 구토를 했다. 순간 기천천은 당황했다.

"이젠 더 보지 마라, 미안하다. 내 잘못이다."

거의 울상이 된 기천천이 안절부절못하며 후짱의 등을 어루만졌다. 기천천은 확실히 자신이 잘못했다고 느꼈다. 처음으로 남에게 자기 생각을 마구 밀어붙이는 성격을 가슴 깊이 뉘우쳤다. 기천천은 서둘러 후짱 앞에 놓인 책과 잡지를 치우기 시작했다. 그때였다.

"거기 둬! 볼 거야. 똑똑히 볼 거야."

후짱이 강한 어조로 말했다.

땀인지 눈물인지 분간할 수 없는 것이 후짱의 얼굴을 온통 적시고 있었다.

"이젠 됐다, 응? 그만둬. 이젠 됐어."

기천천은 울음을 터뜨릴 것 같은 목소리로 말했다.

"아냐, 똑똑히 다 볼 거야. 토해서 미안해."

후짱은 손수건과 화장지로 뒤처리를 하고, 침착한 태도로 일어나 욕실로 갔다. 수도꼭지를 세게 틀어 시원하게 얼굴을 씻었다.

14

그날 밤 후짱은 밤늦도록 잠들 수가 없었다.

이리저리 몸을 뒤척였다.

잠을 청하려고 애를 썼지만 그럴수록 더욱 기천천 오빠네서 본 사진들이 떠오르는 것이었다. 무슨 장면인지 또 무엇을 의미하는지 기천천 오빠가 설명해 준 여러 사진들. 그러나 지금 후짱이 머릿속에 떠올린 것은 사진에서 본 전쟁 장면이 아니라 사람들의 얼굴이었다.

여러 사진들 가운데 슈리의 무덤 속에서 파낸 아이들 사진이 있었다. 어린 자매는 버들고리짝 안에 들어 있었는데 마치 무슨 장난을 치다가 걸려 꾸중을 듣고 있는 듯한 표정이었다. 한 아이는 고개를 숙이고 있고, 한 아이는 정면을 보고 입술을 삐죽이고 있었다. 손에도 얼굴에도 피가 엉겨 붙어 있었다. 울지 않는 것이 아무리 보아도 장난을 치다가 야단맞은 어린아이 얼굴이었다.

어떤 장난을 쳤다는 것일까. 후짱은 세상에서 제일 이해하기 어려운 얼굴을 보는 듯했다. 후짱은 버들고리짝 속의 어린 여자아이가 왠지 엄마 같은 생각이 들었다. 엄마의 어릴 적 모습 같았다.

미군 병사 앞에서 어깨의 견장을 뜯어내고 있는 일본군 병사의 사진도 있었다. 그 견장을 옆에서 훔쳐보고 있는 또 한 명의 일본군 병사는 무슨 수수께끼를 풀고 있는 듯한 얼굴이었다. 곰곰이 생각하고 있으나 결코 절박한 얼굴은 아니었다.

기천천의 이야기로는 일본군 병사는 붙잡히면 오키나와 주민들보다 더 위험했다고 한다. 그도 그럴 것이 서로 죽이기 내기를 했으니 당연한 이야기일 것이다. 그러나 그 병사는 죽음을 앞둔 얼굴이 아니었다. 아무리 보아도 수수께끼를 풀고 있는 얼굴이었다.

더 알 수 없는 사진도 있었다.

열두서너 살 되는 소년이 두 손을 번쩍 들고 달려오는 모습이었다. 소년의 얼굴은 당장 울음이 터질 듯이 일그러져 있었다. 군인도 아닌데 어째서 두 손을 들고 항복을 하는 것일까.

'저건 아빠일지도 몰라.'

후짱은 왠지 모르게 그런 생각이 들었다.

생판 다른 표정의 인간들이 한 장소에 있다는 것이 이해가 안 갈 뿐더러 무서웠다.

총을 든 미군 앞에 한 가족으로 보이는 사람들이 꿇어앉아 있었다. 노인은 땅을 내려다보면서 앞으로 일어날 일을 가만히 생각하는 표정이다. 딸아이는 엄마의 어깨에 얼굴을 기대어 울고 있었다. 노파는 아무것도 생각하지 않는 듯한 얼굴이다. 아내는 남편의 얼굴을 가만히 보고 있다. 남편은 모든 것을 꾹 참고 견디고 있는 듯했다. 총을 든 미군은 다섯. 둘은 태평스럽게 웃고 있다. 하나는 멍하니 딴생각에 빠져 있고, 또 하나는 표정을 잘 알 수가 없었다. 제정신인 듯 보이는 사람은 하나뿐이었다. 후짱은 저런 상황에서 저렇게 웃고 있는 사람들은 영원히 죽을 때까지 좋아할 수 없는 사람들이라고 막연히 생각했다.

오랫동안 후짱의 시선을 끈 사진이 또 있었다. '동굴에서 나온 피난민들'이라는 설명이 붙어 있었는데, 그들은 도대체 사람 같지가 않았다. 몸에 무엇을 걸치고 있는지조차 알아볼 수가 없고, 모두 맨발이었다. 지친 사람들. 넋 놓고 바라보는 후짱의 눈에 사진 속 사람들은 참으로 비참해 보였다.

무엇보다 후짱의 마음에 오래 남은 것은 그 사람들의 눈빛이었다. 똑바로 앞을 쏘아보고 지금부터 무슨 일을 하러 가는 사람처럼 걷고 있는 사람이나 땅을 보고 걷고 있는 사람의 눈은 깊은 생각에 잠긴 듯 보였다. 아이들은 가만히 이쪽을 바라보고 있었다. 붙잡힌 사람들에게서 흔히 보는 불안한 눈빛을 한 사람은 하나도 없었다. 후짱은 그 속에 로쿠 아저씨나 고로야 아저씨가 있다고 믿었다. 로쿠 아저씨도 고로야 아저씨도 사진에서 본 눈빛과 다르지 않았다.

풀섶에는 해골이 나뒹굴고 있었다. 하나는 작은 해골이었다. 엄마의 팔은 아이의 머리 밑에 깔려 있었다. 팔은 물론 백골이었다. 머리맡의 밥통에는 달팽이가 들어 있었다. 먹지도 못하고 죽은 것이다.

'저 작은 해골은 로쿠 아저씨의 아기, 저것은 미치코 거야…'

후짱은 그렇게 생각했다.

가위에 눌렸던 모양이다.

후짱은 엄마가 흔들어 깨우는 바람에 눈을 떴다.

"왜 그래? 무서운 꿈 꿨니."

그러다가 엄마는 깜짝 놀랐다.

"어머나, 이 땀 좀 봐. 얘가 왜 이래?"

엄마는 차가운 물수건으로 후짱의 이마와 가슴을 닦아 주었다.

"아빠는?"

후짱은 잠긴 목소리로 물었다.

"네 곁에 계시잖니?"

후짱은 안심한 듯이 끄덕였다.

"할아버지는?"

"오늘 밤에는 아파트에 가서 주무신단다."

후짱은 무엇인가를 확인하듯이 방 안을 빙 둘러보았다. 그러고 나서 곁에 자고 있는 아빠의 손을 잡아당겨 가슴에 꼭 쥐었다.

'새우처럼 이렇게 몸을 구부리고 자면 꿈을 안 꾸겠지.'

후짱은 다시 잠을 청했다.

우연한 기회에 후짱은 기요시를 찾아냈다.

"꼭 올 거야. 약속했으니까."

후짱은 기요시를 데다노후아 오키나와정으로 데려오지는 않았지만 자신 있게 말했다.

후짱의 이야기를 들어 보면 이랬다.

그날은 후짱이 소풍을 가는 날이었다. 조금 있으면 수학여행이라 이날 6학년은 가볍게 걸어서 갈 수 있는 가라스바라 저수지로 갔다.

기요시를 만난 것은 돌아오는 길에서였다. 기쿠수이초 거리를 지나 전에 시청이 있던 거리를 지나던 후짱은 별 생각 없이 어떤 음식점의 부엌 출입문 쪽으로 눈길을 주었다. 그때 앞치마를 두르고 굽 높은 게다를 신은 소년이 쓰레기를 버리러 밖으로 나오고 있었다.

"아니, 쟤는!"

후짱은 '어디서 본 아이인데, 누굴까?' 싶었다.

소년은 쓰레기를 버리고 나서 소풍 길에서 돌아오는 아이들을 바라보았다.

'앗! 그 애다. 기천천 오빠가 데리고 왔던 애다.'

그런 생각이 들자마자 후짱은 곧바로 대열에서 뛰어나와 눈 깜짝할 사이에 기요시의 팔을 낚아챘다. 기요시는 순간 화들짝 놀란 얼굴이었다.

"뭐야, 너냐?"

기요시가 이내 무뚝뚝하게 내뱉었다.

"뭐야, 너냐가 뭐야? 이 얼간아."

말보다 먼저 후짱이 기요시의 엉덩이를 걷어찼다.

"이게 누구한테 발길질이야?"

후짱은 들은 척도 않고 두세 번 계속해서 걷어찼다. 가지야
마 선생님이 놀라 달려왔다.

"길에서 이게 무슨 짓이냐. 오미네! 그만두지 못해?"

가지야마 선생님은 기가 막힌다는 얼굴이었다.

"자, 당장 기천천 오빠에게 가. 당장, 당장."

하아, 하아 숨을 몰아쉬면서 후짱은 기요시를 노려보았다.
가지야마 선생님이 말려서 걷어차는 것은 그만두었다.

"너도 남자지? 남자라면 도망은 치지 말아야지! 뭐냐, 남
자라면서."

사정이 있는 눈치여서 가지야마 선생님은 쉽게 끼어들지
못했다.

"선생님 1분간만 용서해 주세요. 곧 뒤쫓아 갈게요."

기요시를 훑어보는 가지야마 선생님은 못내 후짱이 걱정
스러운 눈치였다.

"아는 애니까 괜찮아요, 선생님."

"그래? 그럼 곧 와야 한다."

가지야마 선생님은 신신당부를 하고 갔다. 모두 가 버린 뒤

에 후짱이 다시 말하기 시작했다.

"기천천 오빠가 얼마나 쓸쓸해하는지 알아? 화도 내지 않고 풀이 죽어 가지고, 넌 기천천 오빠한테 미안하지도 않냐?"

"너 진짜 대단한 계집애구나."

"딴소리하지 마."

후짱이 말을 가로막았다.

"그래 날더러 어쩌라는 거야?"

"기천천 오빠에게 가서 빌어야지."

'돈도 돌려주고' 하려다가 그 말은 참았다.

"쇼키치 오빠에게도 빌어."

"기천천은 별고 없냐?"

기요시는 그제야 생각난 듯이 물었다.

"빌 거야, 안 빌 거야? 어느 쪽이야? 남자가 사과할 용기도 없어?"

"그래, 사과해야지."

기요시는 졌다는 듯이 대답했다.

"언제?"

후짱은 다그쳤다.

"이삼일 안으로 간다."

"안 돼, 오늘 와."

"지독하네."

"몇 시에 올래?"

기요시는 시간까지 정하라는 거냐고 꿍얼꿍얼 불평했다.

"이 집이 늦게 끝나니까 11시가 지나야 해."

"좋아, 진짜 와야 한다. 나도 자지 않고 기다릴 거다. 거짓말하면 이젠 정말 안 믿어."

"헤, 지금은 믿는다는 거냐?"

기요시가 농담조로 받아넘겼다.

"이 바보야."

후짱이 맞받았다.

"자, 그럼 간다."

후짱은 달리기 시작했다. 조금 달리다가 뒤돌아보니 기요시는 그대로 서 있었다.

"진짜야, 진짜 와야 한다, 너. 모두 기다릴 테니. 기천천 오빠가 좋아할 거야."

15

11시가 조금 지났는데도 기요시는 나타나지 않았다.

"이놈의 새끼."

킹 아저씨는 그렇게 말하면서 마지막 잔을 꿀꺽 들이켰다.
가게에는 킹 아저씨 말고도 기천천, 쇼키치, 게다가 요사이
자주 가게에 오는 도도 아저씨도 있었다. 데다노후아 오키나
와정은 11시에 가게 문을 닫는다.

"엄마, 오늘 밤은 12시까지 문을 열어 두자."

구석에서 묵묵히 공부하고 있던 후짱이 연필을 내려놓고
말했다.

"나도 설거지 할게. 응? 그래도 되지, 엄마."

엄마는 할아버지의 얼굴을 쳐다보았다. 가게를 열어 놓는
문제보다 기요시가 오지 않을 때의 일을 생각하는 듯했다. 그
때 할아버지가 엄마에게 뭔가 눈짓을 했다. 그래서 엄마는 가

게를 열어 두기로 했다.

"시간 연장, 그럼 됐다."

깅 아저씨가 상당히 취한 목소리로 한 잔 더 하자며 카라카라 병을 내밀었다.

그러자 후짱이 공책을 탁, 덮으며 말했다.

"깅 아저씨 때문에 가게 문을 열어 두는 게 아냐."

"아무려면 어때. 너무 쌀쌀맞게 그러지 마라."

깅 아저씨는 술버릇이 조금 깔끔치 못했다.

"아와모리는 다 팔렸어."

후짱이 매몰차게 말했다.

"그 항아리 속에 얼마든지 있잖니?"

"그렇지만 오늘치는 다 팔고 없어."

그런 억지가 어디 있냐며 깅 아저씨가 투덜댔다. 기천천이 자기의 카라카라에 남아 있던 아와모리를 깅 아저씨에게 따라 주었다.

"미안하다. 기천천은 역시 멋진 사나이야."

깅 아저씨는 기천천을 추켜세우고는 노래 부르듯이 말했다.

"거기다 대면 후짱은 너무 노랑이."

"그런 소리 하면 다시는 깅 아저씨를 생각해 주지 않을 거야. 그렇게 술 먹고 알코올중독으로 병원에 들어가도 누가 보러 가나 봐!"

"아이쿠, 제대로 맞았다."

깅 아저씨가 비는 시늉을 했다. 할아버지가 하하하 웃었다.

"후짱, 이쪽에 와서 주스라도 마셔라. 너무 공부만 하면 바보가 된단다."

쇼키치가 말했다.

"어째서 공부한다고 바보가 돼?"

"기천천은 공부를 너무 해서 바보가 된 거야."

뾰로통한 후짱을 보며 쇼키치가 히죽히죽 웃었다.

"아니야, 기천천은 만화 바보야."

깅 아저씨가 시치미를 떼고 말하자 할아버지도, 엄마도, 도도 아저씨도 박장대소했다. 기천천도 분위기를 맞추듯이 함께 웃었다. 기천천은 여기서 맞받아쳐야 할 입장이지만, 오늘 밤 기요시가 가게에 안 올 것이라 점치고 모두가 후짱의 마음을 달래 주려는 걸 알아챘기 때문에 어쩔 수가 없었다.

"그래 좋아, 좋아, 난 아무 말 안 할 테니까."

기천천은 다만 그 말만 했다.

"기천천 오빠의 초등학교 때 성적표를 보았는데 굉장히 좋은 점수였어. 그렇지, 기천천 오빠?"

후짱이 그를 감싸며 정색하고 말했다.

"바보가 된 것은 그다음부터란다."

여전히 쇼키치는 이죽거렸다. 후짱은 쇼키치의 얼굴을 한참 보다가 비로소 자기를 빗대고 하는 말임을 눈치챘다.

"알았어!"

후짱은 쇼키치에게 덤벼들면서 소리를 질렀다.

"쇼키치 오빠는 바보, 멍청이."

쇼키치는 머리를 감싸 쥐고 도망쳤다.

"그래 한바탕해 봐, 후쨩."

기천천이 응원을 했다. 깅 아저씨는 더 신이 나서 젓가락으로 근처에 놓인 그릇들을 두들겨 댔다.

"얘, 후쨩 그만해라. 아빠 깨실라."

엄마 말을 듣고 후쨩은 그제야 쫓는 것을 그만두었다.

"잊지 마, 쇼키치. 오줌싸개 같으니."

후쨩은 분해 못 참겠다는 듯이 말했다.

"얘야!"

엄마가 정색하며 야단을 쳤다.

11시 반이 되었다. 아무도 기요시를 입에 올리지 않았다.

"후쨩. 오셀로 게임 할래?"

기천천이 말했다.

후쨩은 덤덤한 표정을 지으며 "어쩐지 공기가 이상한데?" 하고 주위 사람에게 들리지 않는 작은 목소리로 중얼거렸다.

"그 애가 어떻게 된 걸까. 너무 늦는데⋯."

오셀로 판을 펴면서 후쨩은 속이 상한 듯 중얼거렸다.

"기요시 말이냐? 와도 좋고 안 와도 좋고, 그저 그런 거 아니냐?"

마치 전혀 마음에도 없다는 듯한 말투로 기천천이 받았다.

"그 녀석이 입을 싹 닦아 버릴 셈인가 보지?"

깅 아저씨였다. 쇼키치가 후쨩이 알아채지 못하게 재빨리 깅 아저씨의 발을 탁 걸어찼다.

기천천이 험악한 얼굴로 킹 아저씨를 흘겨보았다.

"뭔가 잘못된 것 같군."

겸연쩍어진 킹 아저씨가 짐짓 둘러댔다.

"뭐라고?"

후짱이 되묻자 기천천은 "아무것도 아냐, 아무것도 아냐" 하며 벌레 쫓는 시늉을 했다. 주위의 공기를 알아차리고 엄마는 후짱을 설득해야겠다고 생각했다.

"후짱."

"응?"

"너, 내일 학교에 안 가니? 이제 늦었으니 그만 가서 자렴. 기요시가 오면 엄마가 이야기를 잘 들어 둘 테니까. 어때요, 기천천. 그렇게 하죠?"

"그게 좋겠네요."

기천천은 벌여 놓았던 오셀로 판을 거두기 시작했다.

"왜 그래? 판세가 불리하다 이거야?"

"그래, 내가 졌다. 항복이다, 항복."

기천천은 고분고분하게 말했다.

"자, 후짱 그렇게 해라."

"내일은 일요일이잖아? 무슨 소리야, 엄마는?"

엄마는 아차 싶었다. 이제는 할 수 없다는 듯 쇼키치가 말했다.

"후짱, 기요시가 올 것 같으냐?"

"물론 올 거야, 약속했으니까."

후짱은 자신 있게 말했다. 기천천은 눈을 아래로 떨어뜨렸다.

"후짱, 그런 놈 믿지 마라, 알겠니?"

깅 아저씨는 후짱을 달래 주려고 그렇게 말했다. 후짱은 한참 아무 말도 하지 않았다. 고개를 떨어뜨리고 있는 기천천을 가만히 쳐다보고 있다가 갑자기 소리쳤다.

"그런 소리 하는 깅 아저씨 미워."

후짱의 눈에 눈물이 가득한 것을 보고 깅 아저씨는 아차 싶었다.

"왜 그러니, 후짱?"

"아무것도 아니야."

후짱은 울먹이는 소리로 말했다.

"아무것도 아니야, 이 바보들아!"

이번에는 아주 대놓고 울면서 소리쳤다.

"얘가 왜 이래?"

엄마가 카운터를 돌아서 가게로 나왔다.

"엄마도 미워."

기천천도 쇼키치도 후짱의 마음을 헤아릴 수 없어서 그저 얼굴만 마주 볼 따름이었다. 쇼키치가 기요시가 올 것 같으냐고 물었을 때 꼭 온다고 대답한 후짱은 그 순간에 문득 깨달았던 것이다.

'아, 모두들 기요시는 오지 않는다고 생각하고 있구나. 그래서 나를 달래려는 거구나.'

그렇게 생각한 순간 후짱은 왠지 지독하게 슬퍼졌다. 그러나 무엇 때문에 슬픈지 잘 알지 못했다. 그저 까닭 없이 기천천도, 쇼키치도, 깅 아저씨도, 엄마도 모두 미웠다. 모두가 너무나 미웠다. 후짱은 자기가 짐승이 되었나 싶을 만큼 까닭 모를 격한 감정에 사로잡혔다.

"그 애는 와, 꼭 올 거야."

후짱은 미친 듯이 부르짖었다.

그러나 그날 밤 기요시는 끝내 오지 않았다.

후짱은 할아버지에게 안겨 잠이 들었다. 후짱의 얼굴은 여느 때와 같았지만, 눈물 자국 때문인지 어딘가 어른스러워 보였다. 기천천과 쇼키치는 후짱의 엄마가 몇 번이나 미안하다고 인사를 해도 도리어 자기들이 무슨 나쁜 짓이나 한 것 같은 표정으로 힘없이 돌아갔다.

"후짱도 이제 사춘기니까."

깅 아저씨가 뭘 안다는 듯이 말했다. 하지만 누구도 알지 못하는 일이 있었다.

도도 아저씨가 울고 있는 후짱에게 "내일 연날리기 갈래?" 하고 속삭였고, 후짱은 고개를 끄덕였다.

16

일요일은 항구가 조용하다. 대갈못 박는 소리도, 크레인이 우르릉거리는 소리도 들리지 않는다. 하역 작업을 하지 않는 거룻배는 어딘가 느긋하다 못해 심심해 보였다. 그래서인지 항구는 평소보다 넓어 보였다.

"아빠, 오늘은 하늘이 참 맑다."

후짱은 아빠와 이야기하며 걸었다.

"일요일은 참 좋다. 그렇지, 아빠?"

아빠는 고개를 끄덕였다.

"날마다 일요일이라면 전쟁이 일어나지 않았을지도 몰라."

기천천 집에서 본 오키나와 전쟁의 화보를 떠올리면서 무심코 한 말인데, 제법 그럴싸하다고 생각했다.

"아빠는 그렇게 생각 안 해?"

아빠는 여전히 "응" 하고 짧게 대답할 뿐이었다. 후짱은 아빠의 손을 잡고 팔짝팔짝 뛰듯 걸었다.

"오늘 아침, 엄마한테 야단맞았어."

후짱은 평소처럼 장난스런 투로 말했다.

"아빠는 잤으니까 모르지만 어젯밤 난 나쁜 애였어."

아빠는 무슨 일이냐는 듯이 후짱을 보았다.

"쬐끔만 나쁜 애가 되는 건 괜찮지, 아빠?"

후짱은 뜻밖에도 조숙한 말투였다.

"후우짜앙 누나!"

갑자기 뒤에서 큰 소리가 들렸다.

도도 아저씨와 아저씨의 아이들, 구미코와 히사시였다. 후짱은 도도 아저씨를 알기 전부터 히사시를 알고 있었다.

1학년 입학식 때였다. 모두들 새 책가방을 멨는데 혼자서 낡아 빠진 손가방을 들고 온 아이가 있었다. 그 애가 히사시였다. 그때 6학년들 사이에 용기 있는 아이라고 소문이 났다. 구미코는 후짱보다 두 살 아래인 4학년인데, 세 번쯤 데다노 후아 오키나와정에 밥 먹으러 온 적이 있다.

"안녕?"

구미코가 약간 눈부신 듯 수줍게 후짱에게 아침 인사를 했다. 6학년의 오미네 후유코라고 하면 학교에서는 꽤 유명한 편이었다.

"안녕."

후짱도 인사를 하고 나서 좀 어려워하는 얼굴로 도도 아저씨를 쳐다보았다. 어젯밤 일로 조금 부끄러웠던 것이다. 도도 아저씨가 아빠에게 인사를 하자 아빠도 머리를 숙였다.

"후짱한테 줄 연을 만들어 왔다."

도도 아저씨가 정답게 말했다.

"이게 연이에요?"

쓰레기를 넣는 비닐봉지 비슷한 것을 받아들고 후짱은 고개를 갸우뚱했다. 약간 변형된 육각형으로 양 끝에 대오리가 붙어 있을 뿐이었다. 도저히 연처럼 보이지 않았다.

"이게 진짜 연이에요? 날까 몰라?"

후짱이 말하자 도도 아저씨는 싱글싱글 웃었다.

"날려 보렴."

여전히 다정한 목소리였다.

"아빠, 이게 연이래."

아빠도 미심쩍다는 눈치다.

"그럼 날려 볼까, 아빠?"

바람이 거의 없었는데 후짱이 실을 잡아채자 연은 금세 높이 날아올랐다. 실을 풀자 연은 신기하게도 푸른 하늘로 빨려 들어가듯 잘도 올라갔다. 후짱의 손에 바람의 부드러움과 나긋나긋함이 그대로 전해져 왔다. 참 이상한 연이었다. 바람을 조금도 거스르지 않고 바람을 타는 것이었다. 아니, 바람을 타는 것이 아니라, 연이 바람 그 자체였다.

"너무 높이 올라가서 재미없다. 후짱의 가게를 장식한 오키나와 연이 훨씬 좋더라."

도도 아저씨가 이렇게 말했지만, 후짱은 연날리기에 정신이 팔려 그 말을 듣지 못했다.

"아빠, 이것 좀 봐. 이렇게 높이 올라가는 연은 처음이야."

후짱은 정말 재미있어했다.

아빠는 후짱이 실을 잡고 있으라니까 마지못해 잡고 있어 어쩐지 자세가 어정쩡했다.

"기천천 오빠를 불러 와야지, 아빠 잠깐만."

후짱은 달리기 시작했다.

기천천과 쇼키치는 아침부터 하릴없는 얼굴로 방에 누워 뒹굴고 있었다. 후짱의 목소리가 들리자 기천천이 후다닥 일어났다.

"기천천 오빠, 빨리 나와. 쇼키치 오빠도 함께 와!"

기천천은 후다닥 뛰기 시작했다.

"뭔데, 뭔데?"

쇼키치도 뒤쫓아 왔다.

"뭔데 그러니? 후짱."

"굉장한 거야. 굉장한 연이 있어."

"뭐? 하늘에 날리는 연 말이냐? 그게 어쨌다는 거야?"

기천천은 별로 내키지 않는다는 듯 돌아설 기세였다.

"어른이라도 재미있을 테니까 속는 셈치고 따라와 봐."

후짱이 재촉했다. 두 사람은 투덜거리며 마지못해 따라왔다. 구미코와 히사시 그리고 도도 아저씨도 연을 날리고 있었고, 게다가 아빠가 날리고 있는 연까지 합치면 네 개의 연이 날고 있었다.

"도도 씨께서는 대단한 취미를 가지셨군요."

쇼키치가 말했다. 도도 아저씨는 말없이 두 개의 연을 내놓았다. 두 개의 대오리를 중심으로 푸른 비닐을 둘둘 만, 파란 연필처럼 보이는 물건이었다. 그래서 쇼키치는 그것이 연이라고 생각하지 않았던 모양이다.

"펼쳐 봐요."

도도 아저씨가 말했다.

"연은 연인데, 이건 좀 묘한 연이군요."

기천천은 신기해하는 표정이다.

"'플렉시블 카이트'라고 독일에서 개발한 연이지. 아이들은 말랑말랑한 연 또는 낙지연이라고 하는 모양이다만."

흐음, 기천천은 사뭇 감탄한 듯했다. 눈빛이 달라진 것을 보면 벌써 흥미를 갖기 시작한 것이 틀림없다. 기천천은 실을 잡고 달렸다. 우아, 기천천 입에서 감탄 소리가 튀어나왔다. 벌써 연은 하늘에 솟아올라 있었다.

"뛰지 않아도 올라가는데…."

구미코가 거들었다.

"야, 재미있는데."

쇼키치의 연도 곧 올랐다. 후짱도 아빠와 교대했다.

어느 연이나 기세 좋게 하늘을 날았다. 연이 꼭 도도 아저씨 같다고 후짱은 생각했다. 도도 아저씨는 묘한 매력이 있는 사람이었다. 아무 말도 안 하는데 왠지 굳센 사람같이 보였다. 후짱이 기천천 오빠와 나란히 서서 연을 올리며 말했다.

"기천천 오빠, 어제는 미안."

"응."

"이 연, 진짜 힘세다."

"응?"

기천천은 후짱의 얼굴을 보았다.

"진짜 기막힌 연이야."

'오후에 기요시가 있는 데를 갔다 와야지. 이 연처럼 아무
거리낌 없이 하늘을 훨훨 날듯 갔다 와야지.'

후짱은 마음속으로 생각하고 있었다.

17

후짱은 늦게 핀 분꽃 하나를 따 가지고 집을 나섰다. 걸으면서 꽃 밑둥의 파란 부분을 떼어 귀여운 초롱을 만들었다. 초롱을 흔들면서 후짱은 작은 목소리로 중얼거리며 걸었다.

"있다. 없다. 있다. 없다. 있다. 없다…."

분꽃 초롱은 너무 세게 잡으면 찌부러지므로 후짱의 말소리 또한 부드러웠다. 그러다가도 걸음이 빨라지면 언제나처럼 깡충깡충 뛰게 된다.

"있다. 없다. 있다. 없다. 있다. 없다…."

신개발지 쪽 거리로 곧바로 올라가면 미나토 공원이 있다. 일요일이라 야구나 축구를 하는 아이들이 많았다.

'기천천 오빠가 오후엔 요트를 탄다고 했지.'

후짱은 문득 그 생각이 났다. 기천천이 신나서 도도 아저씨가 준 낙지연을 요트에 매달고 달려 보겠다고 말을 했다.

"후짱, 오후에 요트 타지 않을래? 연을 매달고 요트를 달리는 재미, 보통이 아닐 거다."

그렇게 기천천이 끌었지만, 그때는 후짱이 기요시를 찾겠다는 결심을 한 뒤였다.

"다음에 탈게."

"뭐야, 비싸게 구네."

"'에스카르고'의 레이코 언니와 함께 가지?"

"얘가 무슨 소리야."

순간 얼굴이 붉어진 기천천은 입속으로만 중얼거렸다.

술꾼인 기천천이 두 번, 세 번 계속해서 케이크를 사 왔다. 케이크를 좋아하는 후짱은 대환영이었지만, 기천천은 쇼키치에게 혼이 났다.

"넌 먹지도 않는 케이크를 자꾸 사서 어쩌자는 거냐. 흐음, 그러고 보니 너, 그거냐?"

"그거라니 뭐, 뭐 말이야?"

기천천은 더듬거렸다.

"에스카르고의 그 애하고, 그렇고 그렇지?"

쇼키치가 놀리듯이 기천천을 보았다. 기천천은 멋쩍어서 있지도 않은 파리를 잡는 시늉을 했다. 기천천의 얼굴이 빨개졌다. 곁에 깅 아저씨가 없었으니 망정이지, 사람 놀리기 좋아하는 깅 아저씨가 있었더라면 또 한바탕 소동이 벌어졌을 것이다.

'지금쯤 기천천 오빠는 연을 매달고 요트를 달리고 있겠지.

지금은 아카시해협쯤 갔을까, 아니면 벌써 아와지섬까지 갔을까?'

후짱은 파란색 연을 하늘 높이 날리며 바다를 질주하는 요트를 그려 보았다. 금방 서늘한 바람이 온몸으로 스며들었다가 빠져나가는 것 같았다.

'다음 일요일에는 태워 달래야지. 그래, 그 애도 함께 타면 좋을 거야. 그 애는 모두들 놀 때도 일을 하고 있으니까.'

후짱은 기요시를 생각했다. 분꽃 초롱이 손의 온기로 조금 따뜻해졌다.

미나토 공원을 왼쪽으로 끼고 돌아서 기요시가 일하고 있던 음식점으로 걸음을 재촉했다. '시노지마'라는 이름의, 검은 판자로 담을 두른 고풍스런 곳이었다. 현관에 깔려 있는 검은 돌에 남아 있는 물기가 정갈한 느낌을 주었다.

데다노후아 오키나와정과는 달리, 보기에도 고급스러운 음식점이었다.

'이런 곳에서는 대체 어떤 사람이 밥을 먹는 걸까?'

으리으리한 정문으로는 도무지 들어갈 엄두가 나지 않던 후짱은 가만히 뒤쪽으로 돌아갔다. 부엌문이 조금 열려 있어 다가가 안을 들여다보았다. 앞치마를 두르고 굽 높은 나막신을 신은 사람들이 바쁘게 움직이고 있었다.

후짱은 잠깐 멈추고 심호흡을 했다. 그러고 나서 기운차게 문을 열고 "안녕하세요?" 하고 큰 소리로 인사했다. 후짱과 가까이에 있던 사람이 일손을 놓지 않은 채 힐끗 눈길을 던졌다. 순간 후짱은 불길한 예감이 들었다. 어쩐지 그대로 되돌아가고 싶어졌다.

"뭐냐?"

나이가 지긋한 남자가 무서울 정도로 무뚝뚝하게 물었다.

"기요시 있어요?"

"기요시? 그런 애 없다."

"애가 아니에요. 여기서 일하고 있는 사람이에요."

남자는 잠깐 생각하더니 안쪽을 향하여 소리를 질렀다.

"기요시가 누구냐?"

그 소리에 네댓 명의 요리사들이 이쪽을 보았다. 그들은 손을 멈추고 서로 얼굴을 마주 보았다. 한 요리사가 말했다.

"기요시라면 그 오키나와 녀석 아냐?"

"아아, 그 녀석!"

또 한 요리사가 맞받았다.

후짱은 순간 온몸이 화끈 달아올랐다. 오키나와라는 말을 듣고 낯이 뜨거워진 것은 처음이었다. 얼굴이 달아올라 자신이 뭘 하려는지 알 수도 없는 지경이었다.

"지넨이 어디 갔나, 찾아봐라."

기요시의 성이 '지넨'인 모양이었다.

"그 애는 어제 그만두었다고 주인아주머니가 그러던데요."

젊은 요리사가 말했다. 후짱의 가슴은 한층 세게 두근거렸다.

"이젠 여기 없다."

나이 지긋한 사나이는 후짱을 보고 대수롭지 않게 말했다.

개나 고양이가 없어진 것보다 더 무심한 말투였다. 후짱은 알지 못하는 세계에 잘못 들어온 것 같은 생각이 들었다. 어쩐지 한기가 들어 온몸이 조금씩 떨리기 시작했다.

'이런 곳은 질색이야. 그만 돌아가자.'

후짱이 발걸음을 막 돌리려는 순간, 아까 본 그 젊은 요리사가 말했다.

"지넨을 아는 사람이 오거든 알려 달라고 주인아주머니가 말하던걸."

15분 가까이 기다려서 후짱은 주인아주머니라는 여자를 만났다. 주인아주머니라기에 나이가 많을 거라고 생각했는데 젊은 여자였다. 눈매가 매섭고 전통 의상이 잘 어울리는 미인이었다.

"학생은 중학생?"

"초등학교 6학년이에요."

후짱이 굳은 자세로 대답했다.

"학생, 눈이 참 예쁘네."

그 여자가 말했다. 후짱은 그 여자에게서 갑자기 젖은 수건으로 등을 어루만지는 듯한 섬뜩함을 느꼈다.

"이름은?"

'할 말이 있으면 빨랑빨랑 하지….'

후짱은 화가 치밀기 시작했지만, 이런 데서는 그런 태도가 통하지 않는다는 것을 본능적으로 느꼈다.

"오미네 후유코예요."

후짱은 몸을 곧추세우고 끓어오르는 불쾌감을 밀어내듯이 큰 소리로 대답했다.

"학생은 지넨이란 애와 친척인가?"

"아녜요."

"그럼 어떤 관계지?"

"…."

후짱은 말문이 막혔다. 설명을 하기도 어렵고, 게다가 기요시와 어떻게 만났는지를 여기서 솔직하게 말하고 싶지도 않았다.

"별 관계는 없고, 그저 친구예요."

후짱은 가까스로 평소 후짱다운 태도를 되찾고 야무지게 말했다.

"그래? 그럼 지넨이 어디로 갔는지 모르겠네?"

"몰라요."

기요시를 '지넨'이란 성만 함부로 부르는 것도 불쾌했다.

"아주머니는 기요시가 어디로 갔는지 알고 있어요?"

"알 턱이 있나."

그 여자는 새삼 울화가 치민다는 듯이 말했다. 눈꼬리를 치켜올린 차가운 표정이었다.

"반년쯤 일했는데 소개비도 다 못 건졌어."

후짱은 조금 안심이 되었다. 기요시가 돈을 가지고 도망친 것은 아닌 모양이었다.

"모른다면 학생과 이야기해 봤자 소용없겠군."

이 말에는 후짱도 발끈 화가 났다.

'사람을 이렇게 오래 기다리게 해 놓고 무슨 말을 하는 거야, 이 여자가.'

"학생한테 충고하는데, 지넨 같은 그런 질 나쁜 애하고 사귀면 못써."

"…"

"불쌍해서 써 줬더니 역시 오키나와 것들은 못쓴다니까."

순간 후짱의 온몸이 활활 타올랐다. 몸 가운데서 뭔가가 불꽃처럼 튀었다. 온몸이 불덩이처럼 뜨거워졌다.

"아주머니!"

"왜?"

후짱은 입술을 깨물고 똑바로 여자를 노려보았다.

"저도, 저의 아빠도, 엄마도 오키나와 사람이에요. 오키나와 것들이란 게 뭔지는 모르지만 오키나와 사람이면 다 못쓰나요?"

"어머."

여자는 당황했다.

"할아버지도, 우리와 친하게 지내는 기천천 오빠도, 쇼키치 오빠도, 고로야 아저씨도, 로쿠 아저씨도 모두 오키나와 사람이에요. 할아버지는 많은 이야기를 알고 있고, 기천천 오빠는 어려운 사람을 보면 밥도 사 주고 옷도 사 주고, 쇼키치 오빠는 말은 막 하지만 남을 돌봐 주는 일엔 빠지지 않아요. 고로야 아저씨는 산센의 명인이고, 로쿠 아저씨는 외팔이지만 용접의 달인이고, 못쓸 사람은 하나도 없어요."

후짱은 분에 못 이겨 눈물이 핑 돌았다.

"오키나와 사람은 모두 바다를 좋아하고 노래를 좋아해요. 화초를 가지고 보기 좋은 연도 만들고, 배도 만들고, 누구나 싫어하는 까마귀하고도 친해지는 순한 사람들이고, 싸움은 질색이에요. 어떤 사람하고도 친구가 되어 춤도 추고…."

여자는 후짱의 말을 가로막으며 오키나와 사람들이 다 나쁘다는 건 아니라고 변명하듯 말했다. 그러고 나서 허리띠 사이에서 돈지갑을 꺼내 후짱의 손에 지폐 한 장을 쥐여 주려고 했다.

"이걸로 사고 싶은 거 사고, 화 풀어라."

후짱은 어이가 없어 한참 동안 그 여자의 얼굴을 쳐다보았다. 여자가 억지로 돈을 쥐여 주려는 걸 뿌리치려고 실랑이를 하다가 후짱의 오른손에 있던 분꽃이 땅에 떨어졌다.

후짱은 반은 울상이 되어 그 꽃을 집어 들었다. 그러고는 소중한 물건을 빼앗길 뻔한 어린애처럼 뒤로 멈칫했다가 다음 순간 몸을 돌려 겁에 질린 다람쥐 새끼처럼 달아났다.

18

'기요시는 바보야. 저런 인정사정없는 곳만 골라서 떠돌아 다니니까 마음이 삐뚤어지는 거야. 저런 곳에 있으면 누구나 마음이 삐뚤어지고 말 거야. 뭐야 그 여자, 예쁜 얼굴값도 못 하고 나쁜 말만 내뱉고….'

후짱은 저런 못된 여자는 처음 본다고 생각했다.

'기요시를 욕할 때 예쁜 얼굴이 일그러져 아주 흉측했어.'

후짱은 정말이지 그렇게 질 나쁜 인간은 처음이라고 다시 되새겼다.

데다노후아 오키나와정에 오는 사람들은 특별히 잘생긴 남자도 대단한 미인도 없지만, 먹고 마시고 노래하고 떠들어 댈 때 보면 저마다 참 좋은 얼굴이었다. 어딘지 모르게 참으로 따뜻한 얼굴들이었다.

후짱은 미나토 공원까지 와서 야구와 축구를 하며 놀고 있는 아이들을 멍하니 바라보며 생각에 잠겼다.

'정말 기요시는 바보야. 우리 집에 와서 일하면 좋을 텐데. 기천천 오빠에게 돌아오면 좋을 텐데….'

후짱은 기천천이 킹 아저씨에게 하던 말을 되새기고 있었다.

"그 애는 오키나와 사람이면서도 자랑할 만한 오키나와를 가지고 있지 못해. 거기다가 정작 오키나와 출신이라는 딱지 때문에 누구보다도 세상에서 고통받고 있는 그런 부류지. 참 안타까운 일이야."

'그래, 기천천 오빠 말이 맞아. 기요시는 정말 바보야. 데다 노후아 오키나와정에 오면 누구도 저를 못살게 굴진 않을 텐데….'

그런 생각 끝에 문득 떠오른 의문에 맞닥뜨린 후짱은 그만 소스라쳐 놀랐다.

'세상에서 학대받고 있는 게 기요시뿐일까. 이 넓은 일본 땅에서 오키나와 사람을 그렇게 대하지 않는 우리 식당 같은 곳이 몇 군데나 될까.'

그러자 세상에서 고통받고 있는 기요시가 백 명, 천 명, 아니 만 명, 아니 그보다 더 많을지도 모른다는 생각이 들었다. 후짱처럼 그런 고통을 겪지 않는 것이, 오히려 드문 것이다. 후짱은 입술을 꼭 깨물었다. 세상이 거대한 괴물처럼 여겨졌다.

후짱은 자기 눈이 빨개진 것을 느꼈다.

'요새 내가 참 잘 운다.'

후짱은 공중 화장실 세면대에서 얼굴을 씻으면서 생각했다.

'그래, 도도 아저씨한테 가서 연 이야기나 해 달래야지.'

후짱은 스스로 기분을 바꿔 깡충깡충 신개발지로 달려 내려갔다. 집 앞에 와서 보니 아저씨는 잡동사니를 늘어놓고 뭔가를 조립하고 있었다. 그리고 히사시와 구미코, 고등학생인 요가 일을 거들고 있었다.

"응, 왔구나."

도도 아저씨는 웃음 띤 얼굴로 후짱을 맞았다.

"뭘 하고 계세요?"

"취미 생활하고 있어."

막내인 히사시가 대답했다.

"취미?"

후짱이 고개를 갸우뚱했다. 요가 웃으면서 후짱이 아닌 히사시에게 말했다.

"그게 아냐. 이건 아빠의 취미라면 취미지만, 원래는 취미 축에 들지도 못해."

"그럼 뭐라고 그래?"

히사시가 대들었다.

"취미는 취미지만…."

"그럼 됐지, 뭐야?"

말버릇이 사나운 초등학교 1학년생이었다.

"잡동사니를 사다가 쓸 만한 것은 고쳐서 팔고, 못 쓰는 것은 모아서 재활용하는 거야. 잡동사니 재활용이라고나 할까."

도도 아저씨가 설명해 주었다.

"자전거는 500엔, 쿨러는 5,000엔, 선풍기는 100엔."

히사시가 큰 소리로 덧붙였다.

"거짓말."

후쨩의 눈이 동그래지자, 구미코가 옆에서 거들었다.

"진짜야."

보아하니 지금 자전거를 함께 만들고 있는 모양이었다.

"우리 아빠의 취미야."

"흐음, 참 좋은 취미네."

후쨩은 감탄했다.

"우리 아빠, 취미가 또 있어."

히사시는 자랑스레 말했다.

"연 만들지, 옷 만들지, 밥그릇 만들지, 감자 농사도 짓지…."

"잠깐, 차근차근 설명해 줘야지."

후쨩이 눈을 흘겼다.

도도 아저씨는 집념이 강해 무슨 일에든 열중하기 시작하면 도중에 그만두는 일이 없었다. 배나 비행기의 모형을 만들기도 하고, 민속놀이 기구를 수집하기도 하다가 그림을 배우러 어느 유명한 화가의 제자로도 들어갔다. 그런데 그림을 그리는 것보다 돈벌이나 이름을 파는 데 여념이 없는 화가에게 정이 떨어져 그곳을 나왔다. 그 뒤에는 효고 지방에서 나오는 도자기에 마음이 끌려 흙을 주무르기도 했다. 지금도 틈만 나면 가마에서 도자기 그릇을 굽곤 한다. 옷을 만든다든지 감자 농사를 짓는 것은 자급자족을 위한 훈련인 것이다. 도도 아저씨는 전기 공사 일을 하면서 그렇게 고집스런 인생을 살고 있었다.

"전에는 참 쓸데없는 일에 열중했지. 사람이 살아가는 데는 필요한 일과 필요 없는 일이 있는 법이다. 그걸 모르는 사람은 보잘것없는 사람이야. 그런데 오키나와 사람들은 대단해. 그 점에서는 분명하거든. 정말 대단한 사람들이지."

도도 아저씨가 말했다.

후짱은 저도 모르게 가슴이 뛰었다.

"후짱네 음식은 무엇이든 맛있어. 그런데도 사람들이 몰라주니 기가 차지. 내가 만드는 도자기 그릇은 아직 멀었어. 데다노후아 오키나와정의 음식 맛을 이길 수 있는 그릇을 만들어야 하는데⋯. 여러 가지 일에 미쳐 보았지만 이게 마지막이야."

도도 아저씨의 얼굴은 마치 갓난아기처럼 해맑았다.

"일본에서 제일 먹기 좋은 밥그릇을 만들어 제일 싼값에 파는 것이 꿈이야. 아마 백 년은 더 걸리겠지."

"사람은 그렇게 오래 못 사는데?"

히사시는 이해가 안 가는 모양이다.

"살아서 해 봐야지."

도도 아저씨는 그렇게 말하고서 하하하, 웃었다. 후짱의 가슴속에는 수많은 작은 새가 일제히 지저귀는 것 같았다.

"이제 후짱에게 근사한 자전거를 만들어 주마."

아저씨의 목소리를 뒤로하고 후짱은 이들과 헤어졌다.

후짱은 몇 번이나 도도 아저씨의 말을 되새겨 보았다.

"사람이 살아가는 데는 필요한 일과 필요 없는 일이 있는 법이다. 그것을 모르는 사람은 보잘것없는 사람이야. 그런데 오키나와 사람들은 대단해. 그걸 잘 알고 있으니. 정말 대단한 사람들이지."

'도도 아저씨가 하는 말을 지금은 잘 알 수 없지만 언젠가는 알게 될 거야. 그때까지 잊어버리지 않게 단단히 새겨 두어야지.'

"기요시, 넌 진짜 바보야. 세상에는 도도 아저씨 같은 사람도 있어. 넌 진짜 진짜 바보야. 아무것도 모르는 바보. 바보."

후짱은 되뇌며 깡충깡충 뛰어 집으로 향했다.

그날 밤 9시쯤이었다.

후짱은 엄마가 시키는 대로 쓰레기를 가게 뒤쪽에 있는 커다란 쓰레기통에 버리려고 밖으로 나왔다. 그 순간 무슨 소리가 들렸다.

"누구야?"

"쉿! 나야."

후짱은 앗, 하고 소리를 지를 뻔했다.

"야, 이젠 걷어차지 마."

기요시가 엉거주춤 허리를 구부린 자세로, 미안한 듯 후짱의 어깨를 미는 시늉을 했다.

"일부러 약속을 어기려고 한 건 아냐. 사정이 있었어."

기요시는 부스럭부스럭 주머니 속에서 뭔가를 끄집어냈다.

"이거, 기천천에게 나 대신 돌려줘. 전부는 아니지만 나머지는 좀 있다 갚으러 올 거니까. 그렇게 전해 주고."

그러면서 후짱에게 지폐를 몇 장 쥐여 주었다.

"네 손으로 돌려줘."

후짱이 처음으로 입을 열었다.

"왜 뒷문으로 오는 거니? 앞문으로는 못 와?"

"큰 소리 내지 마. 나도 부끄러운 게 뭔지는 안다고. 그래서 너한테 부탁하는 거 아냐."

"부끄럽다고 숨으면 다 되는 거니?"

"야, 너 그 따지는 거엔 손들었다. 항복이다."

"토요일 밤에 모두들 얼마나 기다렸는지 알기나 해?"

"…."

"그 음식점은 왜 그만둔 거야?"

"뭐?"

기요시는 깜짝 놀란 얼굴이었다.

19

"그 가게에 갔었니?"

기요시가 놀란 얼굴로 물었지만, 후짱은 그 말에는 아랑곳하지 않고 다그쳤다.

"그렇게 여기저기 옮겨 다니면 머지않아 진짜 불량소년이 될 거야. 바보야."

"너한테까지 설교를 듣다니, 나 원 참."

기요시가 투덜거렸다.

"너, 후짱이라고 했지. 진짜 이름은 뭐냐?"

"이름은 알아서 뭐 하게?"

"그냥 알아 두려는 것뿐이다, 왜?"

기요시가 일부러 퉁명스럽게 되받았다.

"오미네 후유코."

"오미네 후유코라. 그래서 후짱이라고 하는구나."

왠지 그 순간 기요시가 쓸쓸하게 보였다.

"난 그만 간다."

갑자기 기요시가 뛰기 시작했다.

"거기 서!"

후짱은 당황했다. 기요시가 잠깐 멈춰 섰다.

"오키나와 말은 한마디 배웠다. 안마, 이게 엄마라지? 기천 천에게 전해 줘. 하하하."

그러더니 기요시가 또 뛰기 시작했다. 후짱도 뛰었다.

'남의 속도 모르고 이게 뭐야.'

후짱은 정말로 화가 치밀었다.

"거기 서 있어. 비겁하게 굴지 마, 이 바보 천치야."

"야, 따라오지 말고 그만 돌아가."

기요시가 뛰면서 소리쳤다 하지만 후짱은 학교에서 이어 달리기 대표 선수였다. 금방 기요시를 따라잡아서 팔을 낚아 챘다. 기요시가 후짱의 손을 뿌리쳤다. 그때였다. 후짱은 귀 안쪽에서 풍선이 터지는 것 같은 소리를 들었다. 후짱의 몸이 기우뚱하더니 그대로 땅바닥에 쓰러졌다. 기요시가 깜짝 놀라 후짱 곁으로 달려왔다.

"다리가 움직이질 않아."

쓰러진 후짱이 일어서지 못하고 가냘픈 목소리로 말했다.

"어떻게 된 거야?"

기요시가 당황해서 어쩔 줄을 모르며 후짱을 일으키려다가 맥이 풀린 후짱과 몸이 뒤엉켜 버렸다. 기요시는 가로등 가까이로 후짱을 끌고 왔다. 후짱의 얼굴은 백지장처럼 창백했다. 기요시는 후짱을 일으켜 세우려고 했다. 후짱은 쓰러질 듯하다가 가까스로 한쪽 다리에 힘을 주어 버텼다. 허공에 뜬 오른쪽 발목이 흔들거렸다.

이번에는 기요시가 새파래졌다.

"어떻게 하지?"

기요시의 목소리는 떨리고 있었다.

"집에 데려다줘."

"응."

기요시는 가까스로 후짱을 업었다. 목소리뿐 아니라 다리까지 후들후들 떨렸다. 기요시는 두서너 걸음 걷다가 비틀거렸다.

"이 일을 어쩌지, 어쩌지….."

기요시는 쉴 새 없이 이렇게 되풀이했다.

"아파?"

"아니."

후짱이 고개를 저었다.

"마비됐나 봐, 어디가 어떤지 모르겠어."

몸을 가누기 어려운 후짱은 기요시의 어깨에 머리를 기대고 축 늘어져 있었다.

"죽으면 안 돼."

농담이 아니라 기요시는 정말로 겁이 났다.

"바보 같은 소리 한다. 왜 죽니?"

말은 그렇게 했지만 후짱은 목소리에 힘이 하나도 없었다. 후짱을 업고 데다노후아 오키나와정 앞까지 온 기요시는 거기서 멈춰 섰다. 숨이 가쁜 정도가 아니라 휘휘, 피리 소리 같은 가쁜 숨을 몰아쉬고 있었다.

"기요시, 미안해."

후짱은 힘들어하는 기요시의 숨소리를 듣고 있었다.

"무슨 소리야."

기요시는 용기를 얻은 듯 가게 안으로 들어섰다. 사람들 눈이 일제히 문 쪽으로 쏠렸다. 물론 아주 짧은 순간이었지만, 기요시는 마치 자신이 정지한 영화 장면 속에 있는 것 같았다. 여러 목소리가 들렸다. 이런저런 소리가 뒤섞였다.

"이놈의 자식! 후짱을 어떻게 한 거냐!"

굵은 목소리가 들리고, 기요시는 대번에 멱살을 잡혔다.

"킹 아저씨, 안 돼요!"

후짱이었다. 하지만 기요시는 눈은 뜨고 있지만 아무것도 보이지 않았다. 아니, 모든 것이 보이긴 했지만 조금도 현실감이 없어서 '내가 지금 악몽을 꾸고 있는 거야' 하고 생각했다.

사방에 흰 벽만 보였다.

"여기 어디야?"

후짱이 물었다. 곧 엄마의 얼굴이 보이고 목소리도 들렸다.

"병원이다, 후짱. 이제 아무 걱정할 것 없다."

'아, 그랬구나. 내가 아킬레스건이라는 발목 근육이 끊어졌

지. 수술실에 들어갈 때까지는 알고 있었는데….'

"물 마실래?"

엄마가 작은 목소리로 물었다.

"아니."

후짱은 고개를 가로저었지만 아닌 게 아니라 입이 끈적끈적하고 온몸이 뜨겁다는 느낌이 들었다.

'힘줄이 쉽게 끊어질 만큼 약한 몸이 아니라고 말했더니 의사 선생님이 그러셨지. 아무리 튼튼한 발이라도 잘못 비틀리면 어쩔 수가 없다고. 사람 몸이 정말 약한 건가 봐. 모두들 야단법석을 떨고. 힘줄 하나 끊겼을 뿐인데 말이야. 기천천 오빠는 금세 울기까지 하다니. 울보 기천천.'

후짱은 순간 눈물이 왈칵 쏟아질 것 같아서 얼른 엄마에게 말을 걸었다.

"엄마, 지금 몇 시야?"

"글쎄, 3시쯤? 조금 지났을까?"

"그래? 그럼 한밤중이네. 엄마는 줄곧 안 자고 있었어? 미안해, 엄마."

엄마는 말없이 후짱의 어깨를 토닥거렸다. 갓난아기 때에도 이렇게 해 주었을 거라고 후짱은 생각했다.

"엄마, 기요시는 어떻게 됐어?"

"응?"

엄마는 왠지 난처한 듯한 표정이었다.

"왜 그래? 기요시가 어떻게 됐어?"

저도 모르게 후짱의 목소리가 높아졌다.

"쉿, 저기서 자고 있다."

엄마가 속삭였다.

"어디?"

후짱은 머리를 쳐들려고 하다가 아야, 소리를 질렀다.

"그러게 무리하지 말라니까."

엄마는 후짱의 머리를 살짝 들어 올려 주었다. 후짱이 자고 있는 침대 왼쪽에 꽤 커 보이는 소파가 있었다. 1미터쯤 사이를 두고 바로 문이 있었다. 기요시는 그 한구석에서 무릎을 감싸고 웅크린 채 잠들어 있었다.

"왜 저런 데서 자고 있는 거야?"

"소파에서 자라고 해도 듣지를 않더구나."

"참 이상한 애네."

"너한테 미안해서 그러는 모양이다."

엄마는 속삭이듯이 말했다.

후짱과 엄마의 이야기 소리 때문인지 기요시가 눈을 떴다. 좀 멋쩍은 얼굴로 슬슬 후짱 앞으로 다가왔다.

"어떻게 된 거니? 난 괜찮아. 넌 빨리 돌아가."

그렇게 무심코 말하다 아, 하며 말을 멈춘 후짱은 다시 기요시에게 "미안해"라고 덧붙였다. 순간 당황한 표정을 감추지 못하던 기요시를 보며 후짱은 가슴이 찌르르 아팠다. 돌아갈 집이 없는 기요시 아닌가.

"아프니?"

"조금."

"미안하다."

"뭐, 너 때문이 아니잖니?"

"화났니?"

"아, 아니."

후짱은 고개를 저으며 기요시를 보았다. 사나운 야수와 같은 그림자가 어느덧 기요시의 몸에서 사라지고 없었다. 지금껏 느끼지 못했는데, 이제 보니 기요시는 몸이 지독하게 야위어 있었다.

"기요시. 너, 깅 아저씨에게 혼난 거 아니니?"

후짱은 시선을 돌리고 물어보았다.

"아무도 기요시를 나무라지 않았단다."

엄마가 당황한 듯 말했고, 기요시도 아니라고 조그맣게 대답했다. 그 말에 마음을 놓은 후짱이 다시 고개를 돌렸다.

"그 시노지마의 주인아줌마, 정말 싫더라."

후짱은 기요시를 위로할 셈으로 말했다.

"후짱."

"응?"

엄마가 화난 얼굴을 하고 있었다.

"남의 욕이나 험담을 함부로 하면 못쓴다고 늘 엄마가 일렀지?"

"그렇지만…."

후짱은 뾰로통한 얼굴을 했다.

"엄마도 그 여자를 만나 보면 알 거야."

'남의 말도 듣지 않고 돈이나 쥐여 주고 대충 넘어가려 들다니 그런 비열한 짓을 엄마도 한번 당해 봐.'

후짱은 마음속으로 되뇌며 입술을 깨물었다.

"엄마는 남을 욕하는 후짱은 싫구나."

엄마는 차갑게 말을 끊고는 침대 곁에서 물러났다. 후짱의 눈에 엷게 눈물이 비쳤다. 기요시는 겁먹은 듯 어쩔 줄 몰라 엄마와 후짱을 번갈아 보았다.

어색한 침묵이 흘렀다.

20

눈을 떴을 때는 이미 해가 높이 솟아 있었다.

커튼을 걷자 강한 햇살이 얼굴로 쏟아져 눈이 부셨다. 앗,
후짱이 작은 비명 소리를 냈다.

"눈이 부시면 커튼을 다시 칠까?"

엄마가 물었다.

"아니, 이대로가 좋은데."

후짱이 대답하고는 금붕어처럼 입을 뻐금거렸다.

"뭐 하는 짓이니, 애가?"

"햇빛을 마시고 있는 거야."

엄마는 호호 웃었다.

"기요시는?"

"어디 잠깐 갔다 온다며 아침에 나갔어."

"…"

후짱은 엄마를 째려보았다.

"걱정 마라, 돌아올 거야."

후짱은 잠깐 생각을 하더니 "그럴 거야" 하고 순순히 엄마의 말을 받아들였다.

"기요시는 마음씨가 착한 앤가 봐. 그렇지, 엄마?"

후짱이 무슨 생각으로 그런 말을 하는지 잘 모르는 엄마는 잠깐 후짱의 얼굴을 보았다.

"그렇지, 엄마?"

후짱은 다시 한번 엄마에게 동의를 구했다.

"마음씨가 착하니까 밤새도록 너를 간호해 줬겠지."

"응."

후짱은 고개를 끄덕였다. "오키나와 것들은 못쓴다"는 말이 마음속 깊이 박혀서 피가 솟구치는 것만 같았다. 그래서 후짱에게 기요시는 무슨 일이 있어도 마음씨 착한 사람이어야 했다.

"엄마."

"왜?"

"나 말이야. 엄마나 기천천 오빠처럼 오키나와당이 될지도 몰라."

"그래?"

엄마는 별일 아닌 듯 대꾸를 했지만 후짱의 변화에 적잖이 신경이 쓰였다. 남을 욕한 적이 없는 아이가 욕을 하다니, 엄마는 자신도 모르는 사이에 무슨 일이 있었던 것이 분명하다는 느낌이 들었다. 기요시가 나타나면서부터 후짱의 마음자리가 예사롭지 않았다. 엄마는 후짱이 자기 손이 닿지 않는 곳으로 가 버리는 건 아닌가 하는 생각에 불안해졌다.

모두들 공장 점심시간에 짬을 내서 문병을 왔다. 한꺼번에 몰려왔기 때문에 병실은 마치 시장통 마냥 북적였다. 깅 아저씨는 멜론을 세 개나 안고 왔다.

"또 있지."

깅 아저씨가 위풍당당하게 말했다.

커다란 종이 봉지에서 부스럭거리며 꺼낸 것은 사과 파이였다. 미식가인 깅 아저씨는 맛있는 것들을 많이 알고 있었다. 어느 것이나 후짱이 좋아하는 것들이었다.

"자, 어서 먹어라."

깅 아저씨가 두 쪽으로 자른 멜론을 후짱에게 내밀었다.

"이 속에 브랜디를 넣어서 먹으면 참 맛있지."

깅 아저씨는 어린 후짱에게 어울리지 않는 말을 했다.

"후짱은 말이 아니야. 좀 조그맣게 잘라 줘요."

기천천이 핀잔을 주었다.

"괜찮아. 뭐든지 많이 먹어야 빨리 낫는 거야."

후후후, 후짱이 웃었다. 후짱은 엄마의 부축을 받아 몸을 일으키고 커다란 멜론에 스푼을 꽂았다.

"그거 먹고 나면 다음은 사과 파이 차례다. 에스카르고의 치즈 케이크보다 훨씬 맛있을 거야."

기천천이 얼굴을 찡그렸다.

"왜, 못마땅하냐, 응? 기천천."

쇼키치가 아하하하, 하고 웃으면서 기천천의 머리를 툭 쳤다. 기천천은 뾰로통했지만, 모두 큰 소리로 웃었다. 그러자 간호사가 뛰어들어 왔다.

"조용히 해 주세요. 여기는 병원이에요."

젊은 간호사 아가씨에게 야단을 맞고는 다들 찔끔했다. 모두가 차려 자세를 했고, 그런 뒤에도 조심조심 움직였다. 후짱은 그게 더 우스워서 계속 쿡쿡거렸다.

"진짜 너는 복이 많다. 모두들 너를 이렇게 아껴 주고…."

깅 아저씨 일행이 돌아간 뒤 엄마는 진심으로 사람들에게 고마워했다. 오후에는 가지야마 선생님과 반 친구들이 문병을 왔다. 도도 아저씨네 가족도 찾아와 주었다.

후짱은 아까부터 엄마에게 묻고 싶은 것이 있었지만, 차례로 모두들 문병을 다녀간 뒤에도 그 말을 좀처럼 입 밖에 내지 못했다. 마침내 말을 꺼낸 것은 그날 저녁때가 되어서였다.

"아빠하고 할아버지는 왜 안 와?"

후짱은 조그만 소리로 물었다. 묻지 않아도 알 수 있었지만 그래도 묻지 않고는 안심이 안 되었던 것이다. 엄마의 표정이 굳어졌다. 표정을 바꾸지 않으려고 애쓰고 있는 것이 빤히 보였다. 후짱은 점점 불안해졌다.

"무슨 일이 있었어?"

"아무 일 없었어."

엄마는 애써 아무렇지도 않은 듯이 말했다.

"후짱이 다쳤다는 소리를 들으면 후짱을 아는 사람은 누구나 깜짝 놀라지 않겠니? 아빠는 가족인 데다 아프시니까 딴 사람보다 더 놀라신 것뿐이야."

'그게 다가 아니야. 엄마는 내게 뭔가 감추고 있어.'

후짱은 그 순간 직감적으로 그런 생각이 들었다.

"아빠를 병원으로 모시고 와."

"떼쓰면 못쓴다. 네가 다친 것은 시간이 지나면 낫지만, 아빠 병은 지금이 제일 고비야. 아빠에게 충격을 주는 일은 금물이야. 알겠니? 후짱, 이번만큼은 엄마 말을 들어주면 좋겠네."

엄마는 애원하듯이 말했다.

'아빠는 나와 함께 있는 것이 제일 좋아. 떨어져 있으면 더 걱정할 테니까 아빠한테 좋지 않을 거야.'

후짱은 그렇게 말하려다가 뭔가에 발목을 꽉 잡힌 듯한 기분이 들었다.

'엄마도 그쯤은 잘 알고 있는걸 뭐. 역시 아빠에게 무슨 일이 생긴 거야.'

후짱은 어제 일을 되새겨 보았다.

기요시에게 업혀서 왔을 때 아빠는 가게에 없었다. 모두들 야단법석을 떨고, 구급차를 부르기 위해 엄마가 전화를 걸었다. 그때 틀림없이 안쪽에서 아빠 목소리가 들렸던 것 같다. 고로야 아저씨가 안쪽으로 달려가고 어떻게 설명했는지 그다음부터 아빠 목소리가 들리지 않았다. 모습도 보이지 않았다. 그뿐이었다.

아무 일도 없었다고 한다면 그런 것 같기도 했다. 그 이후에 무슨 일이 생겼다면 물론 후쨩으로서는 알 도리가 없다.

후쨩이 입을 다물어 버린 게 엄마는 마음에 걸린 모양이었다.

"아빠는 할아버지에게 맡겨 두었으니, 너나 어서 나아야지."

엄마는 다정하게 타일렀다. 알았다고 대답했지만 그 순간 후쨩은 어떤 결심을 하고 있었다. 9시 가까이 되어 기요시가 돌아왔다.

"어디 갔었니?"

후쨩이 약간 나무라는 눈빛으로 물었다.

"돈 벌러 갔다 왔다."

기요시는 그렇게 말하며 한번 접은 몇 장의 지폐를 후쨩의 엄마 앞에 내놓았다.

"기요시, 이게 무슨 돈이니?"

엄마는 따져 묻듯이 말했다.

"떳떳하게 일해서 번 돈이에요."

기요시는 부두에서 하역하는 품삯은 일당으로 받는다는 것, 일은 힘들지만 벌이가 괜찮다는 것 그리고 입원하면 돈이 드니까 자기도 나가서 돈을 벌어 오겠다는 것 들을 띄엄띄엄 이야기했다.

"기요시, 네 생각은 기특하다만 아줌마는 그 마음만으로도

충분하단다. 네 그 착한 마음이 돈으로 바뀐다면 아줌마는 슬
플 거야."

엄마는 정말 슬픈 얼굴로 그 돈을 기요시에게 돌려주었다.
기요시는 아무 말도 하지 않고 가만히 엄마의 얼굴을 보았다.
기요시가 천천히 고개를 떨어뜨렸다. 엄마는 자기 자식인 것
처럼 기요시의 어깨를 감싸 안았다. 엄마 눈에 물기가 핑 돌
았다. 엄마와 기요시는 후짱이 보는 앞에서 늦은 저녁을 먹었
다. 식탁이 없어서 두 사람은 쭈그리고 앉아 젓가락질을 하고
있었다.

"꼭 엄마하고 아들 같아."

후짱은 마음이 편해졌다.

"엄마, 요구르트 사다 줘. 나 지금 먹고 싶어."

후짱은 식사가 끝나기를 기다렸다는 듯이 말했다.

"내가 갔다 올게."

기요시가 일어났다.

"안 돼. 넌 잘 모르잖아. 엄마가 늘 사던 그걸로 사다 줘."

기요시는 그래도 자기가 갔다 오겠다고 말했다.

"기요시는 안 된다니까. 엄마, 엄마가 갔다 와."

후짱이 떼를 쓰자, 이상한 애도 다 있다고 눈을 흘기면서도
엄마는 지갑을 꺼내 들고 나섰다. 엄마의 모습이 사라지자마
자 후짱은 급히 기요시에게 말을 꺼냈다.

"기요시, 네게 부탁이 있어."

"뭐든지 말해."

"엄마 모르게 아빠가 어떻게 되었는지 좀 알아봐 줘."

"왜? 엄마가 알면 안 되니?"

후짱은 그 말에는 대답하지 않고 기천천 오빠한테서 아빠 이야기를 못 들었느냐고 물었다. 기요시는 얼핏 들었을 뿐이라고 했다.

"지금 자세히 말할 수는 없지만 아빠가 걱정된단 말이야. 엄마는 자세히 이야기해 주지 않거든. 기요시, 부탁해."

"좋아."

21

엄마가 요구르트를 사 가지고 왔다.

"기요시는 어디 갔니?"

"응, 잠깐…."

"어디 갔는데?"

"응, 기천천 오빠 집에 가서 만화책 빌려 오라고 했어."

"그래?"

엄마는 의심하지 않았다. 후짱은 엄마의 눈을 피했다.

'요즘 내가 곧잘 거짓말을 하네.'

마음 한 귀퉁이가 쓸쓸했다.

'그렇지만 엄마도 잘못이야.'

후짱은 속으로 화풀이를 했다. 그렇게 하니까 마음이 좀 가라앉는 것 같았다.

"요구르트 먹을래?"

"응."

후짱은 킹 아저씨의 선물을 너무 많이 먹어서 요구르트는 입에 대기도 싫었지만 할 수 없이 엄마가 내미는 숟가락을 받아 들었다.

"왜 그러니? 억지로 먹는 것처럼."

"아니야, 먹을 거야."

후짱이 시치미를 뗐다.

"얘가 왜 이래?"

엄마는 못마땅한 듯했다. 20분쯤 지나서 기요시가 돌아왔다.

"기천천 오빠는 집에 없었나 봐? 만화책을 못 빌린 걸 보니."

"뭐?"

"집에 없으면 할 수 없지, 뭐. 내일 또 갔다 와."

후짱의 목소리는 턱없이 컸다.

"으응, 응."

기요시는 반대로 맥 빠진 대답을 했다. 그러고 나서 어색하게 덧붙였다.

"응, 그래. 집에 없더라."

엄마가 이상하다는 얼굴을 했다. 기요시는 당황해서 멋쩍게 때 아닌 휘파람을 불었다.

'참 재밌는 애야.'

후짱은 터지려는 웃음을 참으며 기요시가 참 괴짜라고 생각했다. 어떤 때는 어른스럽고 무서울 만큼 거친가 하면, 또 어떤 때는 이제 막 유치원에 들어간 어린애처럼 귀여운 실수를 하기도 했다. 온종일 일을 해서 입원비를 벌어 오기도 하고, 소파가 있는데 군이 방 한쪽 구석에서 웅크리고 자기도 하고, 어딘가 이상하게 고집스러운 데가 있었다. 그런 것은 어른들은 결코 할 수 없을 듯한 일이었다.

기요시는 휘파람을 그쳤다. 좀 난처한 기색으로 병실 안을 어정거렸다. 가끔 후짱을 보며 눈으로 뭔가 전하려 했지만, 뜻대로 되지 않았다.

"화장실 좀 갔다 와야지."

기요시가 느닷없이 말하고는 총총히 병실 밖으로 사라졌다.

"묘한 애야."

엄마가 웃었다. 하지만 후짱은 웃을 수가 없었다.

이윽고 기요시가 다시 병실에 들어왔을 때는 손에 쪽지 한 장을 들고 있었다.

"후짱, 내가 잊고 있었는데⋯."

기요시가 불쑥 이런 말을 했다.

"아까 후짱 친구가 이 편지를 전해 달라고 부탁했는데 깜빡했어. 문병 편지인 모양이야."

기요시는 나름대로 작전을 짠 모양이었다. 기요시는 엄마를 가로막듯이 해서 그 쪽지를 후짱에게 건네주었다. 그리고 후짱에게 슬쩍 한쪽 눈을 찡긋해 보였다. 후짱도 눈으로 답하고는, 엄마가 보지 못하게 몸을 틀어 편지를 읽었다.

"집에 아빠는 없다. 가게는 닫혀 있다."

급히 써 갈긴 모양이었다. 아주 서툰 글씨였다.

"누가 편지를 주었니?"

"으응."

후짱은 얼버무렸다.

"학교 친구야?"

"응."

누운 자세에서 후짱은 손을 뒤로 뻗어 베개 밑에 그 쪽지를 감추려고 했다. 그런데 급한 김에 어림잡아 내뻗은 손이 그만 침대 모서리에 쾅 부딪치고 말았다. 그 바람에 쪽지가 팔랑팔랑 마룻바닥으로 떨어졌다.

짧은 글이었기 때문에 엄마는 주우면서 그것을 다 읽을 수 있었다.

엄마는 말없이 후짱에게 쪽지를 돌려주었다. 그러고는 잠깐 허공을 보고 나서, 마음을 가라앉히려는 듯 보온병에 있는 더운물을 작은 주전자에 따랐다.

"후짱이 아빠를 걱정하는 마음은 알아. 하지만 엄마는 몰래 이런 일을 하는 건 정말 싫구나."

엄마의 목소리는 차가웠다.

"기요시도 그렇지."

기요시는 몸둘 바를 몰랐다.

"기요시에게 화내지 마, 엄마!"

후짱이 소리쳤다.

"엄마도 나빠. 왜 나한테 아빠 일을 감추는 거야."

"몇 번이고 설명해 주었잖니?"

엄마는 왜 말귀를 못 알아듣냐는 듯 후짱을 보았다.

"네가 아빠 걱정을 해도 네 치료에 좋을 게 없고, 아빠에게 네 걱정을 시켜 드려도 아빠한테 좋을 게 없잖니? 6학년이나 돼서 주위 사람들이 여러 가지로 마음 쓰고 있는 걸 모른단 말이냐?"

"난 몰라!"

후짱답지 않은 반항이었다.

"그래?"

엄마도 발끈하며 차갑게 말했다.

"그럼, 어디 네 맘대로 해 봐라!"

엄마는 후짱에게서 등을 돌리고 주전자의 차를 찻잔에 따랐다. 엄마의 손이 가늘게 떨리고 있었다.

"내가 엄마 모르게 했다고 엄마는 화를 내지만 먼저 감춘 건 엄마야."

후짱도 퉁명스러운 말투였다.

"싸우지 마세요. 전 싸움질만 해 왔지만, 후짱과 아주머니가 싸우니까 마음이 아파요."

기요시는 힘없이 고개를 떨어뜨렸다.

"전에 데다노후아 오키나와정에서 기천천과 깅 아저씨가 싸웠지요. 전 그때 부러웠어요. 남의 일에 그렇게 진짜 화를 내며 싸울 수 있다는 게 참 근사하구나, 그랬어요. 제가 싸운 거야 늘 제 욕심에서였거든요. 전 부끄러웠어요. 저도 그런 싸움을 하고 싶었어요. 하지만 좋은 싸움을 곁에서 보고 있으면 마음이 아파요. 이제 그만들 싸우세요, 네?"

잠시 침묵이 흐른 뒤, 후짱은 미안하다고 사과했다.

"그런데 아빠는 어디 있어? 아빠는 나하고 같이 있어야 돼. 그게 제일 좋아. 떨어져 있으면 아빠의 병은 더 나빠진다니까."

후짱이 울먹였다.

"그래, 나도 알아."

기요시가 맞장구를 쳤다. 그리고 후짱 곁으로 다가왔다.

"야, 울지 마라. 응, 울지 마."

기요시도 반은 우는 목소리였다. 문득 눈을 돌리니 엄마도 마음이 아픈지 울고 있었다. 기요시는 이 착한 사람들에게도 자기보다 더 쓰라린 고통이 있다는 데 충격을 받고 잠시 입을 열지 못했다.

엄마는 완강하게 아빠가 있는 곳을 알려 주지 않으려고 했다. 하지만 기요시는 그게 잔인한 일이란 생각이 들었다. 거짓말이라도 좋으니 후짱에게 아빠가 있는 곳을 알려 주어야 할 것 같았다.

22

후짱이 입원한 지 닷새째 되는 날, 뜻밖에도 아빠와 할아버지가 병원에 왔다. 후짱은 일어서지는 못한 채 아빠의 팔을 붙잡고 아기처럼 울음을 터뜨렸다. 아빠는 고개를 끄덕이면서 후짱의 머리를 쓰다듬어 주었다. 할아버지도 옆에서 애잔한 얼굴로 두 사람을 바라보았다.

아빠는 차분했다. 병이 나았나 싶을 정도였다. 후짱은 다만 오른쪽 뺨이 빨갛게 부어 있는 것이 마음에 걸렸다.

"여기, 어떻게 된 거야, 아빠?"

"응, 좀 넘어졌다. 별거 아니야."

할아버지가 대신 말했다.

아빠는 30분쯤 있다가 돌아갔다.

"뭐야, 아빠는 할아버지하고 있었어? 괜히 걱정해서 손해 봤네. 엄마도 나빠! 아빠가 할아버지한테 있다고 하면 내가 보러 간다고 떼라도 쓸 줄 알았어? 이런 발로 걸을 수도 없잖아."

엄마는 살짝 웃을 뿐이었다. 그러나 기요시는 내내 어딘가 불안한 표정이었다.

사실 후짱과 엄마가 말다툼한 다음 날, 기요시는 할아버지의 아파트에 갔었다. 거기에는 할아버지도 후짱의 아빠도 보이지 않았다. 기요시는 기천천도 만나 보았다. 어젯밤 이야기를 하고 후짱의 아빠가 있는 곳을 알려 달라고 했다. 기천천은 모른다고 했다. 쇼키치도 마찬가지였다. 뭔가 감추고 있는 것 같았지만, 꼭 그렇다는 확신도 없었다.

알 수 없는 일이었다. 후짱의 아빠와 할아버지가 연기처럼 사라진 것이다. 아빠가 어디에선가 요양을 하고 있다면 굳이 후짱에게 거처를 숨길 이유가 없을 것이다. 기요시로서는 이해할 수 없는 일이었다. 아빠를 보고 표정이 밝아진 후짱에게 뭔가 미심쩍은 구석이 있다고 이야기할 자신이 없었다. 다만, 무슨 일이 있었는지 모르지만 두 사람이 무사하다면 그만이라고 생각하는 수밖에 없었다.

아빠와 할아버지가 사라진 날은 엄청난 사건이 있었지만, 후짱과 기요시가 그 일을 알게 된 것은 후짱이 발의 깁스를 풀고 나서 한참 뒤였다.

기요시는 후짱네 가게에서 일하기로 했다. 기천천과 후짱의 엄마가 열심히 설득했던 것이다. 대신 할아버지가 후짱네 집에서 지내고, 기요시는 할아버지의 아파트에서 지내기로 했다. 그렇게 결정한 게 우연히도 후짱의 생일날이었다.

"이렇게 돼서 기뻐. 역시….."

후짱이 말했다.

"뭐가 역시야."

후후후, 후짱이 웃었다.

"네잎클로버, 알지?"

"알지."

기요시는 대답했다.

"그럼 하얀 꽃무릇도 알아?"

"아니."

"난 봤어, 하얀 꽃무릇. 뭔가 좋은 일이 생길 듯한 예감이 들었는데, 그러면 그렇지….."

"그런 걸 소녀 취향이라고 하는 거다."

기요시가 어른이라도 되는 양 말했다.

'기요시 오빠, 이제 남들에게 당하지 않아도 돼. 다시는 그 시노지마 같은 데 가지 않아도 된단 말이야.'

후짱은 속으로 만세를 불렀다. 병원이라 생일잔치는 할 수 없었다. 많은 사람들에게서 선물을 받았지만, 후짱은 기요시가 가게에서 일하게 된 것이 제일 기뻤다.

그 짧은 동안에 무척 많은 사람들을 만난 기분이었다. 늘 보던 사람들을 만났을 뿐이지만, 그날은 아주 많은 사람들을 만난 것 같았다. 기천천 오빠는 한 사람인데 많은 기천천 오빠를 만난 것 같았고, 깅 아저씨도 한 사람인데 또 다른 깅 아저씨를 많이 만났다는 느낌이 들었다.

'사람의 얼굴은 하나지만 마음은 몇 개나 되는가 봐. 기천 천 오빠는 발을 다친 나를 보고 울어 주었어. 내가 몰랐던 기 천천 오빠의 마음을 또 하나 알게 되었어. 그리고 내가 기요 시의 진짜 마음을 모르고 있었던 것 같아.'

후짱은 퇴원을 하고 나서 아빠와 참새들을 보는 일이 많아 졌다.

가게 뒷마당에는 늘 참새들이 날아왔다. 아침 9시쯤부터 참새들이 시끄럽게 지저귄다. 크레인 소리나 대갈못 박는 소 리에 묻힐 법도 한데, 어쩐 일인지 참새 소리는 그것들보다 한층 시끄럽게 들렸다.

화창한 초겨울 날. 나른한 햇살을 받으며 후짱은 아빠와 나 란히 앉아 참새들을 보았다. 가끔 엄마가 얼굴을 내밀었다.

"아빠가 기분이 괜찮은가 보네."

아빠는 고개를 끄덕였다.

"역시 후짱과 같이 있으면 기분이 좋나 봐요?"

엄마는 샘이 나는 듯이 말했다. 10시 가까이 되면 기요시가 가게에 온다.

"안녕!"

이것이 기요시의 인사법인데, 꼭 뒤쪽으로 들어오는 통에 새들을 단번에 쫓아 버리곤 했다.

"아니, 벌써 왔어?"

그때마다 후짱이 화를 내는 것이었다. 기요시와 교대하듯 이 이번에는 하나부사 아저씨네 마리가 왔다. 후짱이 학교를 쉬고 있어 매일같이 놀러 왔다. 마리는 털이 까만 로미라는 개를 데리고 왔다. 30센티미터쯤 되는 작은 개인데, 후짱은 늘 로미를 가지고 마리를 놀렸다.

"마리, 로미는 개가 아냐."

"안니야, 개야."

마리는 아직 혀도 잘 돌아가지 않는 발음으로 다부지게 대든다.

"털 색깔이 그런 개가 어딨어?"

"그래도 개야."

"아냐, 너구리야."

"안냐, 개야."

"그럼 로미에게 물어보렴."

그러면 마리는 로미에게 얼굴을 가까이 대고 묻는다.

"너 너구리야?"

로미는 마리의 콧잔등을 날름 핥는 것으로 대답을 대신한다. 후짱은 깔깔대고 웃고, 그것으로 둘이서 하는 그날 아침 행사가 끝난다.

평온한 나날이었다.

후짱은 아빠의 병이 좋아지고 있다고 생각했다. 말수가 적은 것만 빼면 특별히 남과 다른 데가 없었다. 골똘히 생각에 잠기는 시간도 적어졌다. 후짱은 발목이 아파서 학교를 쉬고 있지만 그래서 아빠의 병이 좋아진다면 더 바랄 게 없다고 생각했다.

어느 날, 한 의사가 와서 아빠를 진찰했다. 후짱은 다른 방으로 쫓겨났기 때문에 의사가 아빠에게 무엇을 물었는지는 알 수 없었다. 두런두런 낮은 목소리가 후짱의 귀에 들려왔다.

'신경과 의사가 왕진하는 일도 있나?'

후짱은 좀 이상하다고 생각했다.

의사는 차가워 보이는 사람이었다. 보통 의사라면 돌아갈 때에 몸조심하라는 따위의 인사를 하고 가는데, 그 의사는 무뚝뚝하게 말없이 나갔다. 엄마도 할아버지도 그 의사를 공손하게 대접하고 있는 것 같지는 않았다.

"그 의사 선생님은 뭐야?"

의사가 돌아간 후에 후짱이 엄마에게 물었다.

"주마다 한번 아빠를 보러 오실 거란다."

"이때까진 아빠가 병원에 갔잖아? 근데 왜…?"

"글쎄."

의사는 계속 왔지만, 아빠는 별로 달라지지 않았다. 그래도 후짱은 마음이 놓였다.

"아빠, 항구에 나가자."

후짱은 아빠에게 응석을 부렸다. 엄마는 안 된다고 했지만 아빠는 흔쾌히 그러자고 했다. 아빠가 후짱을 업었다. 깁스한 발을 앞으로 내뻗은 채 후짱은 아빠의 등에 착 달라붙었다. 아빠 냄새가 물씬 풍겼다.

"할아버지, 걱정되니까 같이 좀 가 주세요."

엄마는 가게에 있는 할아버지에게 부탁했다.

"응석받이!"

기요시가 놀렸다. 흥, 하고 후짱은 콧방귀를 뀌었다.

오랜만의 바깥나들이였다. 후짱은 아빠의 등에서 심호흡을 세 번 하고는, "아빠 괜찮지?" 하며 아빠의 등을 흔들었다.

"애야, 위험하다."

할아버지가 얼른 아빠의 몸을 붙들었다. 아빠는 후짱을 업고 씩씩한 걸음으로 걸었다. 조선소까지 오자 후짱을 알아본 조선소의 젊은이들이 손을 흔들었다.

"후짱, 빨리 나아라."

"벌써 나았다."

"거짓말! 깁스하고 있잖아."

후짱은 웃으며 커다랗게 손을 흔들어 보였다.

"아빠, 오늘 바다가 참 파랗다!"

바다가 파란 것은 당연한 일이지만, 요즘에는 고베 항구에서 파란 바다를 보기가 쉽지 않았다.

"겨울이 가까우니까."

할아버지가 대신 설명해 주었다.

'아빠 병은 이제 다 나았는지도 몰라. 아빠가 이렇게 든든한 걸 보면.'

그렇게 생각하자 저도 모르게 웃음이 나와 후짱은 몸이 허공에 뜨는 것처럼 느껴졌다.

"할아버지, 저랑 같이 〈고양이 윤타〉 불러요."

"그거 좋지."

"아빠, 〈고양이 윤타〉 부르자."

아빠도 그러자고 대답했다. 후짱은 아빠가 똑똑히 대답을
해 주어서 더 기뻤다.

'이런 일 진짜 오랜만이야. 아빠에게 업혀서 〈고양이 윤타〉
를 부르다니 말이야.'

후짱은 하얀 꽃무릇이 가져다준 행운이 손을 내밀면 곧 잡
을 수 있을 것만 같았다.

23

  깁스를 풀려면 시간이 꽤 걸린다고 해서 후짱은 깁스를 한 채 학교에 가야 했다. 기요시가 후짱을 업어서 등하교를 시켜 주었다. 처음에는 할아버지가 후짱을 맡기로 했다.

"내가 공장 트럭으로 데려다줄게."

쇼키치가 말했다. 기천천도 자기가 맡겠다고 나섰다.

"후짱, 내 배를 타라. 후짱, 거룻배로 통학하시다! 어떠냐?"

취한 킹 아저씨는 또 엉터리 농담을 했다. 기요시는 그런 아저씨들의 입씨름에 끼지 않고 말없이 음식을 만들고 있었다.

"친절은 고맙지만 다들 직장이 있는 몸이니…. 아무래도 할아버지가 좀…."

"그러게 말이야."

엄마의 말에 할아버지가 맞장구를 친 것처럼 되어 할아버지가 맡기로 한 셈이 되었다. 그때 불쑥 후짱이 말했다.

"난 기요시에게 데려다 달랠 거야. 기요시, 너 싫어?"

후짱은 기요시를 바라보았다.

"싫기는….

기요시는 당황해하면서 대답했다. 그리고 프라이팬에 있는 재료를 괜스레 마구 휘저었다.

다음 날 아침 기요시는 8시에 가게에 왔다.

"너 때문에 두 시간이나 일찍 일어났어."

말과는 반대로 기요시의 목소리는 신이 난 것처럼 들렸다. 후짱은 학교에 함께 가려고 온 구미코와 히사시 남매에게 책가방을 맡겼다.

"아빠, 다녀오겠습니다."

후짱은 명랑한 목소리로 인사를 하고 집을 나섰다.

"할아버지, 엄마. 갔다 올게요."

"기요시가 큰 짐을 맡았구나. 미안하지만 부탁한다."

엄마는 기요시에게 정중하게 인사를 했다.

"저 커다란 갓난애 좀 봐요."

엄마는 후짱을 보내 놓고 아빠를 보았다.

"저렇게 가는 걸 보니 꼭 다정한 오누이 같아. 그죠, 여보?"

아빠는 천천히 고개를 끄덕였다.

"혼자는 적적해. 기요시가 언제까지나 집에 있어 줬으면….

엄마가 조그맣게 혼잣말을 했다.

학교에 온 후짱은 모두에게 대환영을 받았다.

깁스를 해서 체육 수업은 할 수가 없었지만, 가지야마 선생님과 친구들이 마음을 써 주어서 후짱은 한 가지 일을 빼고는 아무런 불편을 느끼지 않았다. 그 한 가지란 화장실 가는 일이었다. 엄마의 손을 빌리지 않고는 이것만은 어쩔 수가 없었다.

어젯밤 깅 아저씨는 요강을 가지고 가라고 했다. 모두들 웃으며 맞장구를 치는 통에 후짱은 기천천과 쇼키치 그리고 역시 크게 웃는 기요시에게 알밤을 먹였다.

결국 후짱은 아침 식사 때 될 수 있는 대로 물기가 있는 것은 먹지 않고, 집에 돌아올 때까지 참기로 했다. 만일의 경우에는 양호 선생님이 도와주기로 했다. 가지야마 선생님이 주선해 준 것이다.

'역시 학교가 좋구나! 우리 반이 너무 좋아!'

기요시는 학교가 끝날 무렵이면 어김없이 후짱을 데리러 왔다. 좀 일찍 왔는지 5학년 남자아이들과 운동장에서 캐치볼을 하면서 기다리고 있었다.

"그렇게 하면 안 돼. 커브는 이렇게 던져야지."

기요시는 아이들을 아주 오랜 친구처럼 대하고 있었다. 아주 밝은 표정이었다.

후짱은 가지야마 선생님에게 업혀 교문까지 나왔다.

"귀중한 짐을 전달함!"

가지야마 선생님이 익살을 부렸다. 헤헤헤, 하고 기요시도 뒤통수를 긁으며 그 귀중한 짐을 넘겨받았다. 가지야마 선생님은 기천천에게 들어 기요시를 알고 있었다. 기요시는 후짱을 업고 가방과 도시락 주머니를 목에 걸었다. 묘한 차림이었다.

"꼴이 우습다. 미안, 미안."

"그런 걱정 하지 마."

기요시는 사내답게 받아넘겼다.

"선생님, 고맙습니다."

"고생이 많네. 지넨 군."

가지야마 선생님도 기요시에게 인사를 했다.

"기요시, 요즘 뭐 신나는 일이 있나 봐?"

후짱이 걷기 시작한 기요시 등 뒤에서 말했다.

"너희 집에 있는 동안은 먹는 걱정이 없으니까."

기요시가 일부러 심술궂게 대답했다.

"먹는 걱정이 없으면 사람이 명랑해지나?"

"당연하잖아. 나는 떠돌이 들개거든. 쓰레기통을 뒤져서
사는 개 신세에 즐거운 얼굴일 수는 없지."

"바보, 그런 이야기는 하지 마."

후짱은 기요시의 등에서 화를 냈다. 기요시는 멋쩍게 웃더
니 갑자기 후짱을 오미코시*처럼 이리저리 흔들어 댔다.

"왓쇼이, 왓쇼이**!"

"이봐, 그만, 그만, 나 떨어진다."

"왓쇼이, 왓쇼이."

기요시는 유쾌한 듯이 계속 후짱을 오미코시에 태운 듯 흔

---

* 일본에서 예부터 귀신을 모시는 특별한 가마.

** 오미코시를 메고 행진하며 박자에 맞춰 지르는 구호.

들어 댔다. 길을 가던 행인들이 이상한 표정을 지으며 두 사람을 보았다. 그래도 기요시는 아랑곳하지 않았다. 의좋은 오누이가 장난치는 것처럼 보였는지 웃으면서 지나가는 사람도 있었다.

"기요시."

"왜."

"에스카르고의 레이코란 여자 알아?"

"기천천 형 애인이잖아."

"아직 애인은 아니야. 기천천 오빠가 혼자 애면글면하는 거지."

"애면글면이 뭐냐?"

"짝사랑 때문에 혼자 속을 태우고 있다는 말이야."

"너 되게 오래된 옛날 말도 알고 있구나."

"요즈음 학교에서도 유행하는 말이거든."

"요즘 꼬마들은 어른스럽단 말이야."

아직 저도 꼬마 축에 드는 기요시가 말했다.

"기요시는 프랑스 요리 먹어 본 적 있어?"

"무슨 말이냐? 기천천의 애인과 프랑스 요리와 무슨 상관이 있어?"

"그게 상관이 있어. 글쎄, 먹어 본 적 있어, 없어?"

"비프커틀릿이라면 있지."

"바보, 비프커틀릿이 왜 프랑스 요리냐?"

"그거 프랑스 요리 아냐?"

"답답하기는. 그건 아주 딴 거야. 수프에다 디저트까지 있는 풀코스로 먹는 프랑스 요리가 있단 말이야."

"···."

"풀코스 요리가 뭔지 알아?"

"알 턱이 있냐?"

기요시는 어이없다는 듯이 말했다.

"달팽이 요리도 있대."

"그걸 먹어?"

"그럼, 그 달팽이 먹는 방법 알아?"

"알 게 뭐냐."

"참, 할 수 없는 애다."

"뭐가 할 수 없어?"

기요시가 투덜댔다.

"데이트란 건 둘이서 하는 거지?"

"야, 그만해라. 너하고 이야기하면 나까지 이상해지려고 해."

"세 사람이 하는 데이트도 있을까?"

"이 바보야, 그런 게 어디 있니?"

"근데 내 깁스를 풀면 나와 기천천 오빠와 레이코 언니, 그렇게 셋이서 프랑스 요리를 먹으러 가기로 했어."

"이제야 이야기 줄거리가 맞아떨어지는구나."

기요시는 후쨩이 무거웠던지 응차, 하고 후쨩의 몸을 추어올렸다.

"에스카르고는 2, 3년 전에 생긴 케이크 가게인데, 산노미야에 같은 이름의 프랑스 음식점이 있어. 그곳에서 식사를 해 봐야 할 거 아니냐고 기천천 오빠가 레이코 언니를 꼬신 거야."

"복잡하기도 하다."

"둘이 좋아하면서 기천천 오빠는 날더러 꼭 같이 가자고 그래."

"흐음, 시시하구나."

기요시가 작은 소리로 내뱉었다.

"시시해?"

"시시하지 않고!"

기요시가 큰 소리로 말했다.

"하긴 시시해."

후짱도 동의했다. 기요시는 또 한번 후짱을 추스려 올리더니 노래하듯이 말했다.

"기천천은 바보래요."

후짱이 웃었다. 그다음은 둘이서 소리를 합쳐 노래하며 걸었다.

"기천천은 바보래요, 기천천은 바보래요, 기천천은…."

에스카르고 앞을 지날 때는 조금 작은 소리로 불렀다.

그러나 레이코 언니는 가게에 없었다.

두 사람은 전보다 더 큰 소리로 "기천천은 바보래요"라고 고함을 질렀다.

어느 집 개가 두 사람을 보고 짖어 댔다.

24

후짱은 그날 하루 종일 기분이 좋았다. 기요시도 신바람이 나서 일을 했다. 기천천이 가게에 온 것은 밤 7시쯤이었다. 후짱은 기천천을 보자마자 깔깔대고 웃었다.

"뭐냐, 내 얼굴에 뭐 묻었어?"

기천천은 일어서서 거울을 보았다. 그것이 우스워서 후짱은 또 한바탕 웃었다.

"기요시! 후짱이 왜 웃는 거냐?"

"글쎄, 내가 알아?"

기요시도 히죽히죽 웃었다.

"얘들이 어떻게 된 거 아냐?"

기천천은 투덜거리면서도 아시테비치를 주문할 때만큼은 큰 소리로 말했다.

"후짱, 학교는 어땠니?"

기천천이 물었다. 후짱은 아직도 키득키득 웃고 있었다.

"기요시가 잘 데려다주던?"

"응."

"딴 길로 새지는 않고?"

"샜지."

"어디로?"

"에스카르고 앞을 지나갔지."

"거기는 학교 가는 길이 아니잖아."

"그렇지만. 그렇지, 기요시?"

후짱은 장난기 어린 눈빛으로 기요시를 보았다. 기요시는
여전히 아무 말도 않고 그저 히죽히죽 웃기만 했다.

"뭐야, 요것들이. 기분 나쁘게."

기천천은 둘을 수상하다는 듯 노려보았다.

"기천천은 듣거라!"

후짱이 호령했다.

"예, 여기 대령했소이다."

기천천은 아시테비치를 물어뜯으면서 대꾸했다.

"레이코와의….."

후짱이 미처 다 말하기도 전에 기천천은 재빨리 후짱의 입
을 틀어막았다. 후짱이 버둥대고 있을 때, 쇼키치가 가게에
들어섰다.

"뭐 하는 거냐, 다들!"

후짱은 가까스로 기천천의 손을 떼어 냈다.

"비밀로 할까? 기천천 오빠?"

"물론이지."

"뭔데, 뭔데?"

쇼키치가 다그쳤다.

"후짱, 너 배신하기냐?"

기천천이 말했다.

"배신 안 할게, 배신 안 해."

"좋다! 월급 타면 뭐든 좋은 걸로 하나 사 주지."

기천천이 이번에는 배짱 좋게 말했다.

곁에서 듣고 있던 로쿠 아저씨가 웃음을 터뜨렸다.

"기천천하고 후짱하고 정신연령이 딱 맞지?"

"그러면 어때."

기천천은 아시테비치를 뜯었다.

"후짱. 기천천의 보호자는 나야. 보호자란 뭐든지 다 알고 있어야 해. 자, 후짱. 나한테는 얘기해야 한다. 알았지?"

이번에는 쇼키치가 곰살맞게 말했다.

"안 돼!"

후짱이 한마디로 거절했다.

"가지야마 선생님이 남의 프라이버시를 함부로 침해해서는 안 된다고 그랬어."

"맞다, 맞아."

기천천이 맞장구를 치자, 후짱은 살짝 돌아서서 기요시한테 한쪽 눈을 찡긋했다. 그러고는 다시 기천천에게 들리지도 않을 만큼 작은 목소리로 "근데 너무 늦었어" 하며 혀를 낼름 내밀었다.

날씨가 좋다가도 갑자기 흐려지는 수가 있는 법, 하루 내 즐거웠는데 뜻밖에도 한차례 사나운 바람이 분 것은 어떤 신문 기사 때문이었다.

석간신문을 읽고 있던 로쿠 아저씨가 쇼키치에게 말없이 신문을 건넸다. 쇼키치는 '뭐가 났어?' 하는 얼굴인데 로쿠 아저씨는 여전히 아무 말도 않고 손가락으로 어떤 기사를 가리켰다. 쇼키치가 다 읽고 나서 한숨을 내쉬었다. 그러고 나서 기천천에게 신문을 건넸다.

"또?"

기천천이 신문을 읽고 나서 말했다.

기천천의 얼굴에는 후쨩과 농담할 때의 달콤한 흔적이 싹 가시고 없었다.

"뭔데 그래?"

오늘 따라 늦은 킹 아저씨가 신문을 들여다보았다.

그 기사에는 '오키나와 출신 젊은 여성의 고독한 죽음'이라는 제목이 붙어 있었다.

집단 취직으로 오사카에 온 여자라는 것, 집에서는 한 통의 엽서도 발견되지 않아 연고자가 한 사람도 없는 듯한 것, 병 때문에 죽은 것 같지는 않다는 것 등이 쓰여 있었다. 이름 뒤에 직장은 확인할 수 없다고도 적혀 있었다. 집 안에 식료품이 전혀 없어 굶어 죽었을 수도 있다는 의혹이 덧붙어 있었다.

"한 달 동안이나 발견되지 않고 방치되었다니, 오키나와에
서는 상상도 할 수 없는 일이다. 이 일본 본토는 진짜 잔인한
곳이야."

로쿠 아저씨는 그렇게 말하면서 눈을 껌벅거렸다.

"불쌍한 목숨…."

"뭐? 불쌍하다고?"

기천천이 덤빌 듯한 기세였다.

"야, 왜 이래?"

로쿠 아저씨가 기천천을 막으려 했다.

"불쌍하다는 말 따위는 집어치워!"

기천천은 분통을 터뜨렸다.

"오키나와에는 불쌍하다는 말 따위는 없어."

"그럼, 애간장이 녹는다고 하자꾸나."

킹 아저씨는 힘없이 이렇게 말했다. 전에 싸운 일도 있고
해서 이번에는 부드럽게 받았다.

"입으로만 불쌍하다 어떻다 지껄이는 놈일수록 이런 일은
전혀 가엾게 생각하지 않는 놈들이야. 마음이 아프지도 가엾
지도 않으면서 말로만 지껄이고 있으니까, 진짜 아픈 일을 당
하는 인간의 숫자가 줄지 않는 거라고. 이 여자는 병으로 죽
은 것과는 달라. 그저 굶어서 죽은 것과도 달라. 세상에 아픈
일도 가여운 일도 없는 놈들이 온통 한패가 되어 이 여자를
죽인 거야, 죽인 거라고!"

깅 아저씨가 괴로운 듯 아와모리를 들이켰다. 얼마 전까지만 해도 그런 말을 들으면 술맛 떨어진다고 싸움을 걸던 그였지만, 요즈음은 오키나와 사람들이 말하는 것을 가만히 듣고 있을 만큼 달라졌다.

신문이 차례로 돌아갔다. 후짱의 엄마가 읽고, 다음에 기요시에게 넘겼다. 기요시는 신문을 받자마자 읽지도 않고 기분이 상한 듯이 카운터에 내던졌다.

"무슨 짓이야, 이게?"

기천천은 얼굴빛이 변하더니 벌떡 일어섰다.

"네가 그러고도 오키나와 사람이냐?"

그 순간 모두가 뜻밖의 소리를 듣게 되었다.

"귀찮단 말이야!"

기천천은 어안이 벙벙했다.

"그런 이야기는 집어치워!"

기요시는 온몸의 털이 곤두선 이리 같았다. 낮 동안의 기요시는 온데간데없고, 데다노후아 오키나와정에 처음 나타났을 때처럼 짐승 같은 거친 소년으로 돌변했다. 서슬이 퍼런 얼굴이었다. 눈은 도전적으로 번뜩였다. 그러나 지극히 슬픈 얼굴이었다.

기요시는 느닷없이 들고 있던 프라이팬을 땅바닥에 내팽개쳤다. 엄청나게 요란한 소리가 났다.

안쪽에서 아빠가 내다보았다. 엄마가 황급히 아빠에게로 갔다. 기요시는 카운터를 뛰어넘어 밖으로 내달렸다. 눈 깜짝

할 사이에 벌어진 일이었다.

모두들 멍하니 넋을 잃고 서로 얼굴만 쳐다보았다. 그 짧은 순간에 도대체 무슨 일이 일어났는지 어안이 벙벙한 표정이었다. 후짱의 다리가 바들바들 떨렸다. 아주 긴 시간이 흐른 듯한 느낌이었다.

엄마가 가만히 아빠의 어깨를 감싸 안쪽으로 데리고 갔다.

"어떻게 된 건지 내가 가 봐야겠다."

할아버지가 그렇게 말하면서 일어섰다.

"할아버지, 나도 같이 가."

후짱은 또 한번 자신에게 말하듯이 "나도 갈 거야" 하고 되풀이했다.

"그래….."

대답 끝에 할아버지는 잠깐 생각을 했다.

"후짱."

"응?"

"그럼, 힘들어도 네가 혼자 가 보련?"

후짱은 가만히 할아버지의 눈을 보았다. 그러고 나서 "네!" 하고 대답했다.

"그 애가 아파트에 가 있으면 좋겠다만."

할아버지가 깊은 한숨 소리를 내듯 말했다.

기천천이 할아버지의 아파트까지 후짱을 업어다 주었다.

"기천천 오빠, 그만 돌아가."

아파트에 다다르자 후짱이 말했다.

그래, 하고 기천천은 순순히 따랐다.

"아파트에 없더라도 조금 기다려 봐라. 한 시간쯤 뒤에 데리러 오마."

후짱은 고개를 끄덕였다. 문은 열려 있었다. 후짱은 딸그락 소리를 내며 깁스한 발을 끌고 방 안으로 들어갔다. 검은 그림자가 있었다. 기요시는 불도 켜지 않고 앉아 있었다. 창백한 달빛이 창으로 비쳐 방 전체가 희부윰하게 밝았다.

"기요시."

검은 그림자는 대답이 없었다. 후짱은 발을 끌며 기요시에게 다가갔다.

기요시의 얼굴은 똑바로 천장을 향하고 있었다. 목울대가 꿈틀꿈틀 움직였다. 얼굴은 온통 젖은 채로. 달빛을 받은 얼굴이 유난히 번들거렸다. 기요시는 한 방울의 눈물도 떨치지 않으려는 듯 얼굴을 천장으로 들고 있었다.

후짱은 다시 한번 기요시를 부르려 했으나 소리가 나오지 않았다. 가슴이 미어지는 슬픔이 왈칵 후짱을 엄습해 왔다.

25

후짱도 어느새 눈에 눈물이 차올랐다.

"기요시 미워! 기요시는 바보 천치야!"

갑자기 후짱이 엉엉 소리 내어 울기 시작했다. 기요시는 깜짝 놀라 후다닥 소매로 눈물을 훔치고는, 눈동자를 동그랗게 뜬 채 물끄러미 후짱을 바라보았다. 후짱이 누구를 위해, 무엇 때문에 울고 있는지 이해할 수 없는 듯, 그저 넋을 놓고 후짱을 바라보았다.

"기요시 미워, 미워, 미워."

후짱이 격하게 우는 모습은 기요시에게 충격이 아닐 수 없었다. 한 소녀가 바로 자기를 위해 온몸으로 울고 있는 것이다. 이런 일도 있단 말인가. 기요시는 단 한 번도 누가 남을 위해 눈물 흘리는 것을 본 적이 없었다.

정체를 알 수 없는 슬픔이 기요시를 엄습했다. 그러나 그것은 절망이나 채워지지 않는 슬픔은 아니었다. 그것은 한없이 애달프지만, 후쨩에게도 자신에게도 가슴속에서 솟구쳐 오르는 격한 감정이었다. 이제는 기요시도 가슴속에 응어리져 있던 그 무엇을 단번에 토해 내듯이 큰 소리로 울기 시작했다. 소리를 내어 울어 본 적이 없는 기요시는 처음으로 갓난아기처럼 마음껏 울었다.

기요시가 마침내 입을 연 것은 그로부터 한 시간이나 지나서였다.

"누구에게도 보이고 싶지 않았는데…."

기요시는 너무 울어 쉰 목소리로 그렇게 말하며, 작은 비단 주머니에서 뭔가를 꺼내 가지고 왔다. 그것은 제도용 컴퍼스였다. 전문가들이 쓰는 고급품이었다.

"나 말이야."

기요시가 이야기를 꺼냈다.

"세상에서 제일 슬픈 일이 동그라미를 그릴 수 없다는 거였어."

"…."

"학교에서 말이야. 컴퍼스로 동그라미를 그리는데 내가 그리는 동그라미만은 몇 번을 그려도 동그라미가 안 되는 거야. 모두들 척척 그리는데 내 것만은 아무래도 동그라미의 선이 이어지지를 않았어. 아무리 열심히 해도 동그라미가 안 돼. 내 컴퍼스는 녹슬고 낡아빠진 거였거든. 그러니 아무리 해도 안 되는 게 당연했지. 어쩌다가 컴퍼스가 나를 불쌍히 여겼는지 동그라미가 잘 그려질 때도 있었어. 그렇지만 다음에 그리면 역시나 또 선이 이어지지 않은 동그라미야. 그럴 때는 더욱 슬펐지. 나는 말이다, 울면서 동그라미를 그렸어."

"…"

"난 노부에 숙모네에 얹혀살았는데, 사촌들이 많았어. 컴퍼스를 사 달라는 말은 어림도 없었어. 그래서 누나에게 편지를 썼지. '동그라미를 그릴 수 없는 컴퍼스는 슬프다. 다시는 아무것도 사 달라고 안 할 테니 동그라미를 그릴 수 있는 컴퍼스 하나만 사 달라고. 평생소원이라고…' 이렇게 편지를 보냈더니 누나가 컴퍼스를 사서 보내 주었지."

후짱은 살짝 눈앞에 있는 컴퍼스를 보았다.

"누나가 보내 준 컴퍼스로 그리니까 동그라미가 되는 거야. 얼마나 기뻤는지. 난 신이 나서 동그라미를 그리고 또 그렸어. 몇 개나 몇 개나…. 난…."

여기서 기요시의 말이 끊겼다. 목울대가 또 꿈틀거렸다. 기요시는 단숨에 내뱉듯이 말했다.

"내가 그렇게 신이 나서 동그라미를 그리고 있을 때, 바로 그 순간에 누나는 죽었어."

후짱은 무슨 겁나는 일에 부닥쳤을 때처럼 눈을 크게 떴다.

기요시는 흑흑, 숨을 삼키며 울었다.

"엄마가 버리고 간 뒤에 누나와 둘이서…."

다음은 잘 들리지 않았다. 기요시는 말을 잇지 못했다.

"그 신문에 실린 여자처럼 좁은 방에서 외롭게 혼자 죽어

간 거야."

"…."

"'기요시, 이젠 너무 지쳤다. 기요시, 용서해다오….' 편지
에 이렇게 써 놓고 누나는 열아홉 살에 죽어 버렸어."

기요시는 그렇게 말하고 또 울었다. 컴퍼스를 움켜쥔 채 한
참을 울었다.

그날 밤 후짱은 기요시가 울면서 들려준 이야기를 수없이
되새겼다. 후짱은 불행이나 슬픔은 제각기 따로 떨어져 있는
것이 아니고 줄줄이 이어져 있다는 것을 아프게 깨달았다.

기요시가 신문을 내던져 버린 것에는 하나뿐인 누나의 불
행이 숨겨져 있었다. 기요시의 자포자기한 듯한 태도 역시,
단지 남에게 학대받는 데 익숙한 탓이 아니라, 다른 이유가
있었다. 후짱은 그것을 새록새록 이해할 수 있었다.

기요시가 자기가 자라 온 이야기를 다 털어놓은 것은 아니
었다. 감정이 격했던 탓인지 기요시의 이야기는 단편적이었
다. 기요시는 엄마에게서 버림받은 것이 기억의 경계선이 되
어 버린 듯했다.

기요시는 오키나와를 어렴풋하게 기억할 뿐이었다. 아버
지는 불발탄을 건드려서 죽었고, 그 이전에 엄마가 없어졌다
고 했다. 여럿이 사탕수수를 날랐던 기억이 있다고도 했다.
왠지 오키나와에 관한 기억은 대부분 흐릿하고 애매했다.

오사카에 사는 숙모에게 얹혀살 때부터의 일은 자세히 기
억하고 있었다. 컴퍼스 이야기처럼 슬픈 이야기들뿐이었다.

192

"엄마."

후짱은 곁에서 자고 있는 엄마에게 가만히 말을 건넸다.

"안 잤니?"

엄마가 웬일이냐는 듯 후짱 쪽으로 돌아누웠다.

"기요시의 누나는 왜 죽었을까?"

엄마는 말없이 후짱을 끌어안았다.

"지쳤다고 했는데 무엇 때문에 지쳤을까?"

후짱은 혼잣말처럼 말했다. 엄마는 말없이 후짱의 등을 어루만져 주었다.

후짱은 아까부터 줄곧 한 가지 일을 생각하고 있었다.

'슬픈 일은 모두 오키나와에서 온다. 왜 그럴까?'

후짱은 가슴이 철렁했다.

후짱은 재바르게 아빠 쪽을 보았다. 아빠는 코를 골며 자고 있었다. 그 순간 후짱은 생각해서는 안 될 것을 생각했던 것이다.

후짱은 도리질하듯이 머리를 흔들었다. 그런데도 눈물이 자꾸 흐르자 엄마 품에서 소리 죽여 울었다.

26

"기요시, 잘 잤어?"

후짱은 밝은 목소리로 인사했다.

"어, 너도….".

기요시가 쑥스럽게 대답했다.

"후짱 누나, 어서 가자."

오늘 아침도 구미코와 함께 온 히사시가 후짱의 도시락 주머니를 빙빙 돌리면서 말했다.

"영차."

기요시가 후짱을 등에 업었다. 그때 기천천과 쇼키치가 작업복 차림으로 나타났다.

"잘 잤니?"

쇼키치가 먼저 누구에게랄 것 없이 인사를 했다.

"왜 왔어?"

"왜라니?"

"무슨 일이 있어?"

"후짱을 배웅하러 왔지. 그렇지, 기천천?"

두 사람은 얼굴을 마주 보며 우물쭈물했다.

후짱은 고개를 갸웃거렸다. 벌써 공장에서 일을 시작할 시간인데 말이다. 게다가 깅 아저씨까지 부스스한 머리에 슬리퍼를 끌고 나타났다. 잠이 덜 깬 얼굴로 입에는 칫솔을 물고 있었다.

"아저씨는 왜 와?"

기천천이 말했다.

"아니, 그냥….."

깅 아저씨도 우물쭈물했다.

"야 인마, 기요시! 후짱 잘 데려다주고 와."

깅 아저씨는 일부러 거친 말투로 소리치며 기요시의 엉덩이를 한번 철썩 때려 주었다.

"왜 그래, 깅 아저씨."

후짱이 앙탈을 부리자 우하하하, 하고 깅 아저씨가 너털웃음을 터뜨렸다.

후짱은 골목을 돌다가 기요시를 멈추게 했다. 그러고는 모퉁이 집의 담장에 숨어서 자기를 배웅하고 돌아가는 사람들을 엿보았다. 히사시도 흉내를 냈다. 기천천과 쇼키치는 휘파람을 불면서 가벼운 발걸음으로 공장 쪽으로 걸어가는 길이었다. 깅 아저씨는 박자를 맞추듯이 어깨를 흔들며 이쪽으로 걸어오고 있었다. 킹 아저씨도 기분이 좋아 보였다.

후후후, 후짱은 웃었다.

"저 애들 참 이상하다."

후짱에게 걸리면 할아버지와 엄마 아빠를 제외하고는 모두 '저 애들'이다.

"저 애들 나를 배웅 온 게 아니야. 기요시 일이 걱정이 돼서 아침부터 보러 온 거야. 그렇지, 기요시?"

"글쎄."

말은 그랬지만 기요시는 웃고 있었다.

"쇼키치 오빠도 기천천 오빠도 킹 아저씨도 난 모두 좋아."

후짱은 그렇게 말하고 기요시의 목을 감고 있던 팔에 힘을 주었다.

"야, 숨 막힌다."

"그 정도쯤은 참아야지."

후짱은 들뜬 목소리로 말했다. "기요시도 좋아"라고 말하려고 했지만, 그것은 조금 부끄러웠다. 히사시가 샘을 냈다. 구미코 누나에게 업어 달라고 떼를 써서 끝내 업혔다. 히사시는 싱글벙글하고 구미코는 원망스러운 얼굴로 후짱을 보았다. 후짱은 또 후훗, 웃었다.

한 오키나와 여자의 죽음으로 데다노후아 오키나와정에 파란이 일 뻔했지만 후짱의 상냥함과 가게 사람들의 따뜻한 마음씀씀이로 잘 넘길 수 있었다.

그때부터 기요시는 조금씩 변했다. 늘 말없이 일만 했는데,

이제는 스스럼없이 먼저 말을 걸곤 했다.

"아줌마, 슈리 요리와 나하 요리가 어떻게 달라요?"

"그게 말이다. 보통 슈리 요리라고 할 때엔 류큐 임금님이나 귀족이 살고 있는 궁중에서 만드는 요리를 말하는 거야. 지금은 절에서 제사를 올릴 때 차리는 음식에 얼마쯤 그 흔적이 남아 있는 정도고, 옛날 슈리 요리는 이제 거의 볼 수 없지. 나하 요리는 슈리 요리법도 받아들여서 쓰고 있긴 하지만, 한마디로 오키나와의 서민 요리라고 할 수 있지. 옛날부터 보통집에서 만들어 먹던 거야. 보기에 화려하진 않아도 영양을 잘 생각해서 만들었단다. 그중에서도 돼지고기나 해초를 맛있게 쓰는 게 특징이라고 할 수 있지. 그렇죠, 할아버지?"

"그렇지, 슈리 요리와 나하 요리가 다른 점은 남자가 만든 요리와 여자가 만든 요리의 차이쯤으로 보면 될 거다. 슈리 요리는 전문 요리사가 만드는 경우가 많고, 나하 요리는 여자들이 이렇게 저렇게 궁리해서 만드는 요리라고 보면 돼. 나하에 쓰지라는 곳이 있는데 예부터 쓰지 여자는 요리 솜씨가 좋다고 했지. 그런 것도 나하 요리에 영향을 주었을 거야. 오키나와에서는 요리 솜씨가 있는 여자를 존경했지."

기요시는 고개를 약간 숙인 채 열심히 이야기를 들었다. 이야기뿐 아니라 음식 맛에 대해서도 나름대로 연구도 하는 눈치였다. 전에는 요리에 간을 맞추는 것은 엄마가 도맡았는데, 요즈음은 기요시가 맛을 볼 때도 있었다. 돼지고기가 든 아사국을 만든 것도 기요시였다. 보통 아사국은 물에 불린 바다아

사와 네모지게 자른 두부를 가다랑어 우린 국물에 간장과 함께 넣고 부글부글 끓인 다음 생강즙을 넣어서 만드는데, 기요시는 거기에다가 잘게 자른 돼지고기를 데쳐서 넣었다. 그 요리는 기천천과 킹 아저씨 같은 젊은 층에 인기가 있었다.

엄마는 기요시가 눈썰미도 좋고 요리에도 소질이 있다고 했다. 엄마는 요리 전문가가 되려면 제대로 해야 한다고 말하곤 했다. '요리사 수업은 5년, 10년이 걸리는 힘든 것이지만 프로가 아마추어에게 배우는 경우도 있는 법이다. 어쨌든 틀에 박힌 요리법으로는 진짜 감칠맛은 내지 못한다. 원래 류큐 요리는 서민의 지혜가 녹아 있는 것이다. 그게 진짜 음식의 맛이란 거다.' 하면서 기요시에게 재주껏 만들어 보게 했다.

기요시는 기요시대로 다른 집에서는 감자 껍질이나 벗기는 일만 했는데, 이곳에서 엄마의 색다른 요리법을 접하고는 어리둥절했다. 하지만 요즘은 요리가 참 재미있다고 했다. 그래서 기요시는 가게를 닫은 뒤에도 곧바로 아파트에 돌아가지 않고 엄마가 가지고 있는 류큐 요리책을 열심히 읽었다.

"어머, 기요시가 아직 있었네."

2층에서 늦게까지 공부하던 후짱이 기요시를 보고 말을 건넸다.

"너야말로 뭐 했니? 벌써 11시 반이다."

"응, 이제 잘 거야. 기요시, 너도 그만 자."

후짱이 다시 안쪽으로 들어가려고 했다.

"후짱!"

기요시가 후짱을 불러 세웠다.

"왜?"

"후짱, 너 오키나와 말 알지?"

"조금."

"그럼 한번 시험해 볼까?"

기요시가 뽐내면서 말했다.

"뭐라고? 너 어느새 오키나와 말을 공부했니?"

"응, 그냥… 조금."

기요시는 멋쩍은 듯 대답했다.

"자, 맞혀 봐. 히루?"

"마늘."

"그래? 알고 있었구나."

기요시가 실망한 듯이 말했다.

"데군?"

"무."

후짱은 척척 대답했다.

"뭐 이러냐, 재미없게."

기요시가 투덜댔다.

"후린나?"

"시금치."

쳇, 기요시는 혀를 찼다.

"비라?"

"파."

"지데쿠니?"

"당근."

"그만! 그만둘래."

기요시가 큰 소리로 말했다.

"아니 기요시, 그거 모두 채소 이름이잖아?"

후짱은 고개를 갸웃거렸다.

"아, 이제 알았다. 그거 엄마의 류큐 요리책을 읽고 배웠지?"

"눈치챘냐? 그럼, 꼼짝없이 돌아가야지. 그럼, 이제 자."

기요시가 첫 월급을 탔다.

"열심히 일해 줘서 고맙다, 기요시."

엄마가 기요시에게 봉투를 건넸다. 기요시는 난처한 얼굴로 봉투를 받았다. 잠깐 봉투 안을 보고는 깜짝 놀라며 돈을 세어 보았다.

"이렇게 엄청나게 많이는 받을 수 없어요."

기요시는 퉁명스럽게 말하고 봉투를 엄마에게 도로 내밀었다. 이번에는 엄마가 난처한 얼굴이었다.

"기요시가 와 줘서 정말 도움이 됐어. 그 돈은 할아버지와 의논해서 정한 액수야. 만일 많다고 생각하거든 마구 쓰지 말고 저금하면 되잖니?"

"얼마 받았는데?"

곁에서 후짱이 대놓고 물었다.

"얘 좀 봐."

엄마가 후짱을 나무랐다.

"아파트도 그냥 쓰고 밥도 여기서 거저 먹는데, 이렇게 많이는 필요 없어요."

"받아 둬, 기요시. 돈은 많을수록 좋다더라."

또 후짱이 끼어들자 엄마가 말했다.

"할아버지, 얘 좀 야단쳐 주세요."

기요시는 마지못해 월급을 받았다.

다음 날 후짱이 학교에서 돌아왔을 때 책상 위에는 굉장히 큰 스누피 인형이 놓여 있었다.

"엄마아!"

후짱이 부르는 소리에 엄마가 2층으로 올라왔다. 이내 엄마도 눈이 휘둥그레졌다. 후짱과 엄마는 마주 보았다. 두 사람은 누가 그 선물을 보냈는지 알 수 있었다. 두 사람이 아래층에 내려오니 기요시가 보이지 않았다.

"할아버지, 기요시 어디 갔어요?"

"금방 여기 있었는데."

후짱은 왼발로 깡충깡충 뛰어서 뒷마당으로 갔다. 거기에 기요시가 있었다.

"기요시, 고맙다."

"응."

기요시는 등을 돌린 채 대답했다.

"스누피 인형, 고마워."

"응."

"월급을 축내서 미안."

"응."

"스누피, 내가 잘 간직할게."

"응."

무슨 말에도 기요시는 '응'이었다. 저렇게 수줍음을 타는 기요시가 혼자서 스누피 인형을 사는 모습을 상상하니 후짱은 웃음이 났다.

다음 날, 학교에 후짱을 데리러 온 기요시의 입술 한 귀퉁이가 조금 찢어지고 피가 나 있었다.

"왜 그랬니?"

"아무것도 아냐. 빨리 업혀라."

기요시는 가지야마 선생님에게 들킬까 봐 겁이 나는 듯이 후짱을 재촉했다.

"진짜 어떻게 된 거야. 응?"

기요시가 걷기 시작하자 후짱은 더 큰 소리로 물었다. 기요시는 말이 없었다. 그런데 몇 분이 지나지도 않아 그 까닭을 알 수 있었다.

남자애들이 우르르 나타나 기요시를 둘러쌌다. 기요시와 나이가 같거나 조금 위로 보이는데, 딱 봐도 깡패 같은 아이들이었다.

"야, 기요시. 그 계집애가 네 상전이냐?"

"꺼지지 못해!"

기요시가 독이 오른 짐승처럼 외쳤다.

"너희들 덤비기만 해 봐라. 내가 죽을 때까지 너희들 물고 늘어질 거다."

기요시는 예전의 그 거친 모습으로 되돌아가고 있었다. 후짱은 떨면서 기요시에게 착 달라붙었다.

"그야 너는 사람 물기로 유명한 개새끼, 기요시였잖아. 너에게 손가락을 물어뜯긴 놈도 있었지. 뭐 그렇게 짖지 좀 마라, 이 새끼야. 오늘은 이쯤에서 돌아가 주지만 말이야, 아까한 이야기는 잘 생각해 보란 말이다. 이 짜샤."

"생각해 봤자 대답은 하나다."

"다시 한번 생각해 보란 말이야, 인마."

그중에서 키가 제일 큰 소년이 그렇게 말하면서 기요시의 턱을 홱 옆으로 잡아 돌렸다.

패거리들이 사라지자 기요시가 후짱에게 말했다.

"무서웠지? 미안해, 후짱!"

"옛날 패거리니?"

"응."

"기요시, 너 저런 애들한테 돌아가면 안 돼. 난 싫단 말이야."

"안 가. 걱정 마."

기요시는 잘라 말했다.

27

깁스를 푸는 날이었다.

그날 후짱은 학교를 조퇴하고 병원에 갔다. 엄마와 기요시, 그렇게 셋이서 택시를 타고 갔다. 병원 정문에서 진찰실까지는 두 사람이 번갈아 업어 주었다.

"언제까지 어리광 부릴 거니, 너."

"하지만 오늘로 어부바는 마지막이잖아. 다시 갓난아기로 돌아간다면 모를까. 이젠 갈수록 어른이 되어 가잖아. 그 전에 실컷 어부바 맛을 봐 둬야지. 안 그래, 기요시?"

기요시는 키득키득 웃고, 엄마는 또 바보 같은 소리, 했다.

깁스는 간단히 떼어 냈다. 다리가 거짓말처럼 가벼워져서 몸 전체가 붕붕 허공에 뜨는 듯한 기분이었다.

"와아, 이상하다. 발이 엄청 커졌어."

"그래? 어디 보자."

엄마가 들여다보았다.

"정말 그렇구나. 신기하다. 그렇지?"

엄마가 감탄하며 기요시에게 물었다.

기요시는 눈길을 어정쩡하게 휘휘 돌리며 "예? 예." 하고 묘한 대답만 했다. 그러자 후짱은 얼른 발을 감추더니 얼굴까지 빨개졌다.

그날 엄마는 가게에서 크게 한턱을 냈다.

후유코의 다친 발이 나았습니다. 여러분 덕택입니다.

오늘 밤은 감사하는 뜻으로 아와모리를 공짜로 대접하겠습니다.

어느 분이나 사양 마시고 들어와 주십시오.

저녁때 엄마는 그렇게 쓴 종이를 가게 앞에 붙여 놓았다.

"바빠지겠다, 기요시."

"네."

기요시도 할아버지도 신바람이 났다. 데다노후아 오키나와정은 오랜만에 활기가 넘쳤다. 안주거리는 주문하지 않고 아와모리만 마시는 실속파도 있었지만, 엄마는 싫은 기색 없이 간단한 안주거리를 내놓았다.

후짱은 가게 위층에서 아빠와 이야기를 하다가 가게가 붐비면 음식 나르는 일을 도왔다.

"야호!"

깅 아저씨가 소리를 지르며 뛰어들었다.

"내게 무언가 육감이 있었어. 오늘은 자갈 운반이 한 차분 더 남아 있었지만, 어쩐지 일하기가 싫더라니! 내 육감이 맞아떨어졌어. 기천천은?"

"아직."

후짱이 대답했다.

"보라구. 그 친군 감이 시원찮으니까 이런 날만 골라서 늦는 거야. 기천천 녀석, 아주 쌤통이다."

깅 아저씨가 유쾌한 듯 웃고 있는데, 그 웃음소리가 채 끝나기도 전에 기천천과 쇼키치가 모습을 드러냈다. 후후후, 하고 후짱이 웃었다.

"여어 기천천, 오늘은 후짱의 완쾌 기념 잔치라서 아와모리는 마음대로 거저 마신다. 너 감이 참 좋구나, 이렇게 일찌감치 납시다니!"

깅 아저씨는 능청을 떨면서 후짱을 보고 한쪽 눈을 찡긋해 보였다.

가지야마 선생님도 모습을 보였다.

9시쯤 되자 가게는 얼추 단골손님들만 남았다. 새 손님이 올 때마다 후짱을 위해 건배, 건배 하고 연거푸 마셔서 기천천도 깅 아저씨도 술이 취해 벌써부터 곤드레만드레가 되었다.

술을 전혀 못 하는 도도 아저씨는 현미차로 몇 번이나 건배를 했다. 배가 물로 가득 찰 지경이었지만, 그래도 싱글벙글하며 건배하자고 하면 또 현미차를 마셨다.

후짱은 완쾌 축하 선물로 아프가니스탄에서 사 왔다는 목
걸이를 가지야마 선생님에게서 받았다. 금속 조각이 장식된
목걸이는 빨간 옥과 파란 옥으로 만들어져 있었다. 오래된 물
건인 듯 은은한 빛에 그윽한 멋이 있었다.

"아이 좋아라!"

후짱이 소리쳤다.

"기요시, 그동안 애썼지? 이건 네게 줄게."

가지야마 선생님은 그렇게 말하면서 크기가 15센티미터쯤
되는 석조 불상을 기요시의 가슴에 안겨 주었다. 그 조각은,
얼굴은 그리스인 비슷한데 얼굴 아래로는 일본의 불상 그대
로인 아주 특이한 불상이었다.

"나는 학생 시절에 실크로드에 반해서 세 번씩이나 이란과
아프가니스탄의 사막을 헤맨 적이 있어. 자식 걱정에 부모 속
꽤나 태운 불효자였지. 젊었을 때 세 번이나 외국을 나가다
니, 기요시의 눈에는 나 같은 건 사람으로도 안 보일 거야."

"…."

가지야마 선생님은 약간 취한 듯했다.

"후짱 일로 정말 수고 많이 했어. 정말 고맙다. 난 시원치
않은 선생이야. 그건 내가 소중하게 지녔던 물건인데 앞으로
는 기요시가 가지고 있어. 이제 실크로드는 깡그리 잊어버리
고 바짝 정신 차리고 제대로 선생 노릇 해야지."

"이런 걸 어떻게 제가 받아요."

기요시는 난처하다는 듯이 말했다.

"그러지 말고 받아 주렴. 이건 실크로드의 망령이야. 이게 있는 한 나는 좋은 선생이 못 된단다."

"왜요?"

"사람은 나약한 동물이거든. 나라는 인간도 나약하기 때문이지."

기요시는 말없이 가지야마 선생님을 보았다.

"기요시, 받아 두어라."

그때 도도 아저씨가 곁에서 말을 거들었다. 도도 아저씨는 평소답지 않게 강한 어조로 말했다. 저도 모르게 후짱은 도도 아저씨에게 눈길을 주었다. 그리고 이전에 도도 아저씨가 했던 말을 기억했다.

'사람이 살아가는 데 필요한 일과 필요 없는 일을 제대로 구별하지 못하는 사람은 보잘것없는 사람이야.'

후짱은 도도 아저씨가 그런 생각에서 기요시에게 말한 것처럼 느껴지기도 했으나, 어쩐지 좀 다르다는 생각도 들었다. 후짱은 조금 전에 가지야마 선생님에게서 받은 목걸이를 가만히 어루만졌다.

"그럼, 제가 간직하고 있겠어요."

결국 기요시는 불상을 받아들였다. 가지야마 선생님은 취기 어린 목소리로 "고맙군, 고마워"를 반복했다.

"기천천 선생, 이제 마음이 좀 개운해졌어요. 우리 한번 거하게 마셔 봅시다."

"찬성! 찬성!"

기천천은 신이 나서 큰 소리를 질렀다.

"나는 말야, 응? 나는….'"

깅 아저씨는 혀 꼬부라진 소리를 했다.

"선생이란 부류가 딱 질색인 사람인데 오늘부터 생각을 바꿨어. 후짱의 완쾌 잔치에 왔다는 것만 해도 그럴듯한데, 기요시에게 상까지 주다니. 안 그래? 기천천."

"그걸 이제야 알았소? 이 얼간이 선생."

기천천이 맞받았다.

"옛날 내 담임선생치고 어느 한 사람 제대로 된 선생이 없었어. 그저 '이런 것도 몰라? 거기 벌로 서 있어!' 하고 벌주는 것밖에 몰랐거든."

"그야 공부를 너무 못하니까 그랬겠지."

"공부 못하는 놈을 제대로 가르쳐 주는 게 선생 아냐?"

"깅 아저씨, 그만해요. 가지야마 선생님도 계신데."

후짱의 엄마가 나무랐다.

"아니, 괜찮아요. 괜찮아요. 실제로 욕먹어도 싼 선생이 많은걸요. 저도 그중의 하나예요."

가지야마 선생님은 말했다.

괜한 소리 그만하라고 깅 아저씨가 막았다.

"난 선생님에게 고맙다는 말을 한 거요."

"예, 알고 있어요."

"난 말이야, 응? 난….'"

이번에는 후짱이었다. 그러자 기천천이 한마디 더 거들었다.

"가지야마 선생님이 술 마시자고 하잖니? 네 연설 듣자고 오신 게 아니야."

"그야 나도 잘 아는 일이지만도 내 기분도 알아줘야지."

"그래, 그래, 알았다."

기천천이 깅 아저씨를 어린애처럼 달랬다. 치고받고 큰 싸움을 한번 하더니 두 사람은 사이가 나빴다가 더 좋아진 형과 아우 같았다.

또 건배다. 후짱을 위해 건배하고 이번에는 모두들 기요시에게 수고했다고 칭찬하면서 또 건배했다.

가지야마 선생님은 어딘가 홀가분해진 듯 정말 유쾌한 모습으로 아와모리를 마시고 있었다. 학교에서 보는 가지야마 선생님과는 딴 사람같이 보였다. 하지만 그런 가지야마 선생님이 후짱은 조금도 싫지 않았다.

"사이다 같은 시시한 것 말고, 이거 한 잔 마셔라."

깅 아저씨가 아와모리를 컵에 따라 기요시에게 건넸다.

"안 돼, 깅 아저씨!"

후짱이 소리쳤다. 기요시는 아직 미성년자였다. 후짱의 목소리를 듣고 기요시는 잠깐 주춤하다가 이내 컵을 받아들고 단숨에 아와모리를 마셔 버렸다. 그리고 후짱을 돌아보고 장난스럽게 웃었다. 그 순간 후짱은 문득 기요시를 둘러싸고 덤비던 패거리들이 머리에 떠올랐다.

28

"아와모리는 왜 마셨어? 또 불량소년이 될 거야?"

모두 돌아가고 나서 가게 뒷정리를 하면서 후짱이 불쑥 기요시에게 물었다.

"아와모리 마시면 불량소년 되는 거냐?"

"술 마시고 담배 피우고 하면서 불량해지는 거 아냐?"

"넌 진짜 단순하구나."

기요시가 조금 웃었다.

"뭐야, 난 걱정해서 말한 건데…."

후짱이 뾰로통했다.

"네가 다 나았으니 축하하는 뜻으로 마신 거지. 늘 마시는 것도 아닌데, 뭘."

엄마가 중재에 나섰다.

"아이들이 담배나 술을 마시면 감옥에 간다는 것쯤은 엄마도 알고 있죠?"

"야, 너도 요전에 맥주 마셨지? 뭣하면 우리 둘이 감옥에
가자."

기요시가 그렇게 대꾸하며 후짱을 놀렸다.

"이런 엉터리!"

후짱이 기요시를 발로 차려고 했다.

"깁스를 풀더니 당장 발부터 쓰려고 덤비네."

기요시는 날쌔게 피하면서 어이없다는 표정으로 말했다.

가게를 대충 치우고 나서 아빠와 엄마, 할아버지가 차를 마
시고 있고, 후짱은 카운터 너머로 기요시와 말을 주고받았다.

"가지야마 선생님이 왜 자기가 나쁜 선생님이라고 했을까?"

"글쎄."

"가지야마 선생님은 좋은 선생님인데 말이야."

응, 하고 기요시는 고개를 한번 끄덕이고는 꼬리를 달았다.

"하지만 말이야….."

"하지만 말이야? 그래서 뭐 어쨌는데?"

"응, 네게는 좋은 선생님이지만 다른 애들에게도 좋은 선
생님인지 아닌지는 알 수 없잖아?"

"그게 무슨 뜻이야? 가지야마 선생님은 누굴 편애하는 선
생님은 아니야."

후짱의 목소리가 약간 날카로워졌다. 이거 야단났다며 기
요시는 난처한 듯이 말했다.

"뭐 특별히 차별하지 않더라도 말이다. 글쎄, 말하자면 후

짱의 반에서 별로 공부를 잘 못하는 애가 있다고 하자. 그 애
한테도 가지야마 선생님이 좋은 선생님일까?"

"…"

"후짱은 공부를 잘하니까 그렇다고 치고, 공부를 못하는
애들 마음까진 네가 모르잖아?"

후짱의 반에도 공부 못하는 애가 있다. 그런 애가 특별히
가지야마 선생님을 욕하는 것도 아니고 공부를 못한다고 모
두가 그 애를 우습게 보는 일만 없으면 되지 않나 싶었지만,
기요시의 말을 듣고 나자 후짱은 문득 자신이 없어졌다.

"킹 아저씨가 선생님들을 믿지 않는다고 했는데, 누구를
편애하는 일이 없더라도 인간으로서 믿지 않는 선생님도 없
진 않을 거야. 공부를 못하는 애한테는 공부를 잘할 수 있게
옆에서 도와주는 선생님이 좋은 선생님이지만, 슬픈 일이 하
도 많아서 공부가 머리에 들어오지 않는 애한테는 공부 열심
히 하라고 말하는 선생님보다 슬픈 일을 함께 생각해 주는 선
생님이 좋은 선생님일 거야."

"…"

기요시의 컴퍼스 이야기를 알고 있는 후짱으로서는 그저
듣고 있을 수밖에 없었다.

"가지야마 선생님에겐 뭔가 고민거리가 있는 거 같아."

후짱은 생각에 잠겼다.

기요시의 직감은 틀리지 않았다. 확실히 가지야마 선생님
에게는 고민거리가 있었다. 그러나 그 고민거리가 후짱과 관

계가 있으며, 게다가 그 발단이 후짱의 아빠한테서 시작되었다는 것을 알았다면 기요시는 그때 뭐라고 말했을까.

하나부사 아저씨네 마리가 놀러 왔다. 저녁때가 다 된 무렵이었지만, 후짱은 로미를 안고 있는 마리를 데리고 항구 쪽으로 산책을 나갔다.

항구에서 마리 친구 미요를 만났다. 미요 언니, 도키코는 후짱과 같은 반이었다. 특별히 가까운 사이는 아니었지만, 후짱의 단짝 친구가 도키코와 친했기 때문에 셋이서 몇 번 도키코 집에 공부하러 간 적이 있었다. 도키코는 아버지가 없다. 도키코의 집은 항구 가까이에 있었으므로 후짱은 아침 산책을 하면서 아빠한테 저 집이 와카스기 도키코네 집이라고 말한 적이 있었다.

미요는 마리와 즐겁게 놀았다. 바닷바람이 차가워 후짱은 두 아이에게 자기 집에 가자고 했다. 마리는 이내 그러자고 했는데, 왠지 미요는 딱 부러지게 싫다고 했다.

"왜?"

후짱은 별다른 뜻 없이 물었다.

"너네 아빠 무서워."

미요가 대답했다.

"무섭지 않아."

후짱은 그 순간에도 그 말의 중대성을 깨닫지 못하고 있었다.

"무서워."

"무섭지 않아. 왜 무서워?"

"후짱 아빠는 무서워. 미요 집에 왔을 때 무서웠어. 경찰 아저씨가 와서 데려갔거든."

이 애가 무슨 소리를 하나? 후짱은 제 귀를 의심했다.

"뭐라고? 다시 한번 말해 봐!"

떨리는 목소리로 후짱이 재차 물었다.

"후짱 아빠, 우리 집에 왔는데 경찰 아저씨가 데리고 갔어."

후짱은 아찔한 현기증이 일었다.

"언제?"

"조금 전."

"얼마쯤 전?"

후짱의 기세에 미요는 더럭 겁이 났다.

"아까 조금 전."

'아니, 도키코한테 물어보자. 무슨 일이 있었던 게 분명해.'

무섭게 가슴이 두방망이질 쳐 후짱 스스로도 놀랄 지경이었다. 잰걸음으로 도키코네 집으로 달려갔다.

"도키코!"

여전히 떨리는 목소리였다.

"도키코!"

창이 열리고 도키코와 도키코 엄마가 동시에 얼굴을 내밀었다. 두 사람은 후짱을 보고 가슴이 철렁 내려앉는 듯한 얼굴이었다. 후짱에게는 그렇게 보였다.

"도키코, 잠깐 나와 봐."

잠시 후에 도키코가 창백한 얼굴로 나왔다.

"미요가 말하는데…. 우리 아빠가…."

후짱은 당장이라도 울음을 터뜨릴 듯한 목소리였다. 후짱은 미요가 말한 대로 도키코에게 되풀이했다. 그것을 듣고도 도키코는 아무 말도 하지 않았다. 창백한 얼굴이 더욱 창백해질 뿐이었다.

"무슨 일이 있었어?"

후짱은 도키코의 어깨를 잡고 격렬하게 흔들었다.

"몰라, 난. 난 아무것도 몰라."

도키코는 차갑게 대꾸했다. 후짱의 얼굴이 일그러졌다.

"아주머니, 아주머니!"

후짱은 당장 도키코네 집 문을 탕탕 두들겼다. 하지만 도키코 엄마는 나와 보지 않았다.

감추고 있다. 두 사람이 무엇인가 감추고 있다. 후짱은 분에 겨운 눈물을 흘렸다. 이대로 집에 돌아가면 엄마를 마구 몰아붙이게 될 것 같았다. 너무 흥분해서 일을 저지를 것만 같았다. 그런 모습을 아빠에게 보이면 안 된다는 생각이 가까스로 스스로를 다스리고 있을 뿐이었다.

'미요가 말한 것은 사실이다….'

후짱은 확신이 들었다.

'도키코와 도키코 엄마는 뭘 감추는 걸까? 엄마와 할아버지도 왜 사실을 내게 감추고 있는 걸까? 모두 아빠 일을 걱정하면서 왜 나한테는 아빠 일을 감출까? 도키코와 도키코 엄

마는 내 얼굴을 보고 왜 그렇게 깜짝 놀랐을까? 미요의 말이
모두 사실이라 하더라도 폐를 끼친 건 우리 아빠인데 말이다.'

후짱이 무엇보다도 슬펐던 것은 아빠의 병이 조금도 좋아
지지 않았다는 절망적인 사실이었다.

'도키코네 집에 아빠가 갔다면 그건 필시 나를 찾으러 간
걸 텐데. 그러니까 내가 입원했을 때 일어난 일일 거야. 아빠
는 도키코네 집에서 발작을 일으켰고, 그걸 보고 미요가 무서
워했던 거야.'

그렇게 생각하자 모든 것이 앞뒤가 맞았다. 그때 후짱은 미
요가 했던 '경찰 아저씨가 데리고 갔다'라는 말의 뜻을 되새
기고 있었다. 후짱은 기천천 오빠나 쇼키치 오빠가 그동안의
사정을 알고 있지 않을까 하는 데에 생각이 미쳤다.

입원한 다음 날 점심때 모두들 문병을 와 주었다. 킹 아저
씨는 아주 들떠 있었지만 기천천 오빠는 어쩐지 맥이 없었다.
아빠의 발작을 알고 있었기 때문이 아니었을까?

후짱은 기천천이 일하는 공장 앞으로 갔다. 그러고는 창문
에다 대고 가라앉은 목소리로 기천천을 불렀다.

"무슨 일이니?"

후짱의 곁으로 온 기천천은 너무 창백한 후짱의 얼굴을 보
고 깜짝 놀랐다.

"왜 그러니, 너?"

후짱의 눈에 눈물이 어렸다.

29

해가 떨어졌다.

항구에는 세 그림자가 나란히 서 있었다.

"아빠가 가엾어….."

작은 그림자가 울고 있었다. 큰 그림자는 말이 없었다.

바다는 어두웠다.

기천천과 쇼키치가 번갈아 해 준 이야기는 후짱이 짐작한 대로였다. 요란한 사이렌 소리에다 후짱이 없어졌다는 것 때문에 아빠가 더 충격을 받은 것 같다고 쇼키치는 말했다. 그때 아빠가 발작을 일으켰다면 옆에 있던 고로야 아저씨가 어떻게든 했겠지만, 처음에 아빠는 조용했던 모양이었다.

왜 구급차가 왔는지에 대해 설명하자 아빠가 고개를 끄덕이면서 조용히 듣고 있었기 때문에 고로야 아저씨가 그만 방심했던 것이다. 잠깐 눈을 뗀 사이에 아빠가 집을 뛰쳐나갔다고 한다. 도키코네 집에 간 것은 후짱을 찾을 셈이었을 것이라고 기천천이 말했다.

발작이 일어났을 때 아빠는 정상이 아니었다. 그런 아빠가 겁이 났는지 도키코의 엄마는 경찰에 전화를 걸었고, 아빠는 경찰관을 보고 더 소란을 피웠다고 한다. 그 때문에 경찰들이 아빠한테 수갑을 채우고 순찰차에 태워 간 것이다.

할아버지와 고로야 아저씨가 연락을 받고 달려갔을 때, 아빠는 정신병원 보호실에 있었다. 고로야 아저씨가 아빠의 오른쪽 뺨이 부은 것을 보고 항의하자, 병원 사람들이 아마 경찰관과 몸싸움을 했을 때 생긴 모양이라고 말했다고 한다.

아빠는 병원에서 바로 나오지 못했다. 타인에게 피해를 줄 위험성이 있는 정신장애인은 본인이나 가족의 동의 없이도 입원시킬 수 있는 법 조항 때문이었다.

"할아버지는 당당했지."

쇼키치가 말했다.

"마음의 병을 앓는 사람이 타인에게 해를 가하거나 범죄를 저지른다는 것은 당신들의 편견이오. 오키나와섬에서는 마음의 병이 든 환자는 다 같이 돌봐 주었소. 이런 감옥 같은 곳에 격리해서 방해물 취급은 하지 않아. 이런 환자일수록 인정이 필요한 거요. 나오를 여기서 안 내보내도 좋소! 그 대신 나도 여기서 살게 해 주시오."

할아버지는 그렇게 말하면서 한 걸음도 물러서지 않았다고 한다.

아빠는 닷새 동안 병원에 잡혀 있었으니 할아버지도 닷새 동안 버틴 것이 된다. 일주일에 한번 의사의 진찰을 받는다는 조건으로 아빠는 병원을 나올 수 있었다. 그길로 곧장 둘이서 후짱을 보러 왔던 것이다. 아빠가 연기처럼 사라졌다는 날이 바로 그 굴욕의 날이었던 것이다.

기천천과 쇼키치가 데려다주어 집으로 돌아온 후짱은 곧바로 2층 제 방에 틀어박혔다. 쇼키치는 엄마에게 사정을 설명했다. 기요시도 옆에서 함께 들었다. 후짱이 모든 자초지종을 알게 된 것은 다음 날 학교에 갔을 때였다.

"오미네, 잠깐 보자."

방과 후에 가지야마 선생님이 후짱을 불러 세웠다. 두 사람은 아무도 없는 숙직실로 갔다.

"오늘 아침 쇼키치한테 전화가 왔다."

가지야마 선생님은 골똘히 생각한 것이 있는 모양이었다.

"그 일로 너에게 일러둘 것이 있다."

가지야마 선생님은 후짱 앞에 한 통의 편지를 내놓았다.

"그것은 와카스기 도키코가 내게 보낸 편지야. 네가 병원에 있는 동안 받았다. 읽어 보아라."

후짱은 도키코의 편지를 손에 들었다.

선생님.

오늘 선생님 앞에서 저는 한마디도 말을 하지 않았습니다. 저를 고집스럽다고 생각하시겠지요. 저는 선생님에게 반항하고 있는 거예요. 저는 원래 고집스런 성격이지만, 선생님 앞에서는 특별히 더 고집스러워집니다. 왠지 그렇게 되고 말아요.

선생님이 후짱의 아빠가 우리 집에 오셨을 때의 일을 물으셨지요. 경찰에 전화를 걸기 전에 왜 후짱네 집에 연락하지 않았느냐고 부드럽게 물으셨지요. 그것은 선생님의 거짓이에요. 속으로는 화를 내고 계셨던 거예요. 사실은 저를 야단치고 싶으셨을 거예요. 그렇다면 솔직하게 저를 야단치셨으면 좋았을 텐데….

아이들 대부분이 가지야마 선생님은 정이 많고 재미있는 선생님이라고 말합니다. 다른 반 아이들은 가지야마 선생님이 담임선생님이라서 좋겠다고 부러워하지요. 선생님은 아이들에게 인기가 있습니다. 선생님이 누구나 다정하게 대하신다는 것은 저도 알고 있어요. 후유코에게도 저에게도 따뜻하기는 마찬가지예요. 하지만 후유코에게 정답게 하실 때는 진짜이고, 저에게 하실 때는 건성인 것 같아요. 그래서 저는 선생님은 거짓말쟁이라고 생각합니다.

후유코는 공부도 잘하고 시원시원해서 보는 사람도 기분이 좋지요. 게다가 예쁘지요. 저는 예쁘지도 않고 말도 잘 안 하고 공부도 중간 정도입니다. 장점이라면 글쓰기를 조금 잘한다는 것뿐. 그러니까 선생님이 후유코를 예뻐하시는 마음을 저도 알 수 있을 것 같아요. 하지만 저도 후유코도 같은 사람이에요. 그런 생각을 하면 저는 또 선생님에 대해서 고집스러운 마음이 생깁니다.

선생님은 공부를 아주 못하는 아이들에게 우스갯소리를 하시며 기분을 풀어 주시곤 하지요. 오타와 농담을 주고받을 때는 진심으로 기분 좋으신 듯하고, 저와 농담을 하실 때는 건성으로 하시는 것 같아요. 차라리 아주 지독하게 공부를 못하면 어떨까 하고 생각한 적도 있어요.

선생님은 후유코가 기특하다고 곧잘 말씀하시지요. 그 말을 들으면 저는 기분이 상해요. 후유코가 병을 앓는 아빠를 모시고 열심히 하고 있는 것은 저도 잘 알아요. 아침에 후유코가 아빠와 함께 산책하고 있는 모습을 자주 보아요. 후유코가 잘하고 있구나, 그때는 그렇게 생각합니다.

하지만 선생님, 저는 병을 앓는 아빠조차도 없습니다. 선생님은 무신경해요. 아버지의 날에 아버지에 대한 글쓰기를 시키셨지요. 아빠가 없는 저는 아버지에 대한 글쓰기가 될 까닭이 없지요. 선생님은 중간에 그것을 깨닫고 "도키코는 무엇이든 좋아. 네가 좋은 제목으로 써라." 하고 말하셨습니다. 그때 저는 무척이나 부끄러웠어요. 아빠가 없는 것이 제 탓이 아닌데도 그것이 부끄러웠던 저 자신에게 화가 났습니다.

저는 어린 여동생과 엄마, 이렇게 셋이서 힘껏 살고 있어요. 선생님이 후유코는 기특하다고 하실 때, 후유코도 최선을 다하고 있지만, 저도 최선을 다하고 있다고 제 마음속에서 말한답니다.

그날 밤 일에 대해 쓰겠습니다. 그날 밤 저는 친구 집에서 늦도록 공부를 하고 9시 조금 지나서 집에 돌아왔어요. 그때는 벌써 후유코의 아빠가 저희 집 현관에 와 계셨습니다. 후유코의 아빠는 횡설수설하셨어요. 우리 엄마는 돌아가 달라는 말만 되풀이하고 계셨어요. 동생은 겁이 나서 울고 있었습니다. 그때는 벌써 엄마가 경찰에 전화를 건 후였지요.

하지만 선생님, 엄마를 나무라지 말아 주세요. 저는 후유코의 아빠를 알고 있지만 우리 엄마는 후유코의 아빠를 모릅니다. 누군지 모르는 사람이 집에 와서 뜻 모르는 말을 해 댈 때 누구나 겁이 나서 경찰 아저씨를 부를 겁니다. 경찰이 곧 왔습니다. 당신은 누구냐, 어쩌고저쩌고 몇 마디 하면서 경찰관은 후유코 아빠의 손을 잡았습니다. 후유코의 아빠가 그 손을 뿌리쳐서 그다음에는 몸싸움이 벌어졌습니다. 경찰관이 수갑을 꺼내는 것을 보고 저는 겁이 났습니다. 저는 그분은 후유코라는 내 친구 아빠라고 말하려고 했지만, 겁이 나서 이가 덜덜 떨리고 아무리 애써도 목소리가 나오지 않았습니다. 계속 그랬느냐고 하면 그렇지는 않습니다.

후유코의 아빠가 조용해진 후에는 저도 상당히 냉정해졌어요. 그래서 빨리 그 말을 하려고 했습니다. 그 순간이에요. 선생님이 예뻐하시는 후유코가 문득 생각났어요. 그러자 말이 나오지 않았습니다.

선생님, 저는 후유코에게 몹쓸 짓을 했습니다. 후회도 했습니다. 사과하려고도 생각했습니다. 그렇게 생각하자마자 뒤따라서 그 고집스러운 오기가 발동하고 말았습니다. 후유코에 대해서도, 선생님에 대해서도 사과할 때까지 기다려 달라고 하면 선생님은 화를 내시겠어요? 지금 억지로 사과하면 진정으로 사과하는 것이 아니라고 생각해요. 마음으로부터 후유코에게 사과할 수 있게 되는 날까지 기다려 주세요.

선생님은 이런 편지를 쓴 저를 미워하시겠지요? 이 편지를 읽고 선생님이 저를 싫어하실지도 모르겠습니다. 선생님이 싫어하시더라도 저는 정직한 쪽을 선택하겠어요. 선생님이 싫어하시면 저는 선생님에게 기대지 않고 살아가겠습니다.

긴 편지였다. '그 말수가 적은 도키코가?' 하는 생각이 들게 하는 내용이었다.

"오미네도, 와카스기도 참 장하다."

가지야마 선생님은 혼잣말처럼 말했다.

"잘못하는 것은 학교 선생님들이야. 바로 나야. 겨우 열한 살의 소녀가 이렇게 온몸을 내던지며 살아가고 있는데 말이다."

가지야마 선생님은 한숨을 쉬면서 말했다.

"오미네, 와카스기를 용서해라. 이런 말을 쉽게 하면 정말로 와카스기에게 미움을 살지 모르지만, 그래도 용서해라. 나야말로 후짱, 너에게도 도키코에게도 사죄해야 한다. 그러나 입으로 사죄하는 일은 간단하지만 그건 그만두겠다. 그리고 교사 노릇을 다시 시작하기로 한 거다. 도키코의 이 편지를 읽고 나는 그간 교사가 아니었다고 생각했단다."

후짱이 깁스를 푸는 날 밤, 가지야마 선생님은 아와모리에 취해서 말했다.

"난 나쁜 선생이야…. 이제 실크로드는 깨끗이 잊고 진짜 좋은 선생이 될 거요. 이건 실크로드의 망령이거든. 그걸 떨치지 못하는 한 좋은 선생이 될 수 없어."

가지야마 선생님은 도키코의 편지를 보고 결심한 것이다. 기요시가 가지야마 선생님에게 고민이 있다고 말했던 것이 딱 들어맞은 셈이었다.

"네게는 좋은 선생님이라도 다른 애에게는 좋은 선생님일지 어떨지 모르잖아?"라고 기요시가 말한 그대로였던 것이다. 도키코를 전혀 모르는 기요시가 오히려 도키코에 대해 잘 알고 있었던 셈이었다. 후짱은 날마다 도키코를 보는데도 정작 도키코를 잘 알지 못했던 것이다. 후짱은 부끄러운 생각이 들었다.

'가슴 아픈 일을 당해 본 사람이 가슴 아픈 일을 당한 사람의 마음을 잘 안다. 아무리 마음이 따뜻한 사람이라도 가슴

아픈 일을 당한 적이 없는 사람은 그런 일을 당한 사람의 마음속까지 들어갈 수는 없는 거다.'

후짱은 진심으로 그렇게 생각했다.

후짱은 새삼 도키코라는 아이가 참 대단하다고 생각했다.

30

풀이 죽은 후짱을 보고 제일 걱정하고 마음을 쓰는 것은 기요시였다. 할아버지와 엄마 그리고 쇼키치와 기천천은 후짱을 믿고 가만히 두면 머지않아 예전처럼 밝은 모습으로 되돌아오리라 여기고 있었다.

기요시만 끊임없이 후짱을 눈여겨보며 혼자 안절부절못했다. 하지만 기요시는 누구를 위로하는 그럴듯한 말 한마디 변변히 할 줄 모르고, 막상 뭘 해 놓고도 이내 쑥스러워하는 자신의 성격에 더 짜증이 났다.

후짱이 학교에서 돌아와 책상 앞에 멍하게 앉아 있는데, 누군가 문을 두드렸다.

"누구?"

"나."

"기요시야?"

"들어가도 돼?"

"웅."

기요시는 손에 뭔가를 들고 있었다.

"아줌마에게 배워서 포포와 진빈을 만들었어. 후쨩, 먹어볼래?"

포포와 진빈은 오키나와 과자다. 밀가루를 물에 풀어서 프라이팬에 얇게 튀긴 다음 달콤한 기름된장을 넣어 둘둘 만 것이 포포고, 기름된장 대신에 흑설탕을 녹여서 넣은 것이 진빈이다. 둘 다 중국식 과자로, 옛날에 오키나와에서는 집에서 간식으로 곧잘 만들어 먹던 것들이다.

"포포는 싫지만 진빈은 좋아."

"그럼 진빈만 먹어…."

기요시는 그것만으로도 기쁜 모양이었다.

"뭘 봐? 그렇게 보고 있으면 내가 먹을 수가 없잖아."

기요시는 눈길을 어디다 둘지 몰라 우물쭈물했다.

"기요시."

"웅."

"이 과자, 나 주려고 만든 거야?"

"그래."

"기요시."

"왜?"

"너, 내가 기운이 없다고 걱정하는 거지?"

기요시는 걱정 같은 거 없다고 허세를 부렸다. 후쨩이 후후후, 하고 웃었다. 그러고는 정색을 하고 심드렁하게 말했다.

"아빠 병이 나을까? 어떻게 생각해, 너는?"

"틀림없이 나아."

기요시가 큰 소리로 대꾸했다.

"그런데 네가 걱정스러운 얼굴을 하고 있으면 빨리 낫지 않아."

기요시는 같은 말을 두 번 했다. 할 말을 그제야 겨우 꺼내는 것 같았다.

"글쎄 말이야."

후짱이 힘없이 말했다.

"후짱, 기운 내라. 내가 응원할게."

"응. 고마워, 기요시."

후짱은 눈물이 핑 돌았다.

사실 응원해 주겠다고 기요시가 말한 데는 몇 가지 생각이 있어서였다.

그날 밤, 기천천이 가게에 왔다. 기요시는 기천천을 가게의 한구석으로 이끌고 가서 작은 소리로 무엇인가 말했다.

"뭐라고? 너 그걸 알고 있었어?"

기천천이 화들짝 놀랐다.

"그렇다고 후짱이 배신한 건 아니야. 기천천 형이 남에게 말하지 말라고 하기 전에 이미 내게 말했거든."

"그래? 그건 뭐 그렇다 치고 넌 누구한테도 말하면 안 돼!"

기천천이 이번에는 작은 목소리로 말했다.

"말하지 않을 테니까 대신 빨리 실행해요. 돈이 없으면 내가 대 줄게요."

"쓸데없는 소리! 돈은 나도 있어."

기천천은 자존심이 상한 모양이었다.

기요시는 다시 기천천의 귀에다 대고 말했다.

"아니, 지금 당장 말이냐?"

기천천은 깜짝 놀란 모양이지만, 기요시는 당연하다는 투였다.

"응, 내가 직접 가서 줄 거니까."

기요시가 그렇게 말하면서 종이와 볼펜을 기천천에게 내밀었다.

"야, 너 이거 강제 아니냐?"

기천천은 어이가 없다는 얼굴이었다.

"우물쭈물하면 남에게 뺏겨."

기요시가 놀리듯이 말했다.

"이번 일요일이라고 아예 날짜를 확실히 정해요."

기천천은 보이지 않게 팔꿈치로 가리고, 에스카르고의 레이코에게 데이트 신청 편지를 쓸 수밖에 없었다.

"아줌마, 10분만 시간을 주세요."

기요시는 편지를 받자마자 가게를 뛰쳐나갔다.

에스카르고에는 레이코의 어머니가 가게를 지키고 있었다.

"쳇."

기요시는 혀를 찼다. 하지만 곧 마음을 정한 듯 카운터 앞으로 성큼성큼 걸어갔다.

"아주머니, 레이코 누나 있어요?"

"레이코는 2층에 있는데, 무슨 일이지?"

"후짱이 편지를 전해 달라고 해서요."

기요시는 거침없이 거짓말을 했다.

"아아, 후짱 말이지?"

"레이코."

어머니가 부르자 레이코는 곧장 내려왔다.

레이코는 편지를 읽고 나서 키득키득 웃었다.

"후짱도 가는 거니? 진짜로 후짱이 간다면 나도 좋아."

레이코는 시원스럽게 말했다.

레이코의 어머니가 어딜 가느냐고 물었다.

"응, 산노미야에 쇼핑."

레이코는 대답하면서도 기요시에게 장난스럽게 윙크를 보냈다.

"그럼 안녕."

기요시는 인사를 하고 줄달음쳐 돌아왔다.

'기천천에겐 안됐지만 이렇게 하면 잘될지 몰라.'

기요시는 달리면서 그런 생각이 들었다.

"어땠니?"

기다리고 있던 기천천이 물었다.

"오케이야."

"정말이냐?"

안절부절못하는 기천천과는 달리 기요시는 생각보다 무덤덤했다.

"레이코 양이 뭐라던?"

기천천이 기요시의 귀에 대고 물었다.

"오케이야."

기요시의 대답은 간단했다.

"그뿐이야?"

"그뿐이야. 그러면 됐잖아."

"그야 뭐, 그렇지만…."

기천천은 그래도 어딘가 아쉬운 듯했다.

기요시는 후짱을 불러 왔다.

"뭐야, 기천천 오빠."

"후짱, 그거 말이야, 이번 일요일로 정했는데…."

"그거가 뭐야?"

"그거 말이야, 그거."

후짱은 고개를 갸우뚱했다. 기요시는 손으로 여자가 머리 빗는 시늉을 하고 나서 엉덩이를 흔들며 걸었다.

"아, 레이코 언니 말이야?"

후짱이 쿡쿡 웃으며 말했다.

그러자 기천천이 쉿, 입을 막았다.

"기천천 오빠, 혼자 가."

후짱은 귀찮다는 듯이 대답했다.

"아니, 너 약속했잖아?"

기요시가 다급하게 물었다.

"약속했지만 데이트는 둘이서 하는 거야. 기천천 오빠, 용기를 내서 혼자 가."

"그러지 마. 레이코 누나도, 기천천 형도 후짱이 같이 가니까 간다는 거야."

기요시는 '기천천 형도'라는 대목을 특히 힘주어 말했다.

"남의 데이트나 따라가는 건 싱겁다고 너도 말했잖아?"

기요시는 순간 당황했지만, 슬쩍 되받아넘겼다.

"데이트가 취소되면 레이코 누나도, 기천천 형도 슬퍼할걸?"

이번에는 '레이코 누나도'라는 대목을 강조했다.

"그런 소리 하려면 기요시도 함께 가자. 그럼 나도 갈게."

으잉? 하고 기요시가 잠시 놀란 반응을 보였지만, 곧 그렇다면 어쩔 수 없다는 표정으로 획 돌아서서 큰 소리로 물었다.

"아주머니, 후짱과 데이트해도 돼요?"

엄마는 웃으면서 대답했다.

"좋고말고, 좋고말고."

"바보같이. 난 아직 어린애잖아?"

귀엽게 화를 낸 후짱이 주먹을 쥐고 기요시 뒤를 쫓기 시작했다. 오랜만에 데다노후아 오키나와정에 웃음소리가 퍼졌다.

31

가다 보니 기천천과 기요시가 앞서 걷는 레이코와 후짱을
쫓아다니는 꼴이 되었다.

후짱은 레이코와 기천천이 짝이 되도록 여러모로 애써 보
았지만, 기천천은 곧 슬금슬금 뒤로 빼는 것이었다.

'답답해 죽겠네, 멍텅구리 기천천.'

후짱은 몇 번이나 속으로 혀를 찼다. 레이코는 아무 생각
없이 속 편하게 즐기고 있는데, 기천천은 어찌 된 셈인지 꿔
다 놓은 보릿자루 같았다. 평소의 기천천이 아니었다. 말수도
적고 행동도 어쩐지 어색했다.

기요시도 그런 기천천이 어이가 없었다. 후짱을 밖으로 끌
어내 기분 전환을 시켜 줄 생각으로 꾸민 데이트 작전이었는
데, 기천천까지 걱정해야 할 판이었던 것이다.

"자."

기요시는 못마땅한 눈치로 기천천에게 은단을 주었다. 기천천은 은단을 오독오독 깨물고 나서 후, 하고 숨을 길게 내쉬었다.

"난 이제 몰라."

기요시가 여전히 못마땅한 눈으로 말했다.

"사람들이 기천천, 기천천 하고 부르는데 진짜 이름은 뭐예요?"

갑자기 레이코가 물었다.

"히라오카 미노루."

후짱이 대신 대답했다.

"와아, 이름은 굉장히 좋네."

마치 기천천은 이름만 좋다는 말로 들렸다. 레이코도 좀 괴짜다.

"후짱은 히라오카 아저씨와 사이가 좋군요."

후짱은 히라오카 아저씨니 어쩌니 하니까 기천천이 아닌 딴사람 같다고 생각했다.

"그래요. 기천천 오빠와 난 끌리는 별."

후짱은 기천천을 위해 크게 인심을 썼다.

"이야! '끌리는 별'이라니, 참 낭만적인 말이네."

레이코는 그 말에 탄복했다.

칠월 칠석 날 밤 은하수의 동쪽에 있는 견우성과 서쪽에 있는 직녀성이 1년에 한번 만난다는 이야기를 엄마가 해 주었을 때 후짱은 '끌리는 별'이라는 말을 알게 되었다. 반드시 남자와 여자가 아니더라도 후짱의 주변 사람들은 마음이 맞는 사이를 '끌리는 별'이라고 했다. 아빠와 엄마도 끌리는 별이고, 후짱과 엄마도 끌리는 별이다. 후짱의 눈에는 데다노후아오키나와정에 오는 사람은 모두 '끌리는 별'이었다.

레이코가 기천천을 화제로 삼아 주어서 후짱은 약간 신이 났다.

"기천천 오빠는 만화 박사야. 만화라면 모르는 게 없거든."

"으응."

레이코는 별로 흥미가 없다는 말투였다.

"레이코 언니는 만화 싫어?"

"특별히 싫은 것도 아니지만 잘 보진 않아."

이번에는 후짱이 '으응' 할 차례였다.

'뭐 이래, 정떨어지게.'

후짱은 이 레이코라는 아가씨는 저만 아는 사람인가, 하는 생각도 들었다.

'만화 이야기를 먼저 꺼내는 게 아니었어.'

"기천천 오빠에게는 요트가 있는데 침대가 넷이나 있어."

후짱은 요트 이야기를 꺼내면서 어쩐지 조금 치사하다는 생각이 들었다.

"정말?"

이번에는 레이코가 흥미를 보였다.

"기천천 오빠."

"응."

기천천은 아래를 내려다보며 대꾸했다.

'진짜 답답하긴. 오늘 기천천은 기천천이 아닌 것 같아.'

후쨩은 기천천이 레이코에게 데이트를 신청했다는 게 믿어지지 않을 정도였다.

"레이코 누나. 기천천에게 요트 태워 달라고 해요."

기요시가 옆에서 거들었다.

"태워 줄래요?"

이제 가까스로 기천천과 레이코의 대화가 시작되는가 싶었는데, 기천천은 우물쭈물하면서 "그러죠"라고만 할 뿐이었다. 후쨩은 속으로 '이 바보야!' 하고 외쳤다.

에스카르고에서 식사할 일이 걱정되기 시작했다. 에스카르고는 고급 레스토랑이었다. 기천천은 그 집에 들어서기도 전에 실수를 했다. 첫 번째 실수는 초록색 동그라미 가운데에 흰 달팽이가 그려진 식당 마크 밑을 지나서 영국의 선술집풍의 복도 쪽으로 간 것이었다. 겨우 식당 홀에 왔다고 생각하고 기분 좋게 들어섰는데 이번에는 엉뚱하게도 조리실이었다. 문이 헛갈리기 쉬웠다는 게 불운이었다.

네 사람은 얼굴이 빨개져서 도로 나왔다. 기천천이 맨 앞에 서 있었으니, 누구도 말은 안 했지만 기천천이 점수가 깎인 것은 두말할 필요도 없었다.

식당 앞에는 송아지만 한 알래스카 이리가 꿩을 입에 물고 있는 박제가 식당에 들어서는 손님들을 노려보고 있었다. 후쨩이 먼저 "아이, 무서워!" 하자 레이코도 "어머, 무서워!" 했다.

자리에 앉자 웨이터가 가죽 표지로 된 메뉴판을 가지고 왔다. 일본어와 영어로 쓰여 있었다.

"풀코스 요리로 먹는 거지?"

기요시가 말했다. 긴장해서 몸이 잔뜩 굳어 있는 기천천이 먼 데를 보면서 건성으로 대답했다.

"다 그저 그러네."

한참 메뉴를 보고 있던 기요시가 중얼거렸다.

"프랑스 요리 먹으러 온 거지? 풀코스라면 에스카르고니 송아지 고기의 포도주 조림이니 일일이 주문할 것도 없잖아. 그래요. 안 그래요? 아저씨."

"옳은 말씀입니다."

나이 지긋한 웨이터가 정중하게 말했다.

"기요시!"

후짱은 기요시를 흘겨보았다. 이곳저곳 떠돌아다니며 살아온 기요시는 기천천과는 달리 어디를 가나 몸이 굳어지는 일은 없는 모양이지만 다 그저 그렇다고 한 것은 아무래도 좀 심했다. 레이코가 곁에서 키득키득 웃었다.

"오르되브르, 수프, 새우프라이, 화이트소스 생선조림, 스테이크, 샐러드, 아이스크림, 커피."

기요시는 메뉴를 죽 읽어 내려갔다.

"새우프라이라고? 시시한 것도 만드네."

"기요시!"

후짱은 또 기요시를 흘겨보지 않을 수 없었다. 그러자 레이코가 메뉴를 들여다보았다.

"후짱은 뭘 먹을래?"

"먹어 본 일 없으니까, 몰라."

후짱이 말했다. 기요시가 말할 때는 약간은 언짢은 표정이던 웨이터가 이번에는 빙긋이 웃었다.

"나시고렝이란 게 뭔데요?"

기요시가 웨이터에게 물었다.

"인도네시아식의 필라프입니다."

"필라프는 또 뭐죠?"

"볶음밥을 말합니다."

"뭔가 했더니 겨우 볶음밥이야?"

"네, 그렇습니다."

웨이터의 얼굴이 점점 묘하게 일그러졌다.

"왜 프랑스 음식점에서 인도네시아의 볶음밥이 나오나요?"

"…."

"하긴, 뭐 내가 상관할 바 아니지."

기요시는 웨이터를 향해서 찡긋 윙크를 했다. 후짱은 놀란 눈으로 그런 기요시를 바라보았다. 기요시는 잘 알고 지내는 사람들 사이에서는 하는 짓이 서툴러도, 낯선 사람들한테 스스럼없이 말하거나 터프하게 행동할 때는 제법 멋져 보이기도 한다. 기천천과는 정반대다. 후짱은 역시 기요시는 알 수 없는 애다 싶었다.

결국 레이코가 주문할 요리를 정했다.

달팽이 요리, 송아지 포도주 조림, 새우 카레 조림, 샐러드
에다가 그레이프, 오셀로 들이었다.

그레이프, 오셀로를 시킬 때 기천천은 "오셀로란 게 뭐
야?" 하고 작은 목소리로 기요시에게 물었다.

"뭐면 어때요? 물어보고 싶지만 후짱이 눈을 흘기니까."

기요시도 작은 목소리로 답하고는 의젓한 얼굴로 냅킨을
가슴에 걸쳤다.

"음료는 뭘로?"

웨이터가 물었다. 여기서 또 기천천이 실수를 했다. 와인이
라고 대답했기 때문이다. 와인 메뉴에는 한 번도 들어보지 못
한 이름이 잔뜩 나열되어 있었다.

"빠뻬이유 오메독."

기천천은 혀를 씹을 듯이 와인 이름을 댔다.

기요시가 피식 웃었다.

"왜 웃니?"

기천천이 묻는 통에 후짱과 레이코까지 웃음이 터졌다.

"히라오카 씨, 그런 와인은 아주 비싸요."

레이코가 말했다.

"얼마죠?"

기요시가 촌스러운 질문을 웨이터에게 던졌다.

"5,500엔입니다."

"헤ー?"

기요시가 일부러 괴상한 소리를 질러서 옆 테이블 손님들

까지 웃음을 터뜨렸다. 기요시는 완전히 웃음거리가 되었다.

레이코가 일본산 와인을 주문했다. 레이코는 이런 레스토랑에 익숙한 듯 세련되고 능숙했다. 그래서인지 후짱은 기천천이 더 가여워 보였다.

32

기천천이 또 실수를 했다.

웨이터가 기천천의 잔에 와인을 따랐다. 아주 조금밖에 따르지 않아, 기천천은 마뜩찮은 얼굴로 단번에 마셔 버렸다.

"어떻습니까?"

웨이터가 물었다.

"예?"

어리둥절한 기천천에게 레이코가 속삭였다.

"와인이 어느 정도 차가운지를 묻는 거예요."

"아, 아, 됐어요."

기천천은 얼굴이 빨개져서 겨우 대꾸했다.

후짱은 옆에서 진땀을 뺐다. 달팽이를 집는 금속 도구가 나왔을 때도 후짱은 기천천이 무슨 실수를 하지 않을까 조마조마했는데, 이번에는 기요시가 먼저 사용법을 물어봐 줘서 잘 넘어갔다.

"뭐죠, 이 펜치 같은 건?"

"그것으로 달팽이를 집는 것입니다. 뜨거운 음식이니까 말이죠."

"흐음, 귀이개같이 생긴 건요?"

"그것으로 속을 긁어내서 드시는 겁니다."

"달팽이 따위를 먹는데 이렇게 복잡하게 먹어요?"

"복잡할 것이 없습니다만."

"젓가락을 쓰면 되잖아, 젓가락을."

"저희는 프랑스 레스토랑입니다."

"참 그렇지!"

또 레이코가 키득키득 웃었다. 레이코가 그렇게나마 웃어주어서 후짱은 안도의 숨을 쉬었다. 레이코가 창피해하거나 싫어하면 어쩌나 싶었던 것이다.

레이코는 능숙하게 달팽이 껍질에서 속을 발라내어 딱딱하게 구운 빵 위에 얹어서 먹었다. 에스카르고라는 이름을 붙인 이상 한번쯤 에스카르고의 요리를 먹어 봐야 한다는 핑계로 데이트 신청을 한 것인데, 레이코는 이미 이 레스토랑을 알고 있었던 모양이다.

'기천천은 영 시원찮다니까.'

후짱이 그런 생각을 하고 있는 동안에도, 정작 기천천 본인은 그저 달팽이만 열심히 파먹고 있었다.

다음 요리가 나오는 동안에 후짱은 식당 안을 둘러보았다.

나무 기둥이 많고 분위기가 조용했다. 청결한 식탁보에 품위 있는 손님들, 외국인도 간혹 눈에 띄었다. 후짱은 자기네 식당과 비교해 보았다. 후짱네 가게와는 하나부터 열까지 반대였다. 후짱은 문득 도키코를 생각했다. 도키코도 이런 식당에 와서 식사를 할 수 있을까.

"저는 어린 동생과 엄마, 이렇게 셋이서 힘껏 살고 있어요. 선생님이 후유코는 기특하다고 하실 때, 후유코도 최선을 다하고 있지만, 저도 최선을 다하고 있다고 제 마음속에서 말한답니다." 후짱은 도키코의 편지를 생각했다. 그러자 자기가 지금 여기서 식사를 하고 있는 것이 부끄러워졌다. 후짱은 남몰래 입술을 깨물었다.

기천천이 또 한번 실수를 하는 바람에 후짱은 한 가지 결심을 하게 되었다. 하나 남은 달팽이를 모두가 원하는 대로 기천천이 먹을 참이었다. 그런데 달팽이를 집는다는 것이 집게가 얕게 물려 달팽이가 땅바닥에 떨어졌다. 긴장하면 할수록 기천천은 실수를 했다. 이 레스토랑에서는 보통 때의 기천천은 온데간데없었다.

후짱은 결심했다.

"레이코 언니, 부탁이 있는데…."

"뭔데?"

"이 식당 요리 반쯤만 먹고… 저, 우리 가게에 가면…."

"왜?"

"별다른 이유가 있는 건 아니고, 우리 가게는 이런 고급 레

244

스토랑과는 다르지만 즐거운 가게이니까 레이코 언니에게
보여 주고 싶어서. 기요시가 만든 요리도 맛봐 주면 좋고….”

“좋아요.”

레이코는 쉽게 승낙했다.

데다노후아 오키나와정에 도착하자마자 후짱은 큰 소리로
엄마를 불렀다.

“엄마, 기요시랑 기천천 오빠, 야단 좀 쳐 줘.”

후짱은 응석을 부리는 목소리로 말했다.

“기요시는 말이야, 다른 음식점 직원한테 ‘그래, 안 그래?
아저씨’ 하고 마구 말하지를 않나, 또 새우프라이 같은 시시
한 거 만든다고 타박을 하지 않나, 진짜 낯 뜨거워서 죽을 뻔
했다니까.”

“허풍 떨지 마.”

기요시가 말했다.

“뭐가 허풍이야? 엄마, 들어 봐. 달팽이를 집는 도구에 대
해서도 말이야, 뭐야, 펜치같이 생겼다는 둥, 이 귀이개 같은
물건은 뭐냐는 둥 하는 거야. 진짜 얼굴에서 불이 나는 줄 알
았다니깐. 엄마.”

후짱이 재잘재잘 쉬지 않고 떠들었다. 기요시의 말투까지
흉내 내며 말했다.

“달팽이 따위를 먹는데 이런 복잡한 짓을 해야 하느냐, 이
런 식이야.”

후짱이 이번에는 에스카르고의 웨이터 목소리를 흉내 냈다.

"그다지 복잡한 것은 없습니다."

그러고는 다시 인물을 바꾸었다.

"젓가락을 쓰면 되잖아, 젓가락을."

입을 뾰족하게 내밀고 기요시 흉내를 내는 통에 엄마도 할아버지도 고로야 아저씨도 로쿠 아저씨도 웃음을 터뜨렸다.

아빠가 그 소리에 무슨 일인가 하고 나와 보았다.

"아빠, 다녀왔습니다."

후짱은 인사를 하며, "아빠도 기요시와 기천천 좀 야단쳐요" 하고 응석을 부렸다.

"그래서 저쪽 가게 사람이 뭐랬는지 알아? 저희는 프랑스 레스토랑입니다, 이랬어."

"한 방 먹었구나."

쇼키치가 말했다.

엄마가 카운터에서 나와 레이코에게 고맙다는 인사를 했다.

"기요시도 기천천도 수고했어요, 고마워요."

"고생한 건 나와 레이코 언니라니까. 그렇지, 레이코 언니?"

"얘가 또!"

엄마가 말을 막으려 했지만, 후짱은 상관하지 않았다.

"기천천 오빠는 문을 헛갈려서 조리실로 들어갈 뻔하고. 게다가 달팽이를 바닥에 떨어뜨리지 않나, 꼭 어린애 같았다니까."

기천천은 머쓱해져서 후짱 옆에 앉았다.

"다들 뭐 하러 거길 갔어? 그런 데는 천성에 안 맞더라."

쇼키치가 비꼬는 통에 기천천은 기가 죽어서 더 말이 없었다.

레이코는 신기한 듯이 가게 안을 두리번거리고 있었다.

"후짱, 이건 뭐니?"

"야라부로 만든 연이야. 이젠 쭈글쭈글해졌지만."

오키나와식으로 만든 물건들이 레이코에게는 모두 신기했다.

"가게가 참 좋네, 후짱."

"정말?"

후짱은 정말로 기쁜 얼굴이었다.

기요시는 벌써 카운터 안에 들어가서 일하고 있었다.

"기요시, 레이코 언니에게 맛있는 것 만들어 줘."

기요시는 짧게 대답했을 뿐, 벌써 무뚝뚝한 원래 모습으로 돌아왔다.

기천천은 아와모리를 한 잔 들이켜고 나더니 겨우 제정신을 차린 모양이었다.

"너, 나시고렝이 뭔지 아니?"

기천천은 그날 처음 알게 된 것을 깅 아저씨에게 써먹을 참이었다.

"아는 척 하기는. 깅 아저씨, 내 말 좀 들어 봐. 기천천 오빠가 빠뻬이유, 오메…."

후짱이 말문을 열자 기천천은 당황해서 후짱의 입을 틀어막았다.

"보나마나 촌놈 티 팍팍 냈겠지, 뭐."

모두들 레이코에게 친절했다. 요리가 나오자 가지야마 선생님이 처음 가게에 왔을 때처럼 레이코에게도 이런저런 설명을 해 주었다.

깅 아저씨가 유별나게 레이코에게 친절해서 기천천은 마음이 편치 않은 모양이었다.

깅 아저씨가 '이건 토란 줄기와 돼지고기와 땅콩기름으로 요리한 것'이라고 말할 때였다.

"그냥 토란 줄기가 아냐."

기천천이 나섰다.

"그런 거야 아무려면 어때."

"아무려면 어떻다니? 오키나와 요리는 내가 더 잘 알아. 넌 저기 가서 술이나 마셔."

"레이코 양이 네 애인도 아닌데 왜 너 혼자 차지하려는 거냐?"

"집적거리지 마, 알았어? 여자는 집적거리는 사내를 싫어한단 말이야."

기천천은 완전히 활기를 되찾았는지 말이 많아졌다.

레이코에게 오키나와 노래를 들려주자고 하자 신기하게도 쇼키치가 산센을 탔다.

처음에 로쿠 아저씨가 〈야쿠자 타령〉을 노래하고, 그다음에는 기천천이 〈하마토 타령〉을 불렀다. 후짱은 〈아카나〉라는 오키나와 동요를 불렀다. 레이코가 몸으로 박자까지 맞춰주자 기천천은 좋아서 어쩔 줄 모르겠다는 표정이었다. 후짱이 부른 〈아카나〉를 레이코가 가르쳐 달라고 해서 데다노후아 오키나와정에 있던 사람들이 합창을 하기도 했다.

후짱은 기천천의 즐거워하는 얼굴을 보고 마음을 놓았다.

〈아카나〉를 부르는 후짱을 기요시는 가만히 바라보고 있었다.

'참 좋은 아이야. 아직 어리지만 세상에 저런 애는 없어. 정말 좋은 애야.'

33

가지야마 선생님이 채점이 끝난 사회 과목 시험지를 돌려주고 나서 말했다.

"지금 여러분은 '일본이 걸어온 길'이라는 주제로 일본의 역사를 공부하고 있다. 하지만 일본 역사를 공부한다는 것은 조금 전에 여러분에게 돌려준 답안지에 쓰여 있는 일들만 외운다고 되는 게 아니다."

시험지를 받고 나서 시끌벅적하던 아이들이 순간 조용해졌다. 가지야마 선생님의 얼굴이 너무나 진지했기 때문이었다.

"뭐라고 할까, 어려운 이야기는 그만두고, 어쨌든 이런 시험을 치르고 채점을 해서 돌려주고 있는 내 자신이 싫어졌다."

"그게 무슨 뜻인가요?"

한 아이가 약간 따지는 어조로 물었다. 열심히 예습 복습해 가며 정성껏 치른 시험이었다. 그 아이가 아니더라도 가지야마 선생님의 그런 무책임한 발언은 이해하기가 어려운 일이었다.

"아니, 너희들이 오해할 수도 있겠구나. 가령 말이다. 3번 문제를 보자. 이건 대단히 어려운 문제다."

후짱은 자기 시험지를 보았다.

청일전쟁, 러일전쟁, 제1차 세계대전, 제2차 세계대전이 한 묶음이 있고, 다른 한쪽에 베르사유조약, 포츠담선언, 시모노세키조약, 포츠머스조약이 한 묶음이었다. 또 한편엔 고무라 주타로, 시게미쓰 마모루, 이토 히로부미, 사이온지 긴모치라고 쓰여 있었다.

메이지유신 이후의 주요 전쟁과 관계가 깊은 항목을 각각 선으로 연결하라는 문제인데, 후짱은 모두 정답을 써냈다.

"열심히 공부했는지 다들 문제를 잘 풀었더구나. 여러분의 부모님들에게 같은 문제를 풀라고 하면 여러분만큼 잘할지는 의문이다. 선생님은 그게 부모님들이 공부를 못해서가 아니라 일단 사회에 나가면 잊어버리고 마는 잘못된 역사 공부 때문이라고 생각한다."

"하지만 그렇게 안 하면 중학교, 고등학교, 대학교 입학시험에 떨어지잖아요?"

또 한 아이가 말했지만, 가지야마 선생님은 조금 고개를 끄덕였을 뿐 그 아이의 의견에 찬성하지는 않았다.

"이런 걸 여러분에게 보여 준다는 게 잔인한 일 같기도 하지만, 꼭 봐 주기 바란다."

가지야마 선생님은 낡은 잡지 한 권을 펼치고, 어떤 사람이 의사에게 치료를 받고 있는 사진을 보여 주었다.

"히로시마에 떨어진 원자폭탄의 방사능으로 피부가 온통 벗겨진 사람이다. 여자인지 남자인지도 몰라보겠지? 그런데 이 사람은 여자다. 머리털이 몽땅 빠져 버린 것이다."

가지야마 선생님은 다음 페이지를 보여 주었다. 비슷한 사람들이 여기저기 멍석 위에 누워 있었다. 눈이 하얗게 번득이고 있었다.

"이 사람들은 얼마 안 가 모두 죽었다. 히로시마의 피해자는 30만 6,000명이라고 한다."

오키나와와 마찬가지라고 후짱은 생각했다. 세 사람에 한 사람 꼴로 죽었다는 오키나와 전쟁을 생각한 것이다.

"요전에 잠깐 이야기한 일이 있지만 고베에서도 많은 사람들이 죽었단다. 이것은 3월 17일 고베 대공습 때 찍은 사진이다."

가지야마 선생님은 그곳이 고베역 근처라고 말했다. 후짱네 학교 바로 옆이었다. 전봇대가 부러지고 사방이 온통 불타 버린 벌판, 시내 전철 선로에 까맣게 탄 말 한 마리가 죽어 있었다.

모두들 그 사진을 뚫어지게 보았다. 그러다 후짱은 깜짝 놀랐다. 도로 한쪽에 치워져 있는 검게 탄 나뭇조각이나 벽돌이 사실은 타서 문드러진 사람의 시체였던 것이다.

교실 안이 술렁거리기 시작했다.

"너희들의 아버지, 어머니 또는 할아버지, 할머니가 바로 이런 일을 당했던 것이다. 먼 옛날이야기가 아니다. 제2차 세계대전, 포츠담선언, 시게미쓰 마모루라고 제대로 연결하여 백점 만점을 받더라도 너희들의 아버지, 어머니, 할아버지, 할머니의 고통을 알지 못한다면 아무 소용도 없을 것이다. 너희들은 지금 죽은 사람들의 생명을 받아서 살고 있는 것이다. 죽은 사람이 무엇을 말하고 싶었는지, 만일 너희들에게 그걸 들을 귀가 없다면 그들의 죽음은 그저 개죽음일 뿐이다."

교실은 물을 끼얹은 듯이 잠잠해졌다.

"여러분도 알다시피 와카스기 도키코는 아버지가 안 계신다. 와카스기의 아버지는 전쟁 때 공습으로 몸의 반이 타 버렸다. 인간은 피부의 3분의 1이 화상을 입으면 죽는다고 한다. 와카스기의 아버지는 운 좋게 살아남았지만 몸이 병약해지실 수밖에 없었다. 그래도 열심히 살면서 여동생을 기르셨다. 돌아가시는 순간, 그때까지 살 수 있었던 것만도 기적이라고 하셨단다. 와카스기에게 아버지가 안 계신다고 해서 동정하는 일은 쉬운 일이지만 그런 동정이 진정한 우정일까? 진정한 우정은 먼저 와카스기 아버지의 고통스러운 역사를 아는 일이다. 알았으면 또 생각하는 일이다. 그리하여 자신의 삶에서 그것을 실천하는 일이다. 너희들한테만 하는 얘기가 아니라 나 스스로에게 하는 말이기도 하다만."

가지야마 선생님은 그렇게 말하면서 부끄러운 듯 웃었다.

"나야말로 후짱, 너에게도 도키코에게도 사죄해야 한다.

입으로 사죄하는 일은 간단하지만 그건 그만두겠다. 그리고 선생 노릇을 다시 시작하기로 한 거다. 도키코의 편지를 읽고 나는 그간 선생이 아니었다고 생각했단다."

후짱은 가지야마 선생님이 한 말을 되새겨 보았다.

'가지야마 선생님은 싸우고 계셨어. 말로만이 아니라 무언가 다른 일을 하신 거야. 그렇지 않으면 짧은 시간에 도키코의 일을 그렇게 자세히 알 수가 없어. 역시 가지야마 선생님은 훌륭한 선생님이야.'

"여러분은 역사 연표를 만들 때, 1972년 오키나와가 일본에 복귀되었다고 쓰면 된다고 생각하지만 우리가 공부하는 오키나와가 그걸로 다일까? 부끄러운 일이지만 난 오키나와에 대해 오미네의 100분의 1만큼도 모르고 있다. 같은 일본 사람인데 어째서 우리들은 오키나와에 대해 제대로 모르고 있을까. 오사카나 고베에는 오키나와 사람들이 많은데, 어째서 오키나와 사람들이 태어난 고향 땅에서 살고, 일할 수 없는 것일까? 역사를 공부한다는 것은 그런 것들을 생각하는 일일 것이다. 그렇지 않겠니?"

가지야마 선생님은 아이들을 둘러보았다.

"1543년 포르투갈 사람이 조총을 전하다, 1603년 도쿠가와 이에야스가 에도막부를 열다, 1947년 신헌법 실시. 이런 식으로 일어났던 사건들만 외우는 공부는 뭔가 이상하지 않니? 오늘을 살아가는, 우리 주변에서부터 역사를 구체적으로 더듬어 가면서 공부를 시작하면 어떨까. 와카스기의 성장 과정을 따라가다 보면 제2차 세계대전이 무엇이었던가를 조금은 알게 될 수 있을지도 모른다. 오미네 가게에 오는 사람들의 이야기를 들어 보면 오키나와에 대해 조금은 알 수 있을지 모른다. 물론 와카스기나 오미네만 공부의 마당이 되는 것은 아니다. 여러분의 아버지, 어머니, 할아버지, 할머니 그 밖에 자기 주위의 모든 사람들의 작은 역사를 차근차근 수집하고, 그리하여 우리 모두가 함께 생각하는 그런 공부를 해 보고 싶은 거다."

가지야마 선생님의 눈이 반짝반짝 빛나고 있었다. 후짱은 가지야마 선생님의 말을 다시 떠올렸다.

"난 나쁜 선생이야. 이제 실크로드는 깨끗이 잊어버리고 제대로 된 선생이 될 거다."

열기를 뿜는 가지야마 선생님의 얼굴을 보면서 후짱은 정답기만 하던 가지야마 선생님을 넘어 이젠 굳센 가지야마 선생님의 모습을 보는 듯했다.

후짱은 가지야마 선생님이 자기에게 하는 말인 것처럼 느꼈다. 부모님이 왜 고베에 와서 일하고 있는지 깊이 생각해 본 적이 없었다. 데다노후아 오키나와정이라는 류큐 요리 음식점이 왜 고베에 있는지 그런 것을 한 번도 생각해 보지 않았다.

쉰다섯 살이 되는 로쿠 아저씨가 왜 독신인지, 한번 결혼한 부인과 사별한 것이라고만 생각했는데 정말 그런지, 로쿠 아저씨가 풍차를 붙들고 울고 있었던 것이 전쟁에서 죽은 미치코라는 갓난아기 때문인지. 기천천 오빠와 쇼키치 오빠는 집단 취직으로 고베에 왔는데 가지야마 선생님식으로 말한다면, 왜 오키나와 사람들은 집단 취직이니 뭐니 해서 중학교를 갓 나온 소년들이 머나먼 타향에서 노동을 해야 하는 것인지. 데다노후아 오키나와정에 오는 사람들에 대해 하나부터 열까지 모조리 알고 있다고 생각했지만, 가지야마 선생님의 눈으로 본다면 결국 뭐 하나 제대로 아는 것이 없다고 할 수 있다.

언젠가 후짱은 엄마에게 불만을 터뜨렸다. 옛날이야기를 할 때 즐거웠던 이야기는 해 주면서, 수없이 많았다던 아픈 과거는 전혀 이야기해 주지 않는다고. 로쿠 아저씨가 남모르게 뒤뜰에서 울었던 일과 아빠를 진찰한 의사가 오키나와에서는 여러 가지 일들이 있었던 모양이니 그런 것들이 원인이 되지 않았겠느냐는 말을 듣고서 오키나와에 대해 어떻게든 알아봐야겠다고 생각했다.

그래서 기천천의 방에서 오키나와 전쟁 때 집단으로 자결하는 사진을 보고 충격을 받아서 먹은 것을 토하기도 했다. 여러 장의 사진 속에 아빠와 엄마, 고로야 아저씨와 로쿠 아저씨가 있는 것처럼 느껴지기도 했다.

하지만 그것은 무서운 세계였다. 아는 것이 무서워지는 세계였다. 후짱은 그때 이후로는 오키나와를 알기 위해 적극적으로 기천천의 방에 간 일이 없었다. 그래서 지금 가지야마 선생님에게 질책을 받고 있다고 생각했다.

34

기요시가 한때 얹혀살았다는 노부에 부인이 데다노후아 오키나와정을 찾아왔다. 쉰 살쯤으로 보였다. 기요시는 그 부인을 오랜만에 만났을 텐데도 별로 반가운 기색도 없이 뾰로통한 얼굴이었다.

노부에 부인은 후짱의 엄마와 인사를 나눈 뒤 기요시와 뒷문 쪽으로 가서 이야기하려고 했다. 엄마는 서둘러 방에서 말씀을 나누시라고 했다.

방문이 닫혀 있었지만, 두 사람의 말소리가 이따금 흘러나왔다. 그러나 부인은 목소리가 너무 작고 조용해서 무슨 말인지 잘 알아들을 수가 없었다.

이따금 기요시가 "알게 뭐야"라느니, "난 몰라" 하는 말만 들렸다.

후짱과 엄마는 얼굴을 마주 보았다. 대화는 30분쯤 이어졌다. 방에서 나왔을 때, 노부에 부인은 얼굴이 어두웠다. 어딘가 불안한 듯 보였다.

기요시는 여전히 뾰로통해 있었고, 곁에서 보기에도 어색한 분위기가 흐르고 있었다.

"기요시, 무슨 일인지 모르지만 좀 더 공손하게 아주머니 말씀을 들어 드리면 어떨까?"

엄마가 말했다.

부인은 후유, 한숨을 돌리며 입을 뗐다.

"실은…."

"말하지 마요!"

기요시는 격한 목소리로 부르짖었다.

"아줌마가 들어서 안 되는 일이니, 기요시?"

엄마가 기요시를 나무라는 듯 지긋한 어조로 말했다. 기요시의 어깨가 처졌다.

"괜찮다면 말씀해 주세요."

엄마는 노부에 부인을 위로하듯이 말했다.

이윽고 두 사람은 방으로 들어갔고 긴 시간 동안 나오지 않았다.

그날 밤 후짱은 11시에 공부를 마치고 가게로 내려왔다. 설거지를 거들면서 엄마가 기요시에게 무슨 말을 하는지 귀를 곤두세웠다. 그런데 엄마는 싱겁게도 한마디로 후짱의 궁금증을 풀어 주었다.

"후짱, 기요시 엄마가 있는 곳을 알게 됐단다."

후짱은 깜짝 놀랐다.

"진짜야, 엄마?"

"그래, 진짜야."

"기요시, 참 잘됐다."

후짱은 진심으로 말했다.

"뭐가 잘돼. 그런 여자는 죽어 버려야 돼."

기요시는 들릴 듯 말 듯 한 작은 소리로 꿍얼거렸다.

"그래, 참 잘됐지. 후짱, 기요시가 혼자 가기 쑥스러울 테니 내일 밤 네가 함께 가 주렴."

"무슨 소리 하시는 거예요, 아줌마는!"

기요시가 질색을 했다.

"괜찮아, 괜찮아. 그렇게 해라. 후짱, 너도 함께 가는 거지?"

"…."

후짱은 그제야 엄마가 무슨 생각을 하는지 알았다. 기요시는 엄마가 저를 버렸다고 생각하는데, 엄마가 어디 사는지 안다고 해서 반갑다고 당장에 만나러 갈 리가 없었다.

"응, 좋아요."

후짱이 흔쾌히 대답했다.

"기요시, 내일 함께 가자. 난 그 시간이 무척 기다려져."

그러고는 엄마와 후짱은 아무 일도 없었다는 듯이 콧노래를 부르며 설거지를 했다. 할아버지는 따뜻한 표정으로 그런 두 사람을 지켜보았다.

두 사람은 전철을 타고 가다가 아마가사키에서 내렸다. 네 온사인이 빛나는 역전은 무척이나 번잡했다. 후짱의 주머니에는 어젯밤 노부에 부인이 적어 준 기요시 엄마의 주소가 들어 있었다.

"후짱."

기요시가 입을 열었다.

"응?"

"초밥 먹을까?"

기요시는 왠지 자꾸 뭉기적거렸다.

"저녁은 먹었잖아? 딴청 피우지 말고 어서 가."

후짱은 기요시의 손을 잡고 힘껏 잡아끌었다.

후짱은 어젯밤 잠자리에서 엄마한테 대강 이야기를 들었다.

아주 어렸을 때 엄마와 헤어진 뒤, 기요시가 엄마를 한 번도 만나지 않은 것은 아니었다. 기요시가 어렸을 때 엄마가 가출을 한 것은 사실이지만, 거기에는 긴 사연이 있다고 했다. 그 이야기는 이다음에 후짱이 좀 더 자라면 해 주겠다고 했다. 기요시의 엄마는 가끔씩 기요시를 보러 왔지만, 기요시가 결코 마음의 문을 열지 않았던 모양이다.

"후짱, 우리 영화 볼까?"

기요시가 또 딴소리를 했다.

"뭐라든가, 꾀 많은 개가 나오는 영화인데 아주 재밌다던데."

"이 꾀쟁이."

후짱은 기요시의 말을 무시해 버렸다.

둘은 신사의 경내에 들어섰다. 벌써 으슬으슬 추워지기 시작하는데도 밤거리 노점이 줄지어 있었다.

"야시장이다, 야시장이야!"

기요시는 신이 난 척했다.

"옥수수 먹을까?"

"싫어."

후짱이 계속 버텼지만 기요시는 기어이 후짱을 끌고 갔다. 후짱은 밝은 데서 주소를 다시 확인해 볼 요량으로, '그래, 옥수수 먹는 것쯤은 괜찮겠지' 생각했다. 후짱은 기요시와 삶은 옥수수를 먹으며 야시장을 구경했다.

작은 전등 아래서 한 소녀가 금붕어를 건져 내고 있었다. 물이 너무 차가운지 금붕어는 기운이 없어 보였다. 그런데도 소녀의 흰 종이 그물은 곧 찢어지고 말았다. 그물에 걸린 금붕어가 잠시도 가만있지 않고 퍼덕거렸던 것이다.

소녀는 고집스럽게 다시 돈을 내고 종이 그물을 샀다. 자세히 보니 금붕어의 비늘과 비늘 사이에 하얀 곰팡이 같은 것이 피어 있었다. 금붕어가 병이 든 모양이었다. 그래도 소녀의 그물에 걸리면 힘차게 이리저리 튀어 오르고 퍼덕였다. 손 그림자가 물에 비치면 금붕어는 재빨리 도망쳤다가 조금 지나면 다시 수면에 떠올라 뻐끔뻐끔 숨을 쉬었다. 사방 2미터쯤 되는 네모 상자 안에서 금붕어는 지쳐 있었다.

기요시는 그런 금붕어를 멍하니 보고 있었다. 그런 기요시가 왠지 쓸쓸해 보였다.

'친엄마를 만나러 간다는데 조금도 좋아하는 기색이 없고, 나를 데리고 여기저기 헤매고 다니는 저 기요시의 마음은 어떨까….'

후짱은 괜스레 슬퍼졌다.

"그만 가자."

마음을 다잡은 듯이, 후짱이 기요시의 손을 잡아끌었다.

그곳은 아파트였다. 안에는 불이 꺼져 있었다.

"외출하셨나?"

"집에 없네, 돌아가자."

기요시가 말했다.

후짱은 문을 두들겼다. 아무도 나오지 않았다.

"30분만 기다리자. 응?"

기요시는 할 수 없다는 듯이 그 자리에 쭈그리고 앉았다. 후짱도 옆에 무릎을 감싸 안고 앉았다. 자그마한 그림자가 둘, 나란히 생겨났다.

"넌 정말 대단한 애야."

기요시가 한마디 툭 던졌다.

"왜?"

"남의 일에 열성을 쏟을 수 있는 사람은 대단한 사람 같아."

"…."

"아주머니도 그렇지만, 너는 나를 생각해 주니까 오늘 여기까지 온 거야. 그렇지 않음 누가 이런 데까지 와 주겠니?"

"기요시, 넌 엄마가 싫어?"

"싫어, 아주 싫어. 죽이고 싶을 만큼 싫어."

"거짓말. 속으로는 좋으면서."

"웃기는 소리 마. 넌 아무것도 몰라."

그 순간 발소리가 들렸다. 언뜻 보니 술에 취한 사람이었다. 기요시는 가만히 그 그림자를 지켜보았다. 술주정뱅이는 여자였다.

후짱은 가슴이 철렁했다. 그 여자는 제대로 걷는 것 같다가도 갑자기 쓰러질 듯 위태위태한 그런 걸음이었다. 여자가 전봇대에 손을 짚고 쓰러지듯이 쭈그리고 앉았다. 토하고 있는 것 같았다.

기요시는 천천히 그 여자에게 다가갔다.

"이제 그만 좀 해!"

기요시가 빽 소리를 지르면서 그 여자를 부축해 일으켜 세웠다. 여자는 눈을 가늘게 뜨고 기요시를 보았다.

"아니, 너 기요시 아니냐? 나쁜 녀석, 건방진 소리 마!"

여자가 중얼거렸다. 기요시의 엄마였다.

"너 같은 놈은 없어도 돼. 눈곱만치도 사랑하지 않아. 어림 없다, 어림도 없어."

기요시 엄마 눈에서 눈물이 쏟아지듯 흘러 내렸다. 엄마는 기요시의 머리칼을 휘어잡고 마구 흔들어 댔다.

"자, 뭐라고 해 봐. 또 이 엄마를 못살게 굴어 봐! 네까짓 놈더러 이 엄마의 고통을 알아 달라고 안 할 테니."

그 순간 기요시가 우와아, 하고 갑자기 짐승처럼 울부짖었다. 그러더니 다짜고짜 엄마를 끌어 잡고 길바닥에 내던졌다. 두 사람은 서로 엉켜 뒹굴었다.

후쨩은 너무 놀라 얼어붙은 채로 엄마와 아들을 지켜보고만 있었다.

35

돌아오는 길에 기요시와 후짱은 줄곧 손을 꼭 잡고 걸었다.
두 사람은 아무 말도 하지 않고 손으로만 말했다. 후짱은 섣
불리 기요시에게 엄마의 일을 물을 수가 없었다.

엄마와 아들이 몸으로 맞붙어 싸운다는 건 후짱으로서는
생각도 할 수 없고, 듣도 보도 못 한 일이었다. 그것은 다시없
이 망측한 일인데도, 두 사람의 싸움은 엄숙하고 차라리 신성
하게까지 느껴졌다.

'역시 기요시는 엄마를 사랑하고 있었어.'

후짱은 확신이 들었다. 기요시의 엄마도 기요시를 사랑하
고 있었다. 결코 기요시를 버린 적이 없었던 것이다. 확실히
그렇게 말할 수 있었다.

"기요시."

"응."

기요시는 후짱의 얼굴을 보지 않고 조그맣게 대답했다.

"너 야에야마를 아니?"

기요시는 고개를 저었다.

"우리 아빠 고향이야. 야에야마의 바다는 말이야 유리색, 비취색, 비파색, 가지각색으로 변한대. 바다에는 문어잡이상어라는 게 있는데 천둥이 치면 무서워서 바위틈에 숨어 버린대. 또 바다 가까운 강에는 육지로 마구 튀어 오르는 물고기도 있대…."

후짱은 아빠가 들려준 이야기를 열심히 생각해 내서 말했다.

"그리고 또 말이야. 찐 고구마를 짓이겨서 만든 초롱이 어떤지 알아? 우리 아빠는 어릴 적에 그런 초롱을 만들었대. 그 초롱에 촛불 대신 무얼 넣는 줄 알아?"

"…."

"반딧불을 넣는 거야. 얼마나 낭만적이니? 빨간 고구마와 푸른 반딧불이 어울려서 마치 별천지에서나 볼 수 있는 빛깔을 낸다는 거야. 아빠는 그런 이야기를 할 때면 황홀한 얼굴이 돼. 기요시, 우리 좀 더 크거든 우리 아빠 고향인 야에야마에 같이 가 보자, 약속해."

후짱은 그제야 알았다. 기요시의 눈에 눈물이 가득 고여 있다는 것을.

후짱은 기요시의 손을 꼭 잡았다.

'내가 지금 울어서는 안 되지.'

후짱은 심호흡을 하며 아빠가 들려준 이야기를 뜨거운 가슴속에서 자꾸만 되새겼다.

두 사람이 데다노후아 오키나와정에 돌아온 것은 11시였다. 모두들 걱정하면서 두 사람이 돌아오기를 기다리고 있었다.

"참 잘됐구나, 기요시."

깅 아저씨가 말했다.

"후짱, 기요시 엄마는 어떤 사람이던?"

"아주 예뻐."

후짱은 깅 아저씨의 물음에 짧게 대답했다.

기요시는 벌써 카운터 안에 들어가서 설거지를 시작하고 있었다. 평소에 하던 일이므로 특별히 주의를 기울이지 않았다.

"잘됐다. 잘됐다."

기천천도 말했다.

"기요시. 너 이젠 효도해라. 오키나와 사람 중에 불효자식은 없다."

"기요시와 기요시 엄마의 재회를 축하하며 건배!"

깅 아저씨가 먼저 잔을 들었다. 모두들 자신의 일처럼 기뻐서 건배를 하고 "잘됐다, 잘됐다"를 연발했다.

'오늘 밤 본 일은 아무에게도 말하지 말아야지. 기요시와 나만의 비밀로 해 둬야지.'

그때 할아버지가 싱글벙글하면서 후짱에게 고생했다고 말했다. 할아버지는 언제나 후짱의 마음을 다 알고 있는 듯한 얼굴이었다.

가지야마 선생님이 진짜 공부를 하자고 호소했을 때 후짱은 한 가지 결심한 것이 있었다. 기천천의 방에서 오키나와 사진을 본 뒤에 중단하고 있던 일을 다시 시작하는 거였다.

가지야마 선생님은 아빠, 엄마, 할아버지, 할머니 그리고 가까운 사람들의 작은 역사를 꾸준히 수집하여 모두가 함께 생각하는 공부를 하자고 했는데, 막상 그것을 실천하려니까 커다란 벽이 후짱을 막아섰다.

가령, 기요시가 자라 온 과정을 알아보려면 아무래도 본인이 남에게 알리고 싶지 않은 부분도 알아야 했다. 기요시와 같이 있으면서, 인간에게는 결코 남이 건드려서는 안 될 부분이 있다는 것을 후짱은 피부로 느끼고 있었다. 그런 부분에 대해서는 어떻게 할 것인가?

로쿠 아저씨가 아단 풍차를 붙들고 울던 일만 해도, 그 이유를 과연 물어봐도 되는 걸까? 또 설령 로쿠 아저씨는 대답해 준다 해도 있는 그대로를 다 이야기해 줄까? 말할 수 없는 일도 있는 게 아닐까?

언젠가 엄마가 말한 적이 있었다.

"누구나 쓰리고 슬픈 이야기는 하루라도 빨리 잊어버리고 싶은 거다. 잊어버리자, 잊어버리자고 생각하고 있는 이야기를 들추어내는 건 고통이란다. 그렇잖겠니?"

엄마의 말이 안개비처럼 마음을 촉촉이 적시는 것을 후짱은 느낄 수 있었다.

어떻게 하면 좋을지 후짱은 그저 막막했다.

'가지야마 선생님께 한번 편지를 써 볼까? 그래, 모든 일을 있는 그대로 선생님에게 편지를 써서 의논해 보자.'

후짱은 문득 그런 생각이 떠올랐다. 도키코가 쓴 훌륭한 편지를 떠올렸다.

후짱은 이틀 걸려 편지를 썼다. 데다노후아 오키나와정에 오는 사람들은 제각기 연령이 다르므로 정확하게 그들의 이야기를 기록할 수만 있다면 오키나와의 역사를 알 수 있게 되지 않을까 생각한다는 것, 자신의 부모를 포함해서 주위 사람들의 이야기를 알려고 하지 않았던 것은 후짱 자신의 잘못도 있지만 엄마의 말처럼 쓰라리고 슬픈 이야기는 될 수 있는 대로 들춰내지 않으려는 분위기가 있다는 것, 로쿠 아저씨가 아단 풍차를 붙들고 울었다는 이야기, 기요시의 컴퍼스 이야기 그리고 자신이 지금 어떻게 하면 좋을지 갈피를 못 잡고 있다는 것 들을 될 수 있는 대로 자세하게 썼다.

어떻게 해야 좋을지 모르면서도, 저는 지금 모든 것을 무척이나 알고 싶어요. 아빠의 일, 엄마의 일, 할아버지의 일, 기요시의 일, 로쿠 아저씨의 일, 고로야 아저씨의 일, 기천천과 쇼키치의 일.

모두들 저를 아주 귀여워해 줍니다. 저를 귀여워해 주는 사람들을 제가 잘 알지 못한다면 저는 다만 사람들에게 응석받이밖에 안 될 거예요. 저를 귀여워해 주는 사람들은 저를 귀여워해 주는 만큼 쓰라린 고통을 당했다는 것을 요즈음 저는 알 수 있을 것 같아요. 그러니까 저는 여러 사람들의 일을 더욱 알고 싶어졌습니다.

저는 꼭 알아야 할 일을 알려 하지 않고 그냥 지나쳐 버리는 용기 없는 인간이 되고 싶지 않아요. 그런 비겁한 인간이 되고 싶지 않아요. 선생님, 부탁이에요. 제발 저와 함께 해 주세요. 학교 공부를 위해서가 아니라 저를 위하여 제발 저와 함께 해 주세요.

후짱은 그렇게 쓰고 편지를 끝냈다. 편지는 편지지가 아닌 공책에 썼다. 편지가 몇 번이나 계속될 것이라는 예감이 들었기 때문이었다.

다음 날 가지야마 선생님한테서 답장이 왔다.

편지 잘 읽었다.

답장을 보낸다. 후짱의 편지는 나에게 힘을 더해 주었단다. 고맙구나. 후짱이 편지의 마지막에 써 준 말은 초등학생이 한 말이라고는 믿기지 않을 정도였다. '알아야 할 일을 알려 하지 않고 그냥 지나쳐 버리는 용기 없는 인간이 되고 싶지 않다.' 얼마나 장한 생각이냐. 나는 가슴이 뭉클해지는 것을 느꼈단다. 이렇게 온몸으로 열심히 살고 있는 아이들이 이 세상에, 더구나 내가 담임을 맡은 반에 있다고 생각하니 진심으로 교사가 되길 참 잘했다는 생각이 들었단다.

하지만 후짱, 네 편지가 한편으로는 무섭기도 했다. 네가 쓴 편지가 선생이 무엇을 해야 할 것인가에 대해서 핵심을 찌르고 있었기 때문이란다. 알아야 할 일을 알려고 하지 않고 지나치고 있는 것은 네가 아니라 바로 나였구나. 기요시에게, 로쿠 아저씨에게, 물어보고 싶어도 물어보지 못하는, 너의 따뜻한 마음씨와 괴로움을 이해하지 못했던 나는 교사 자격뿐만 아니라 인간으로서의 자격도 갖추지 못한 사람이었구나.

그런 선생이 어떻게 생생히 살아 있는 역사를 너에게 가르칠 수 있겠니. 나는 지금 너무나 부끄럽단다. 후짱, 너와 함께 걸어갈 수 있도록 해 주렴. 나는 지금 후짱이 생각하는 것을 함께 생각하고, 후짱이 괴로워하는 일을 함께 괴로워하는 선생이 되는 것으로 후짱과 하나가 될 수 있다고 생각하고 있단다.

가지야마 선생님의 편지는 계속 이어졌다.

모든 것을 한꺼번에 알려고 하지 말고 작은 일이라도 좋으니까 할 수 있는 일부터 해 나가자는 것, 오키나와의 경우는 책에서 알 수 있는 사실도 많이 있으니까 그것부터 알아 가는 방법도 있다는 것, 가지야마 선생님은 세세한 것까지 정성껏 써 주었다. 후짱이 무엇보다도 기뻤던 것은 가지야마 선생님이 함께 공부를 해 보자고 말해 준 것이었다.

후짱이 온 정성을 다해서 편지를 써 준 것처럼 나도 이 편지를 정성을 다해서 썼단다. 어린아이니까라든지, 초등학생이니까라든지 하는 생각으로 쓴 곳은 한 곳도 없다. 그 때문에 이해하기 어려운 데가 있었다면 참고 읽어 다오. 읽고 또 읽으면서 선생님의 마음을 이해해 주기 바란다.

학교 공부가 아니라 자신을 위해서 공부하겠다는 대견한 후짱을 본받아서 선생님도 이 편지를 내 자신을 위해서 썼단다. 그리고 이 편지는 우리들의 새로운 공부를 위해서 앞으로 계속해 나가기로 하자꾸나.

36

후짱의 편지가 가지야마 선생님에게 힘이 되어 준 것처럼,
가지야마 선생님의 편지는 후짱에게도 큰 힘이 되었다. 가지
야마 선생님의 편지에서 후짱은 한 가지 일을 생각해 냈다.

후짱은 저녁때 기천천이 오자마자 이야기를 꺼냈다.

"기천천 오빠."

"왜?"

"공부 가르쳐 줄래?"

"무슨 황송한 말씀을."

기천천이 익살을 떨었다.

"후짱 같은 우등생에게 내가 가르칠 게 있나."

"기천천 오빠는 중학교 때 공부 잘했지?"

"그야 뭐, 좀….."

기천천은 싫지 않은 얼굴이었다.

"그럼, 어서 가자."

"잠깐 기다려, 저녁은 먹어야지."

"밥만 먹어야 돼. 술은 안 돼."

"어, 그건 곤란한데."

"무슨 소리야. 세상에 술 마시고 학생을 가르치는 선생님이 어딨어?"

"나, 이거 원."

기천천은 볶음밥만 시켜 먹고, 조금 아쉬운 얼굴로 일어섰다.

"아주머니, 후짱 공부 좀 봐주고 또 올게요."

기천천은 미련이 남은 말투였다.

기천천의 방에서 후짱은 정색을 하고 말했다.

"기천천 오빠, 이것 좀 읽어 봐."

후짱은 공책을 꺼냈다. 선생님한테 받은 편지였다.

기천천은 별 생각 없이 읽다가 곧 진지한 얼굴을 했다. 마지막 부분에 이르러서는 무서울 만큼 진지해졌다.

"으음."

기천천이 앓는 듯이 소리를 내고는 빤히 후짱을 바라보았다.

"그저 어린애라고만 생각했는데…."

기천천은 혼잣말처럼 말했다.

"아직 어린애야."

기천천은 후짱의 말에 대꾸하지 않았다.

"얼마 전까지만 해도 '오키나와 따윈 난 몰라. 난 고베당이야' 하던 네가…."

감개무량한 듯이 후쨩을 다시 보았다.

"기천천 오빠한테는 뭐든 편하게 의논할 수 있어서 좋아. 그러니까 기천천 오빠가 내 편이 되어서 도와줘야 해."

"으음."

기천천은 또 앓는 소리를 냈다.

두말없이 승낙해 줄 것이라고 여겼던 후쨩은 기천천 오빠가 망설이는 것을 보고 의외라는 얼굴을 했다.

"싫어?"

"싫다는 건 아니지만…."

"그럼 뭐야. 내키지 않는다는 거 아냐? 기천천 오빠는 오키나와당이지? 날 오키나와당으로 만들어 버리겠다는 말, 그거 거짓말이었어?"

"…."

"남자답지 않게 뭐야, 기천천 오빠?"

잠시 후, 기천천이 무겁게 입을 열었다.

"잘 들어다오, 후쨩. 오키나와에 대해 알아야겠다는 결심을 한 건 진심으로 반가운 일이야. 하지만 후쨩, 오키나와를 안다는 건 그저 오키나와를 안다는 데 그치는 게 아니야. 오키나와를 알기 위해서는 아주 슬픈 일들을 많이 알아야 하고 끔찍한 일도 견뎌야 하는 거야. 어른들은 그런 대로 견뎌낼 수 있을지 몰라도, 아이들한테는 좀 무리일 수도 있어. 후쨩은 오키나와에 대해서 모든 것을 알기에는 아직 너무 어려. 내 말 알아듣겠니?"

"……."

이번에는 후짱이 말을 잃었다.

"후짱의 눈을 보면 무엇 하나 빠짐없이 알고 말겠다는 의지가 느껴져. 하지만 후짱은 마음이 여려서 모든 걸 알고 나면 상처투성이가 되고 말 거야. 후짱이 차차 강한 사람이 되어 가면서 서서히 오키나와의 일을 알아 가는 게 제일 좋은 방법이야, 응?"

"그런 말로 나를 포기시키려는 건 아니겠지?"

후짱이 눈에 힘을 주었다.

"난 결심했어."

"그 결심을 꺾으려는 게 아니야."

기천천은 괴로운 듯이 말했다. 후짱의 편지를 보고 난 이상, 말해야 할 것은 해야 한다고 생각한 듯했다. 그대로 두면, 로쿠 아저씨가 왜 울었는지 알려고 들 것이고, 기요시 어머니의 비밀도 캐려고 할 것이다. 그것은 초등학생에게는 너무 가혹한 일이었다. 기천천의 생각이 그런 듯했다.

후짱의 눈에 눈물이 핑 돌았다. 분해서 나오는 눈물이었다.

"후짱, 내 말을 이해해 줘."

기천천이 오히려 매달렸다.

"전에 오키나와 전쟁 관련 사진을 봤지? 집단 자결하는 장면을 보고 토했던 일도 생각나지? 모르는 사람 이야기에도 그랬어. 그런데 그 사람들 가운데 네 아빠나 엄마가 있는 경우를 상상해 봐. 후짱이 아는 사람이라면 어떨 것 같아. 그런 끔찍한 상황을 네가 견뎌 낼 수 있을 것 같아?"

후짱의 눈에서 눈물이 흘러내렸다.

"그런 말까지 하면서 진짜 이야기를 해 주지 않는 건 더 잔인해."

후짱의 말에 기천천이 도리어 뒤통수를 맞은 듯했다. 기천천은 눈을 크게 치뜨고 후짱을 보았다. 후짱도 눈물이 가득 고인 눈으로 기천천을 노려보았다.

기천천은 마음이 흔들렸다. 겨우 열한 살짜리 소녀가 이만큼이나 당당한 인간이 될 수 있다는 데에 감동했다.

'지금 내 눈앞에 아름다운 오키나와 소녀가 있다.'

기천천은 황홀함마저 느꼈다. 이윽고 떨리는 목소리가 이어졌다.

"알았어. 알았다고, 후짱."

기천천은 물기 젖은 눈을 깜박거렸다.

"나도 가지야마 선생님처럼 후짱과 함께 걸을 거다."

기천천은 손수건을 꺼내서 후짱의 눈물을 닦아 주었다. 후짱이 눈물을 그치자 이번에는 기천천의 눈에 눈물이 솟았다. 후짱이 손수건을 꺼내서 기천천의 눈물을 닦아 주었다. 두 사람은 그러다 얼굴을 마주 보며 작은 소리로 웃었다.

37

기천천은 진지하게 이것저것 생각한 것 같았다.

기천천이 맨 먼저 제안한 것은, 후짱이 아빠나 엄마, 할아버지에게 오다가다 들었던 오키나와의 자연이나 놀이에 대해서 한번 정리를 해 보자는 것이었다.

하지만 후짱은 불만이었다.

"알고 싶은 게 무지 많은데….".

후짱이 입을 떼기가 무섭게 기천천이 말허리를 잘랐다.

"뭘 제대로 알려면 이런 게 아주 중요해, 후짱. 아빠가 오키나와의 바다나 어릴 때 있었던 이야기를 후짱에게 하고 또 하는 게 단순히 지나간 옛이야기를 하는 것 같니? 데다노후아 오키나와정에 오는 사람들이 오키나와 사투리로 이야기를 한다든가 오키나와 노래를 부르는 게 그저 자기 위안을 삼으려는 것 같아?"

후짱은 기천천의 말에 한 가지 기억을 떠올렸다.

아침 산책 때 아빠가 멍하니 바다를 바라보고 있었던 일, 아빠에게 야에야마에 돌아가고 싶으냐고 묻고 싶다가도 왠지 그 말을 입 밖에 내면 아빠에게 상처가 될 것 같아 입을 다물었던 일 말이다.

후짱은 가만히 기천천의 눈을 보았다. 기천천도 똑바로 후짱의 눈을 보았다. 막연하지만 그 순간 후짱은 기천천이 무엇을 생각하는지 알 수 있을 것 같았다.

"하자는 대로 할게."

"그래, 그래."

기천천이 기뻐했다.

"오키나와라고 슬픈 이야기만 있는 건 아냐."

기천천이 짐짓 목청을 높였다.

"후짱이 오키나와의 자연과 놀이를 배우는 동안에 나는 다시 오키나와 공부를 해 둬야겠다."

후짱은 바로 기천천과 주고받은 말을 가지야마 선생님에게 말씀드렸다. 두 사람이 서로 눈물을 닦아 준 것은 부끄러워서 말하지 않았지만.

가지야마 선생님이 금세 답장을 보내왔다.

기천천은 훌륭한 사람이구나. 후짱에게 제안한 걸 보고 기천천이 훌륭할 뿐만 아니라 다른 사람의 마음을 깊이 이해하고 생각이 깊은 분이라는 것을 알 수가 있었단다. 나도 기천천의 생각에 전적으로 찬성이다. 마음이 따뜻하고 생각이 깊은 사람만이 낼 수 있는 의견이라고 여긴다.

오키나와에 대해서 무엇을 알게 되건, 또 무엇을 발견하게 되건 간에 후짱이 하는 그 첫 작업(굳이 학습이라고 하지는 않겠다)이 거기에 큰 도움이 될 거다.

뿐만 아니라 내 생각에는, 후짱의 그 첫 작업이 오키나와를 공부하는 데 필요한 용기의 원천이 될 것이라는 예감이 드는구나.

과연 기천천은 오키나와 사람이다. 나 같은 사람이 아무리 발버둥쳐도 따라가지 못할 생각을 하는구나. 기천천은 후짱에게 좋은 조언자인데, 후짱만 혼자 독차지하지 말고 나에게도 기천천의 지혜를 나누어 주도록 부탁해 주었으면 좋겠구나.

후짱은 가지야마 선생님의 편지를 기천천에게 보여 주었다.
"칭찬이 너무 과해."
기천천은 쑥스러워했다.
후짱은 기천천이 자기편이 되어 주어 퍽 안심이 되었다. 그러나 후짱은 또 한 사람에 대해서도 마음을 놓았다. 바로 기요시였다.
후짱은 기천천과 의논한 지 며칠이 안 되어 기요시에게 말했다.

"기요시, 가게가 끝나거든 내 방에 좀 와 줄래?"

"응? 무슨 일인데?"

기요시가 궁금한 표정을 지었다.

"좀 의논할 일이 있어서."

"그래."

그로부터 45분쯤 지나서 기요시의 목소리가 방문 밖에서 들렸다.

"후짱!"

"기요시? 들어와."

그렇게 대답을 했는데도, 방문이 좀처럼 열리지 않았다.

"뭐 하고 있어. 빨리 들어오라니까."

후짱이 일어나 방문을 열어도, 기요시는 들어오지 않고 왠지 우물쭈물했다.

"왜 그래? 들어와."

"들어가도 돼?"

"응, 왜 그래?"

후짱은 의아한 기색이 되었다.

"그런데… 넌 꼬마지만, 어쨌든 숙녀 아니냐?"

후짱은 순간 어리둥절했다가 무슨 뜻인지 알고는 깔깔깔 웃음을 터뜨렸다.

"그야 숙녀지. 그렇지만 기요시가 숙녀라는 말을 쓰니까 영 어울리지 않는데. 하하하….."

후짱은 배꼽을 쥐고 웃느라 숨이 막힐 지경이었다.

"웃긴 왜 웃어? 이 바보야."

기요시가 쑥스러운지 무뚝뚝하게 다그쳤다.

겨우 웃음을 멈춘 후짱이 본론을 꺼냈다.

"그러니까 말이야, 기요시. 내가 요즘 가지야마 선생님과 함께 오키나와에 대해서 공부를 하고 있거든. 오키나와에 대해 여러 가지 이야기도 듣고…."

그렇게 보려 해서 그런지, 기요시의 얼굴이 어두워지는 듯했다.

"그래서 너한테도 도와 달라고 하고 싶어서…."

"…."

"네가 할 수 있는 범위 안에서 말이야."

"…."

잠깐 침묵이 흐르다가 기요시가 뭐라고 말을 건넸다.

"응? 뭐라고?"

잘 들리지 않아서 후짱이 다시 물었다.

"오키나와에 대해 알아봤자 뭐 좋은 게 있다고?"

확실히 기요시는 그렇게 말했다.

"왜? 그럼 넌 오키나와에 대해 다 알고 있다는 거니?"

"몰라. 알고 있는 것은 가슴 아픈 기억뿐이야."

다시 말을 붙일 엄두도 안 나게 만드는 냉랭한 말투였다. 얼마쯤은 예상한 일이었지만 후짱은 실망스러웠다.

후짱은 희망을 가지고 있었다. 기요시가 도와준다면, 둘이서 오키나와를 알아 가는 동안 기요시가 자기 엄마의 입장을 이해하게 되지 않을까 하는 것이었다. 정말 그렇게 된다면 얼마나 좋을까 싶었던 것이다.

기요시의 과거를 조금은 알고 있는 후짱으로서는, 나쁜 기억이라도 좋으니 어서 이야기해 달라고 조르기가 어려웠다.

후짱이 낙심하자, 기요시는 되레 걱정이 되는 모양이었다.

"후짱."

"…."

"너 왜 그런 게 공부하고 싶어졌니?"

후짱은 말없이 공책을 가져왔다.

"읽어 봐."

기요시는 한 글자 한 글자를 짚어 가듯 읽어 내려갔다. 긴 시간인 것처럼 느껴졌다. 다 읽고 나서 기요시는 크게 심호흡을 했다. 그리고 얼떨떨한 듯이 눈동자가 좌우로 천천히 움직였다. 아무것도 보고 있지 않는 눈이었다.

"참 이상한 애야, 넌. 남이 잊어버리고 싶어 하는 걸 굳이 알려고 하니."

기요시는 힘없는 목소리로 말하고서, 가만히 생각에 잠겼다. 말 한번 붙이기도 힘들던 차가운 아이였는데, 그런 느낌은 어느덧 사라지고 없었다.

"기요시."

"응?"

"누구에게도 말한 적이 없지만 우리 아빠 병 말이야. 오키나와와 관계가 있지 않을까?"

기요시는 겁먹은 듯한 얼굴이 되었다.

"너 그런 것까지 생각했니?"

기요시는 신음하듯 말했다.

"너 엄청난 공부를 시작했구나."

"뭐가?"

"글쎄, 나도 모르게 죽은 누나 생각이 나서 그래. 그래서 네가 지금 하려는 게 대단한 일이라는 생각이 들었어."

후짱은 그 말을 어렴풋이 이해할 것 같았다.

"나 결심하고 있어, 결심."

기요시는 되새기려는 듯이 다시 말했다. 그러고는 먼산바라기를 하는 듯 보였다. 골똘히 생각에 빠진 눈빛이었다.

"번번이 너한테 뒤통수를 맞는구나."

기요시는 알아듣지 못할 만큼 작은 목소리로 말했다.

"뭐?"

"아무것도 아니야."

"후짱, 이 공책 하룻밤만 빌려줘."

"뭐 하게?"

"뭘 하려는 건 아니고, 그냥 또 읽고 싶어서."

약간 부끄러워하는 듯했다.

"내 편이 되어 준다면 빌려주지."

"읽어 본 다음 생각해 볼게."

기요시도 명랑하게 응했다.

공책을 가지고 후짱의 방을 나오면서 기요시가 말했다.

"너 진짜 대단한 계집애다. 이번에는 심장을 발로 들이찼어."

'기요시가 갑자기 상냥해졌네. 그래, 어쩌면 내 편이 되어 줄지도 몰라.'

후짱은 마음 깊숙한 곳 어디에서 뭔가가 차오르는 것을 느낄 수 있었다. 그런데 한편으로는 이상했다. 가장 고통스럽던 시절의 오키나와를 잘 알고 있을 할아버지와 아빠는 오키나와를 마치 천국이나 되는 듯이 말하는데, 오키나와를 그리 잘 알지 못하는 기요시는 오키나와를 생각조차 하기 싫은 지독한 곳으로 여기니, 도대체 무슨 영문일까. 후짱은 이해할 수 없었다.

어쨌든 기천천은 현명했다. 후짱에게 오키나와의 자연과 오키나와 아이들의 놀이를 무엇보다 먼저 정리해 보라고 했는데, 그것은 '조국'이나 '고향'이란 게 인간에게 과연 무엇인가를 생각하게 하는 가장 소중한 세계이기 때문이다.

38

아빠는 한동안 발작을 일으키지 않았고, 후짱도 오키나와 공부에 몰두한 탓으로 데다노후아 오키나와정은 평온했다. 주위 사람들은 모두 그렇게 생각하고 있었지만, 그러는 동안에도 사실 후짱의 아빠는 기이한 행동을 하곤 했다.

데다노후아 오키나와정에 낯선 전화가 걸려 왔다. 엄마가 전화를 받았다. 이런저런 말을 주고받은 뒤 전화기를 내려놓는 엄마는 얼굴이 몹시 어두웠다.

엄마가 고로야 아저씨를 한쪽 구석으로 불렀다.

"고로야 아저씨, 나카소네 곤지로라는 분을 알고 있어요?"

"나카소네 곤지로?"

"왜 6년 전쯤에 오키나와현 출신들의 모임에서 어떤 사람 소개로 우리 가게에 온 일이 있지요."

"아, 그래. 나오가 좀 돌봐 주었지."

"그런데 그 사람 말이에요."

"그 사람이 어쨌는데요?"

"실은 우리 집 양반이 그분 집에 가서, 전에 빌려준 돈을 돌려 달라고 해서 5만 엔을 받아 갔다는군요."

"왜 그런…."

"지금 형편이 어려운 것도 아닌데 무슨 일인지 모르겠어요. 나카소네 씨는 오랫동안 잊어버렸던 것을 사과하고 마침 집에 있던 돈을 돌려주었는데, 그때 우리 집 양반의 행동이 예사롭지 않더래요. 그래서 혹시 몰라서 연락한다고 전화를 주었어요."

"그래요?"

고로야 아저씨는 머리를 갸우뚱했다.

"고로야 아저씨, 함께 좀 가 주세요."

엄마는 그렇게 말하고 잰걸음으로 아빠 방으로 갔다.

"여보!"

엄마가 막 이야기를 꺼내려 하자, 고로야 아저씨가 손을 내저어 막고는 지나가는 말로 한마디 툭 던졌다.

"이봐, 나오! 나카소네 곤지로네 집에 갔다 왔다며? 무슨 일로 다녀온 거야?"

아빠는 가만히 아래만 보고 있을 뿐 고로야 아저씨를 쳐다보지 않았다.

"무슨 일 있거든 내게도 이야기해 봐."

고로야 아저씨는 여전히 느긋하게 물었다. 이번에도 아빠는 말이 없었다.

"당신, 나카소네 씨한테서 받은 5만 엔은 어디다 두었어요?"

기다리다 못해 엄마가 끼어들었다.

"여보, 돈 문제는 확실히 해 두어야지요. 말해 줘요."

"잠깐만."

고로야 아저씨가 엄마를 막았다.

"나오, 어디 돈 쓸 데라도 있어?"

"있지."

아빠가 불쑥 큰 소리로 대답했다. 고로야 아저씨와 엄마는
서로 얼굴을 쳐다보았다.

"그게 무슨 소리예요. 당신이 돈 쓸 데가 어디 있다고. 정신
차려요, 여보."

"있어!"

또 큰 소리를 내는 아빠의 눈은 붉게 충혈되어 있었다.

"돈 쓸 데가 있으면 내게 말하면 되잖아요. 이 가게 돈은 전
부 당신 돈인데."

"이 바보야! 후짱의 저금이 없잖아!"

아빠가 빽 고함을 질렀다.

엄마는 어안이 벙벙해졌다.

"무슨 소리예요? 후짱 이름으로 저금은 단단히 하고 있어
요."

엄마의 목소리가 떨렸다.

"고로야 아저씨, 이 일을 어째요."

고로야 아저씨는 침착하게 말했다.

"나오, 아무 걱정 안 해도 돼. 후짱을 위해 저금은 틀림없이 하고 있으니까."

그때 후짱이 아래층 공기가 심상치 않음을 느끼고, 계단을 내려오다가 고로야 아저씨와 눈이 마주쳤다. 고로야 아저씨가 아무 말도 하지 않았는데도, 후짱은 저금 통장을 가지러 2층으로 달려갔다.

후짱이 저금 통장을 펼쳐서 아빠에게 보였다.

"이것 봐, 나오. 13만 8,900엔. 후짱은 어린애치곤 부자야."

그러나 아빠는 고로야 아저씨의 말은 듣고 있지 않은 듯, 갑자기 후짱을 끌어안고 엉엉 울기 시작했다. 후짱은 떨면서 속으로 계속 '아빠 정신차려요!' 하고 부르짖었다.

후짱은 아킬레스건을 다친 뒤로 한동안 아침 산책을 쉬었다. 다친 데가 다 나아 아침 산책을 다시 하려 했을 땐 웬일인지 아빠가 좋아하지 않았다. 아빠는 몸을 움직이기가 힘든 모양이었다. 식욕도 갑자기 떨어져서, 엄마는 무리가 될까 봐 억지로 산책을 권하지 않았다.

그런데 보름 전쯤부터 갑자기 아빠가 외출을 하기 시작했다. 그것도 아무도 모르게 집에서 없어져 버리는 것이었다. 할아버지와 엄마가 걱정이 되어 이것저것 캐물으면, 아빠는 친구의 이름을 대기도 하고 전에 다니던 공장 이름을 대기도 했다. 확인해 보면 그대로 들어맞았고, 또 저녁때가 되면 돌아왔으므로 굳이 아빠가 나가는 것을 막지는 않았다.

그래도 처음에는 도키코 집에서 있었던 일도 있고 해서 엄마도 조심스러웠으나, 외출한 날은 식사도 많이 하고 기분도 좋아 보여서 언제부터인지 마음을 놓았다. 그러다가 한번은 아빠가 홋카이도로 여행을 갔으면 좋겠다고 말해서 모두들 놀랐다. 여행을 가고 싶다는 것을 보면 틀림없이 아빠가 좋아진 것이라고 모두들 이야기하던 참에 한 사건이 일어났다.

아빠의 기이한 행동은 그 뒤에도 계속 이어졌다. 나카소네 씨가 전화한 지 사흘 뒤에 데다노후아 오키나와정에 오는 한 손님에게서 이상한 이야기를 듣게 되었다. 아빠가 히가시후타미 전철역 부근에서 선로를 따라 걷고 있는 것을 보았다는 것이다.

"설마?"

엄마는 그 말을 믿을 수가 없었다.

"확실해요. 여기 주인 양반이었어요."

그 손님은 자신 있게 말했다.

아빠에게도 엄마에게도 그쪽에는 아는 사람이 없었다. 여기서 히가시후타미역까지는 20킬로미터 남짓 떨어져 있었다. 바다를 따라 열차가 달리는데, 그 부근에는 논밭과 인가 몇 채가 있을 뿐이어서 아는 사람이 없으면 굳이 찾을 이유가 없는 곳이었다.

가게에 손님이 없어지자 할아버지와 엄마는 아빠에게 그런 곳에 간 일이 있는지 물어보았다. 나카소네 씨 경우와 마찬가지로 아빠는 입을 다물었다. 그 일이 엄마의 불안을 더욱 부채질했다. 후짱이 없는 곳에서 엄마는 다시 떨리는 목소리로 말했다.

"선로를 따라 걸어갔다는 게 아무래도 마음에 걸려요."

"쓸데없는 소리 마라!"

할아버지는 엄마를 나무랐다.

"일을 그렇게 나쁜 쪽으로만 생각하는 게 아네요."

고로야 아저씨도 말했다.

엄마는 아무래도 그 일이 마음에 걸려 못 견디겠는지, 히가시후타미역에 한번 가 보자고 말했다.

그런 식으로 엄마가 신경이 날카로워지는 것은 좋은 일이 아니었다. 그래서 할아버지도 고로야 아저씨도 엄마의 생각을 바꾸려고 애를 썼다. 그러나 엄마는 아무래도 가 봐야겠다고 고집을 피웠다.

"여보, 이번 일요일에 히가시후타미에 한번 가 봅시다."

엄마가 아빠에게 말했다. 뜻밖에도 아빠가 그 말을 듣고 울기 시작했다. 모두가 신경이 날카로워져 있었다. 할아버지는 아빠의 등을 어루만지면서 한편으로는 엄마를 달랬다. 기요시는 울고 있는 후짱을 가만히 보고 있었다.

데다노후아 오키나와정은 다시 어두워졌다.

39

엄마가 히가시후타미에 가 보겠다고 한 말은 그냥 하는 소
리가 아니었다. 가 보지 않고는 도저히 그냥 못 넘어가겠다는
것이었다.

설사 아빠가 그곳에 간 게 사실이라고 하더라도, 다른 뜻
없이 그저 발길 닿는 대로 가 본 것인지도 모른다. 그러니 지
나치게 신경을 쓰는 것은 오히려 좋지 않다고 할아버지도 고
로야 아저씨도 말했지만, 엄마는 무슨 일이 있어도 가 봐야겠
다고 우겼다.

엄마가 그토록 고집을 세우는 것은 처음이었다. 엄마의 마
음은 알지만, 후짱은 어딘지 거칠어진 엄마를 보는 것 같아
싫었다.

"후짱, 같이 가지 않을래?"

엄마가 말했을 때도, 후짱은 싫다고 쌀쌀맞게 대했다.

"후짱까지…."

엄마는 눈물을 글썽거렸다.

엄마까지 마음이 병들어 가고 있었다. 엄마가 균형을 잃고 그렇게 흔들리는 일은 처음이었다. 엄마는 언제나 다부지면서도 온화한 사람이었다. 후짱은 그런 엄마가 좋았고, 그런 엄마를 사랑했다. 후짱은 쓸쓸한 마음을 어쩌지 못했다.

그날 밤 후짱이 혼자 방에 있을 때, 늦게 기요시가 왔다.

"후짱. 나 오늘 처음으로 너한테 정떨어졌다."

그 묘한 말투에 후짱은 마음이 철렁했다.

"대부분 사람들은 제멋대로 자기만 생각해. 어른들 말로, 이기적이지. 인간이 제 욕심만 차리고 제각기 따로 노는 세상은 아주 차갑고 냉정한 거야. 너나 아주머니나 그리고 데다노후아 오키나와정에 오는 사람들은 바보스러울 만큼 호인이지. 호인이란 남에게 잘 속거나 늘 손해를 보거나, 가난하거나, 살면서 별로 신통한 일이라고는 없지만, 그러나 이기주의자에게는 없는 뭔가가 있어. 그게 뭐냐고 물으면 어떻게 말해야 할지 모르겠지만, 나 같은 놈도 살길 잘했구나 하고 느끼게 하는 아주 따뜻한 그런 거. 사람을 기운 나게 해 주고, 사람에게 애정을 느끼게 해 주는 그 무엇이야."

후짱은 처음에 잠깐 기요시를 쳐다보았지만, 그 뒤로는 줄곧 시선을 떨어뜨리고 있었다. 기요시가 무슨 말을 하려고 왔는지 진작부터 알고 있었던 것이다.

"여기 아주머니는 진짜 마음이 따뜻한 분이야. 그런 아주머니한테 너는 너무 차갑게 대했어."

후짱의 몸에서 싸늘한 기운이 흘렀다. 어느 누구한테 책망을 듣는 것보다도 매섭게 느껴졌다.

"난 아주머니를 이해할 수 있어. 사람들이 좋아하지 않을 거란 걸 알면서도 어쩔 수 없는 일이 사람에게는 있는 거야. 이건 안 되는 일이지, 생각하면서도 어쩔 수 없이 하게 되는 일. 난 이때까지 그런 일을 100번, 아니 200번도 더 했지만 아주머니는 이번이 처음 아니야? 그것도 아저씨가 지독하게 걱정되어서 잠깐 생각이 흐려진 건데, 넌 그런 아주머니를 따뜻하게 보듬어 줄 수 없을 만큼 이기적인 거야?"

후짱은 부끄러워졌다. 이렇게 뼈에 사무치게 책망을 듣는 것은 처음이었다.

"인간은 신이 아니야. 아주머니도 예외는 아니지. 아주머니는 지금 누구보다도 쓸쓸하실 거야."

'기요시, 용서해. 내가 당장 가서 엄마에게 빌고 올게.'

후짱은 고개를 깊이 숙인 채 마음속으로 말했다.

"그래, 난 너를 믿는다."

기요시는 그렇게 말했다.

후짱은 머릿속이 찡하게 울리는 느낌이었다.

방을 나가면서 기요시가 다시 한마디를 덧붙였다.

"그런데 나, 누나가 죽고 들개처럼 여기저기 닥치는 대로 쓰러져 자고, 배가 고파 쓰레기통을 뒤지던 그 마음 아픈 일

들을, 당연한 이야기지만 한 번도 좋았다고 생각한 적이 없었
어. 그런데 지금은 그런 일을 겪은 게 오히려 잘됐다고 생각
해. 그렇지 않았음 너한테 어떻게 이런 주제넘은 말을 할 수
있겠니?"

다음 일요일, 엄마와 후짱, 고로야 아저씨가 집을 나서서
신개발지의 큰길을 걷고 있는데 기요시가 숨을 헐떡이며 달
려왔다.
"아주머니, 저도 가면 안 돼요?"
"기요시도 간다고? 나야 고맙지만 모처럼 쉬는 날인데."
"그건 괜찮아요. 저도 함께 가게 해 주세요."
"그럼 함께 가."
후짱이 말했다. 그래서 결국 넷이 같이 가게 되었다. 고로
야 아저씨가 엄마가 꼭 가겠다면 자기도 함께 가겠다고 했던
것이다. 아빠를 자극하지 않기 위해 백화점에 간다고 둘러댔
다. 아빠는 할아버지가 돌봐 주기로 했다.
아카시역에서 특급 전철에서 보통 전철로 갈아탔다. 니시
아카시를 지나면서부터는 도시의 모습이 조금씩 사라지고
시골 풍경이 보이기 시작했다. 오른쪽으로는 넓은 논밭이 보
였다. 가을걷이를 해서 벼를 벤 자리는 벌써 짙은 회색으로
변해 있었다. 밭에는 푸른빛이 조금씩밖에 보이지 않아 벌써
겨울이 가까워졌음을 느끼게 했다.
신칸센이 나란히 달리고 있었다.

후짱은 지금 아빠는 물론이고 모두 함께 어디로 놀러 가는 중이라면 얼마나 좋을까, 하고 생각했다.

"이런 데를 후짱 아빠가 뭐 하러 왔을까요, 고로야 아저씨?"

엄마가 말을 건넸다. 이틀 전의 절박했던 감정은 사라지고 얼마쯤 여유가 생긴 듯했다.

"글쎄 말이오."

물론 고로야 아저씨인들 알 까닭이 없었다.

에이가시마에서 우오스미까지는 국도가 뚫려 있었다. 전철에서는 기차가 오가는 광경도 볼 수 있었다. 그 부근에 있는 철길은 사람이 지나다닌다 해도 그다지 이상하지는 않을 것 같았다. 주위가 논밭인 데다 나무 울타리도 군데군데 부서져 있어서, 마음만 먹으면 쉽게 들어갈 수 있었다.

아빠는 정말 이런 철길을 걸었던 것일까. 엄마는 가만히 창밖을 바라보고 있었다. 전철은 히가시후타미역에 도착했다. 먼지가 굉장히 많은 역이었다.

건물이 꽤나 복잡하게 올망졸망 서 있었다. 지금까지 이어졌던 한가로운 풍경이 온데간데없이 사라져서 역에 내린 후짱 일행은 순간 어리둥절했다.

네 사람은 서로 얼굴을 쳐다보았다. 어쨌든 거리로 들어가자고 의견이 모아져 역 앞에 있는 상점가를 걸어갔다. 상점가라지만 길도 좁고 그다지 큰 상점이 있는 것도 아니어서 그냥 우중충한 시골 읍내 분위기였다.

얼마쯤 가니 이내 국도가 이어지고 있었다.

"이게 뭐야?"

기요시가 말했다.

"도중에서 꺾어 들어가야 했나 봐."

네 사람은 다시 돌아섰다.

어쩐지 어색했다. 무슨 얼빠진 짓을 하고 있나 싶었고, 그
런 느낌은 아빠가 이런 곳에는 오지 않았을 거라는 생각으로
이어졌다.

"엄마, 진짜 아빠가 여길 왔을까?"

엄마는 약간 고개를 갸우뚱했다. 후짱과 같은 생각을 하고
있는 눈치였다.

되돌아와서 왼쪽 길로 접어들었다. 조금 더 가니 바다 냄새
가 났다. 길 양쪽에는 검은 향나무 판자로 담을 두른 집들이
서 있었다. 한쪽 옆으로 신사가 보였고, 오래되어 거무스레한
초롱이 한가로이 바람에 흔들리고 있었다. 문지기인 사자 석
상 밑에는 개 한 마리가 늘어지게 낮잠을 자고 있었다. '낚시
꾼 숙박', '밥, 국, 반찬' 따위의 간판이 민가의 판자벽에 나붙
어 있기도 했다.

"와, 여긴 괜찮은데."

후짱이 들뜬 목소리로 말했다.

분위기가 싹 바뀐 것이다. 묘한 곳이었다. 북적북적 시끄러
운 작은 읍이라고 생각했는데, 뜻밖에 거리는 고풍스럽고 차
분했다.

"타임머신을 타고 온 것 같은데!"

후쨩이 말했다.

"어촌이구만. 옛날 집이 그대로 있는 걸 보면 전쟁 피해를 입지 않은 곳이구만. 참 좋네."

고로야 아저씨가 심호흡을 했다.

동네의 끝자락은 고기잡이 항구로, 많은 어선이 정박해 있었다.

오른쪽으로는 팔을 내밀어 그 배들을 보호하는 듯한 곳이 있었다. 그 곳은 관목으로 덮여 있었고, 그 오른쪽 길을 따라 올라가면 빨간색 도리이가 있어서 이 작은 항구 전체에 정다운 맛을 더해 주고 있었다.

고스란히 옛 일본 그대로인, 말 그대로 천연의 좋은 항구였다.

"나오는 이런 풍경이 보고 싶어서 일부러 여기까지 찾아왔을까. 그렇게 생각하면 앞뒤가 맞는 이야기이긴 한데…."

고로야 아저씨가 말했다.

엄마도 생각에 잠겼다. 고로야 아저씨처럼 생각한다면 확실히 앞뒤가 맞는다고 하겠지만, 아무리 생각해도 그것은 좀 이상했다. 이런 장소를 처음부터 알고 있었다면 모를까, 우연히 발견했다는 것은 아무래도 석연치 않다.

아빠가 날마다 더러워진 고베 항구를 보면서, 옛 고향이 그리워 아름다운 항구를 보러 왔다는 것은 낭만적인 이야기이긴 하지만, 진짜 그랬을까 싶다.

"고로야 아저씨, 정말 우리 집 양반이 이런 곳에 올 만한 이유가 없을까요? 무슨 실마리가 될 만한 게 없으세요?"

엄마는 진지한 눈빛으로 물었다.

"으음, 나도 지금 그 생각을 하고 있는 중인데….'

고로야 아저씨도 심각한 표정이었다.

"굳이 찾아본다면 한 가지 떠오르는 게 있기는 한데….'

"뭔데요?"

엄마의 눈이 빛났다.

40

후짱도 기요시도 고로야 아저씨의 입을 지켜보았다.

"하지만 그건 여기는 아니니까…."

고로야 아저씨는 혼잣말처럼 중얼거렸다.

"어쨌든 말해 보세요."

엄마가 재촉했다.

"낚시꾼 숙박이라는 간판을 보고 생각났는데, 나오도 나도 낚시에 미쳤던 때가 있잖아요? 그때 에이가시마로 가자미를 잡으러 간 적이 있지."

"후짱 아빠와 함께?"

"그럼요."

"에이가시마라고 하면 여기 오는 도중에 그런 역이 있었잖아요?"

"맞아요, 여기서 두 정거장 동쪽에 있는 역이지."

"그렇게 가까운 데라면 후짱 아빠가 이곳을 알고 있다고 해도 별로 이상할 것도 없네요."

"아니. 에이가시마에 온 것은 한 번뿐이었고, 나오도 나도 낚시터는 아와지섬으로 정해 놓고 있었기 때문에 딴 곳에 간 적은 없어요. 만일 딴 곳에 갔다고 해도 낚시꾼이란 잘 잡히든 안 잡히든 남에게 말하지 않고는 못 배기거든. 내가 모르는 일은 없지."

고로야 아저씨가 말했다.

엄마는 실망한 듯했다. 고로야 아저씨는 엄마의 마음을 알고 있었다. 어떤 이유라도 좋았다. 아빠가 이 부근에 와야 할 이유가 있기만 하면 그만인 것이다. 노이로제 환자 가운데 3분의 1은 원래대로 건강을 회복하고, 또 3분의 1은 그만그만한 애매한 상태를 계속하고, 나머지 3분의 1은 자살할 위험이 있다는 것을 엄마는 알고 있었다. 아빠가 이곳에 올 이유가 무엇이든 있기만 하다면 가장 나쁜 쪽으로는 생각하지 않아도 되었다.

고로야 아저씨는 엄마의 그런 마음을 잘 알고 있었다. 거짓말을 해서 엄마를 안심시키는 일이야 간단하지만, 엄마의 마음을 알면 알수록 고로야 아저씨는 거짓말을 할 수 없었다.

"고로야 아저씨, 그 에이가시마라는 데로 좀 데려다줘요."

엄마가 말했다.

"가까우니까, 그야 어렵지 않지요."

고로야 아저씨가 말했다.

"후짱, 우리 가 보자."

"좋아, 엄마 마음이 풀린다면야. 그렇지, 기요시?"

"응, 가자."

기요시는 후짱이 자기 의견을 순순히 받아들여 엄마에게 성심껏 대하는 것이 기뻤다.

네 사람은 온 길을 되짚어 갔다. 다시 전철을 타고 두 번째 역에서 내렸다.

이번에는 곧장 바다로 내려갔다. 제법 근대적인 모습을 갖춘 항구였다. 해변의 상당 부분이 콘크리트로 덮여 있어 모래벌판은 조금만 남아 있었다. 히가시후타미항은 자연에 안겨 있는 듯한 다정한 느낌을 주었는데, 이 항구는 강한 바닷바람을 정면으로 받고 있어 곧바로 자연과 마주 서 있는 듯한 느낌을 주었다.

"아이, 추워."

후짱이 몸을 움츠렸다.

이중 방파제 안쪽에서 낚시꾼들이 낚싯대를 드리우고 있었다. 정말 여기는 낚시 말고는 찾아올 이유가 없을 듯했다.

"이런 곳이에요."

고로야 아저씨는 엄마를 위로하듯이 말했다.

"모처럼 왔으니까 방파제라도 좀 걸을까."

고로야 아저씨가 그렇게 말하면서 먼저 걸음을 뗐다. 북서풍이 후짱의 뺨을 때리는 듯했다.

"엄마, 춥지 않아?"

맞바람이 세게 불어서 후짱의 목소리가 엄마의 귀에는 들리지 않는 모양이었다.

"잘도 하고 있네."

기요시가 비아냥거렸다.

"뭐라고?"

그 말을 듣고 후짱이 물었다.

"이 추운 날씨에 잡힐지 어쩔지도 모르는 고기를 끈기 있게 잘도 기다린단 말이야."

"아하하하."

고로야 아저씨가 그제야 웃었다.

"너, 그런 소릴 했다간 낚시꾼에게 혼난다. 안 그래, 엄마?"

후짱의 말에 엄마는 살풋 웃어 보였다.

네 사람은 추운 바다에 서 있었다. 후짱도 기요시도 그리고 고로야 아저씨도 망연히 잿빛 바다를 바라보고 있었다.

'엄마의 마음은 지금 이 바다와 같겠지. 춥고 술렁대고 그러면서 외로울 거야. 엄마는 바보야. 끙끙거려도 소용없는 일에 속을 썩히고 있어.'

아무리 그래도 후짱과 엄마는 따로따로 될 수가 없었다. 엄마의 쓰라린 마음이 후짱의 가슴속에도 그대로 전해졌다.

'기요시한테 저만 생각하는 인간이라고 혼이 났지만, 진짜 제멋대로인 사람이 될 수 있다면 속은 편할 거야. 좋은 사람일수록 이기적인 인간이 될 수 없으니까 아프고 고통스러운 거지. 인간이 동물과 다른 점은 남의 아픔을 자기의 아픔처럼

느낄 수 있다는 점이겠지. 어쩌면 좋은 사람이란 자기 안에 남이 살게 하는 사람인지도 몰라.'

후짱은 바다를 보고 있는 고로야 아저씨와 기요시를 보면서 생각했다. 그래서 더욱 기요시나 고로야 아저씨가 다른 무엇과도 바꿀 수 없는 소중한 사람으로 여겨졌다. 할아버지는 더 말할 것도 없고, 기천천도 쇼키치도 그리고 깅 아저씨도 로쿠 아저씨도 도도 아저씨도, 데다노후아 오키나와정에 오는 사람은 모두 세상 무엇과도 바꿀 수 없는 사람들이었다. 후짱은 그런 사람들에게 둘러싸여 살고 있는 자기는 정말 행복하다고 생각했다.

후짱은 엄마의 어깨에 가만히 손을 얹었다. 엄마는 그 손을 정겹게 잡았다.

바람은 계속 강하게 불었다. 후짱은 무심코 고로야 아저씨의 얼굴을 쳐다보고는 섬뜩해졌다. 고로야 아저씨는 눈을 크게 뜬 채 입을 딱 벌리고 있었다. 뭔가 크게 놀란 얼굴이었다. 후짱은 엄마의 어깨를 흔들었다.

"고로야 아저씨, 왜 그러세요?"

엄마가 크게 소리를 질렀다. 기요시가 깜짝 놀라 이쪽을 보았다.

엄마가 고로야 아저씨의 어깨를 두드렸다. 고로야 아저씨는 그제야 정신이 든 듯 엄마를 보았다. 그러고는 말없이 북쪽을 가리켰다.

고로야 아저씨가 가리킨 곳은 아카시 쪽으로 이어지는 해

안선이었다. 얼마쯤의 모래벌판이 있기는 했지만 육지가 푹 꺼져서 바다가 되어 있었다. 이 방파제에서 보면, 거꾸로 바다에서 육지가 솟아오른 것처럼 보였다.

"남부와 비슷하지 않소?"

고로야 아저씨가 쉰 목소리로 말했다.

"남부?"

엄마는 의아한 눈빛으로 되물었다.

"오키나와 남부의 해안선 같지 않아요?"

"…."

"비슷해, 확실히 비슷해."

고로야 아저씨는 신음하듯 말했다.

남부는 아빠와 고로야 아저씨가 미군의 포탄을 피해서 이리저리 도망쳐 다니던 곳이었다. 오키나와 전쟁에서도 가장 비참했던 곳이다. 후짱도 기천천에게 들어서 알고 있었다.

"나오가 여기 온 거야. 틀림없어."

고로야 아저씨는 단언하듯이 말했다.

그날 밤, 후짱은 가지야마 선생님에게 편지를 썼다.

　너무나 무서운 일이지만, 아빠의 병이 오키나와 전쟁과 관계가 있는 것 같아요.

　아빠가 발작을 일으킬 때마다 하는 이야기는 거의가 저에 관한 겁니다. 아빠는 제가 위험한 상황에 처해서, 거기서 나를 구출하지 않으면 안 된다는 망상(고로야 아저씨가 그런 것을 망상이라고 한다고 일러주었습니다.)
을 하는 모양이에요. 이때까지는 그것이 무엇 때문인지
를 아무도 알 수 없었는데, 어제 엄마와 고로야 아저씨와
기요시와 에이가시마라는 곳에 가 보고 비로소 알게 되
었어요.

에이가시마에서 아카시로 이어지는 해안선의 풍경이
아버지와 고로야 아저씨가 전쟁 도중에 도망쳐 돌아다
니던 곳과 똑같다는 거예요. 아빠가 우연히 낚시를 갔다
가 그 경치를 본 모양인데 아빠의 머릿속에 강렬하게 남
아 있었나 봐요. 아빠는 그 에이가시마 주변을 이리저리
돌아다닌 것 같아요.

망상이란 지금 일과 옛날 일이 뒤범벅이 되는 거라고
고로야 아저씨가 그러셨는데, 아빠는 머릿속으로 지금
도 전쟁 중이어서 저를 지켜야겠다고 필사적으로 노력
하고 있는 거예요. 그것을 알았을 때 너무나 슬펐어요.
아빠는 아무것도 잘못한 일이 없는데….

선생님. 오늘 밤은 늦어서 많이 쓸 수가 없지만 아빠를
위해서도 오키나와 공부는 반드시 끝까지 해야겠다고
결심했다는 것만은 선생님께 말하고 싶습니다.

안녕히 주무세요.

41

후짱 아빠의 병이 오키나와 전쟁과 관계가 있다는 것을 알았을 때 충격을 받은 것은 후짱만이 아니었다. 고로야 아저씨도 로쿠 아저씨도 한동안 말문이 막혔다. 쇼키치도 기천천도 입을 다물었고, 그 명랑하던 깅 아저씨까지도 조용히 아와모리를 마시고 슬그머니 돌아가는 형편이었다.

오키나와의 전쟁은 이미 30년 전에 끝났다. 그 사실이 데다노후아 오키나와정 사람들을 더욱 견딜 수 없게 만들었다.

전쟁은 과연 끝났는가. 전쟁은 왜 우리 안에서만 여전히 계속되고 있는가.

데다노후아 오키나와정은 짓눌린 듯 무거운 그리고 숨 막히는 암흑의 분노 속에 잠겨 있었다.

말수가 가장 많이 줄어든 사람은 기요시였다. 히가시후타미에서 돌아온 뒤로, 기요시는 생각에 잠기는 시간이 많아졌다. 후짱이 말을 걸어도 건성이었다. 그러면서 한 시간이고 두 시간이고 가게를 빠져나가고는 했다. 걱정이 된 엄마가 어디를 가느냐고 슬쩍 물어보면 기요시는 그저 잠깐 나갔다 온다고만 했다.

후짱 일행이 히가시후타미에 다녀온 지 꼭 일주일이 지났다. 일요일이어서 후짱은 주마다 빼놓지 않고 보는 어느 텔레비전 프로그램을 보고 있었다. 그때 기요시가 왔다.

"후짱."

"왜?"

"오늘 무슨 일 있니?"

"별로. 숙제가 좀 있긴 하지만…. 근데 왜?"

"저 말이야."

기요시가 주저했다.

"나 오늘 말이야, 아마사키의 그 여자에게…."

"그 여자?"

"그 여자 말이야. 그 왜 후짱과 함께 갔던…."

"아, 네 엄마?"

"응, 그 엄마에게…."

엄마라고 말했을 때 기요시는 약간 얼굴을 붉혔다.

"엄마에게 이번 일요일에 후짱과 함께 놀러 간다고 엽서 보냈어."

"진짜?"

후짱의 눈이 금세 빛나기 시작했다.

"기요시. 진짜란 말이지?"

숨가쁘게 다그쳐 물었다.

쓸쓸하게 웃으면서 기요시는 "진짜야" 하고 대답했다.

"그것 참 잘했구나. 엄마가 얼마나 기뻐할까. 그렇죠, 여보?"

함께 텔레비전을 보고 있던 엄마도 말했다.

"후짱, 같이 가 주는 거지?"

"물론, 물론."

후짱은 들뜬 목소리로 받았다.

"아주머니 괜찮지요?"

"괜찮고말고."

엄마도 밝은 얼굴이었다.

후짱이 옷을 갈아입고 밖에 나오자 뒤따라 나온 기요시가 황급하게 말했다.

"근데, 후짱. 후짱하고 가지야마 선생님의 편지, 그거 나 좀 빌려줘."

"지금 그건 왜?"

"잠깐 좀."

기요시는 역시 다급하게 말했다.

"뭐 하려고?"

"그냥 잠깐 좀."

이상하다고 여겼지만, 후짱은 하는 수 없이 다시 2층에 올라갔다 왔다.

고베역에서 전철을 탔다.

"참 잘됐어."

후짱이 입을 열었다.

"기요시와 엄마가 화해를!"

후짱은 노래하듯이 말했다.

"기요시, 그렇지?"

"응."

여전히 기요시는 어딘가 좀 이상했다. 하지만 후짱은 그런 것은 아무래도 좋았다.

'이렇게 기요시가 먼저 엄마를 만나러 가고 있는 거야. 그 것만으로도 만만세야.'

아마사키역에서 내려 전에도 본 적이 있는 신사의 경내를 지나갔다. 기요시의 엄마가 살고 있는 바로 그곳이었다. 후짱 은 가슴이 두근거렸다.

"기요시. 난 없는 게 낫지 않아?"

"너 무슨 그럴싸한 장면을 생각하고 있지. 그런 거랑은 달 라."

"그렇더라도 엄마와 아들 단둘이 있는 게 좋지 않아?"

"너 순정 만화를 너무 봤구나."

"너 참 바보구나, 기요시. 요즘 순정 만화에는 아빠 엄마와 꼭 껴안는 따위 이야기는 없어."

기요시는 웃음을 터뜨렸다.

"너, 나와 엄마가 꼭 껴안을 거라고 생각했니?"

"설마."

둘은 한껏 소리 내어 웃었다.

우스갯소리를 주고받아서인지 후짱은 마음이 한결 가벼워졌다.

문 앞에서 후짱이 먼저 안에다 대고 소리쳤다.

"안녕하세요?"

"네에."

대답과 함께, 그곳에는 아름다운 여자가 서 있었다.

후짱은 지난번에 만나자마자 눈 깜짝할 사이에 지독한 장면이 벌어져서 당황했던 터라 기요시 엄마의 얼굴을 제대로 보지 못했다. 깅 아저씨에게 기요시의 엄마가 어떠했냐는 질문을 받고 아름답다고 대답했는데, 그 대답은 얼마쯤 엉터리였다.

그런데 지금 정면에서 찬찬히 보니 기요시의 엄마는 정말 아름다웠다. 동그란 눈이 물속의 물고기처럼 생기가 있었다. 웃는 얼굴도 다정스러웠다. 기요시와 맞붙어 싸웠다고는 믿을 수가 없었다. 기요시나 누나의 나이로 따져 보면 상당한 나이가 되었을 텐데도 후짱의 엄마 연배로밖에 보이지 않았다.

'고생을 많이 했을 텐데도 아주 아름다운 눈을 갖고 있어. 이분은 마음씨가 따뜻한 게 분명해. 기요시의 엄마인데 당연하지.'

후짱은 마음이 편안해졌다.

"후짱 학생, 맞지? 먼젓번에는 미안했어요. 이 애는 늘 나한테 야속하게 굴어요."

여자가 기요시를 보면서 말했다. 말만 듣는다면 기요시를 약 올리는 말투인데도, 후짱은 이 여자가 기요시를 끔찍이 사랑하고 있는 것을 느낄 수 있었다. 그래서 저도 모르게 생긋 웃었다.

"후짱이라고 불러도 될까요?"

"네."

"후짱이 아니었다면 기요시는 나에게 결코 놀러 오지 않았을 테니까, 오늘은 후짱에게 아주 맛있는 걸 대접할게요."

후짱이 상상하고 있던 기요시의 엄마는 실제보다 훨씬 어두운 느낌을 주는 여자였다. 후짱이 처음으로 기요시를 만났을 때 기요시는 어둡고 사나웠다. 기요시보다 더 고생을 많이 했을 기요시의 엄마가 이렇게 밝은 모습이라니 후짱은 믿기지 않았다.

그러나 많이 고생하고 살아온 후짱의 엄마도 남이 볼 때는 억척스럽고 다부지고 그러면서도 마음씨 착한 사람으로 보인다. 엄마는 그런 사람이었다. 좋은 사람이 처음부터 좋은 사람이었던 것은 아닐 것이다.

'우리 엄마도, 기요시의 엄마도 살아오면서 무언가 아주 귀중한 것을 지니게 된 사람들인가 보다…….'

기요시의 엄마는 두 사람을 초밥집으로 데리고 갔다.

"후짱의 집은 음식점이지? 그래서 초밥집에 데리고 와서 대충 식사를 하는 건 아니고, 저녁은 이 아줌마가 손수 만든 요리를 대접할 거예요."

기요시 엄마는 그렇게 말했다.

"저녁때까지 못 있어."

기요시는 밉살스럽게 말했다.

"후짱은 오늘 할 일이 많아?"

기요시의 엄마는 실망한 얼굴로 말했다.

"아무것도 없어요. 아주머니만 좋으시다면 저녁까지 있을
래요."

"아이, 고마워라."

엄마는 금세 밝아졌다.

"후짱, 너 숙제해야 되잖아?"

"그런 건 내일 아침에 하면 돼. 기요시, 할 일이 있거든 너
나 먼저 가."

이번에는 후짱이 밉살스럽게 말했다.

"쳇."

기요시가 혀를 찼다.

'뭐 하러 왔어. 바보.'

후짱은 마음속으로 기요시에게 마구 화를 내고 있었다.

기요시와 엄마가 함께 밥을 먹는 게 정말 오래간만인 모양
이었다. 기요시 엄마는 후짱에게 신경을 쓰면서도 가끔씩 기
요시에게 손길을 주고 싶어 했다.

"기요시, 이번에는 뭐 먹을래?"

"…"

"이 집은 삶은 바닷장어가 맛있단다."

엄마가 그렇게 말하자 기요시는 잠시 있다가 "뱀장어"라고 했다. 방어를 먹겠냐고 물으면 넙치를 달라고 말하고, 전복을 주겠다고 하면 피조개를 먹겠다고 했다.

기요시는 엄마에게 억지를 쓰고 있었다. 그런 식으로 심통을 부리는 것을 알면서도 기요시 엄마는 진심으로 기쁜 듯이 몇 번이라도 기요시가 원하는 것을 물었다. 기요시가 또다시 엄마를 무시하고 도로*를 주문했을 때, 후짱은 고추냉이를 손가락에 잔뜩 묻혀서 기요시의 초밥 위에 발라 버렸다.

"왜 이래?"

"그 초밥 먹어! 아주머니한테 얄밉게 군 벌이야. 뭐냐, 요전엔 내게 잘난 체하며 설교해 놓고선. 먹어! 어서 먹어!"

"매운 것 너무 먹으면 치질 걸려."

기요시가 말했다.

"바보."

초밥집 요리사가 껄껄 웃었다.

"아주머니 좀 들어 보세요. 기요시는 말예요. 제가 엄마에게 좀 쌀쌀맞게 말했다고 넌 이기주의자다, 제멋대로 사는 인간이다, 별별 소릴 다 하고 지독하게 야단쳤어요. 그런데 저는 뭐예요. 이제 난 너 몰라!"

후짱이 뾰로통했다.

---

* 참치 뱃살.

"그래, 고추냉이 반만 먹지 뭐."

갑자기 기요시가 공손하게 나와서 주위 사람들까지 키득거리며 웃었다.

"이렇게 되었으니, 아주머니한테 다 일러바쳐야지."

후짱은 기요시와 에스카르고에 갔던 이야기를 시작했다.

"뭐 그런 이야기까지 할 것 없잖아? 형편없는 애야, 너 정말."

기요시는 입안에서 우물우물했다.

아무것도 무서운 게 없다던 기요시도 후짱과 엄마한테는 꼼짝을 못 했다. 기요시 엄마는 배꼽을 쥐다시피 웃었다. 엷게 눈물까지 내비치며 웃고 있었다. 후짱은 그 눈물이 어떤 눈물인지 알 수 있을 것 같았다.

'기요시 엄마는 웃으면서 울고 있는 거야. 바보! 기요시는 이런 좋은 엄마가 있는데도⋯. 더 일찍 화해했으면 좋았을걸.'

후짱은 이렇게 생각하고 있었지만, 기요시가 자기 엄마를 찾아온 진짜 이유는 따로 있었다.

42

세 사람은 오사카로 나와서 영화를 한 편 보았다. 다시 아마사키로 돌아와서는 함께 시장을 보러 나왔다.

"후짱 학생 덕분에 오늘 참 기뻐요."

기요시의 엄마가 어린애처럼 들떠 있는 것을 보고 후짱은 마음이 뜨거워졌다.

'아주머니, 늘 쓸쓸하시죠? 기요시는 바보, 바보 천치.'

후짱은 일부러 난폭한 말을 속으로 되뇌었다.

기요시는 여전히 그 모양이었다. 일부러 느릿느릿 걷기도 하고, 갑자기 박자도 안 맞는 유행가를 부르기도 하고, 하여튼 다정하게 보이는 두 사람을 계속 무시하는 척했다.

기요시의 성격을 너무나 잘 아는지, 기요시 엄마는 전혀 마음에 두지 않았다. 기요시가 모르는 척해도 아무렇지 않은 듯이 기요시에게 말을 걸었다.

기요시는 후짱이 옆구리를 쿡쿡 찔렀을 때만 "그려" "안
그려" 하며 익살스럽게 대꾸했다. 계속 삐딱하게 굴었지만,
응석받이 어린애 같은 면이 있어서 속속들이 미워할 수가 없
었다.

기요시 엄마가 손수 만든 요리는 아주 맛있었다. 더운물에
살짝 익힌 쇠고기를 얇게 썰어 얼음에 식혀 생강이 든 초를
쳐서 먹는 요리는 특별히 마음에 들었다. 마늘과 파슬리를 잘
게 썰어서 듬뿍 넣고 바지락 조갯살을 버터로 볶은 것도 맛있
었다.

"류큐 요리도 몇 가지는 할 수 있어. 하지만 후짱 학생에게
류큐 요리를 대접하는 것도 우스워 오키나와 음식과는 정반
대의 것을 열심히 궁리했단다."

'현명하신 분이야.'

후짱은 생각했다.

"기요시가 류큐 요리를 조금은 알고 있니?"

기요시 엄마가 후짱에게 물었다.

"기요시는 요리 솜씨가 아주 좋아요. 엄마가 그러시는데
요리에 소질이 있대요. 아사국에 네모지게 잘게 썬 돼지고
기를 넣는 것을 생각한 것도 기요시예요. 그렇지, 기요시?"

후짱은 자기 일처럼 자랑을 했다.

"정말 기요시가 후짱네서 일하게 되었다니 얼마나 마음이
놓이는지 몰라. 앞으로도 잘 부탁해요."

기요시의 엄마가 바닥에 손을 짚고 머리를 숙여서, 순간 후

짱은 당황했다.

"아이, 아주머니도. 기요시가 와 줘서 고마운 것은 우리 집이에요. 안 그래, 기요시?"

기요시는 책상다리를 하고 앉아 그 말에는 모른 체하고 꾸역꾸역 고기만 먹어 댔다.

식사가 끝나고 차를 마시고 있을 때였다. 그때까지 말이 없던 기요시가 불쑥 물었다.

"누나는 어떻게 죽었어?"

"뭐?"

기요시의 엄마는 되물었다.

"누나가 어떻게 죽었느냐고 묻고 있는 거야."

기요시는 고개를 숙인 채 귤 껍질을 벗기면서 묻고 있었다. 금세 엄마의 얼굴이 창백해졌다.

"…."

"누나가 왜 죽었는지 알고 있다고 생각했어. 나도 몇 번이나 죽어 버릴까 생각했으니까 말이야. 누나도 마찬가지였겠지. 그렇게 생각했어."

기요시의 낮은 목소리에 기요시 엄마의 얼굴이 일그러졌다.

"너 인제 보니 그런 소리로 엄마 마음에 상처를 주려고 왔구나."

기요시는 똑바로 얼굴을 쳐들었다. 결의가 담긴 눈빛이었다.

"난 말이야, 엄마. 여기 있는 후짱을 보고 부끄러워졌어. 내 얘기, 처음부터 들어 줄래?"

기요시 엄마가 살짝 고개를 끄덕였다.

"후짱 아빠는 마음의 병이 있어. 세상 사람들은 노이로제라는 둥 약간 돌았다는 둥 제멋대로 지껄이지만 마음이 병든 건 틀림없어. 병에는 원인이 있잖아. 후짱 아빠는 오키나와 전쟁 때문에 병이 들었어. 내 나이 때에 후짱 아빠는 고로야라는 아저씨와 함께 포탄 밑을 이리저리 도망쳐 다녔대. 무서운 일, 못 볼 일을 엄청 보아 온 거야. 후짱 아빠는 지금도 전쟁 중이라고 생각하고 어떻게 해서든지 후짱을 지켜야겠다고 생각하고서…."

기요시는 반쯤 우는 얼굴이었다.

"오키나와 사람이 전쟁을 시작한 것도 아니고, 더구나 아이들에게 무슨 잘못이 있어? 모두들 전쟁이 있었다는 일 따위는 깡그리 잊어버리고 살고 있을 때에, 아무것도 잘못한 일이 없는 오키나와 사람은 아직도 전쟁 속에 살고 있는 거야."

후짱은 기요시의 말을 한마디 한마디 귀담아듣고 있었다.

"하지만 엄마, 얼마 전까지만 해도 난 그것을 알지 못했어. 아저씨를 정성껏 돌보는 아주머니도, 후짱도, 데다노후아 오키나와정에 오는 어느 누구도 그 일을 알지 못했던 거야. 오키나와 사람들도 알지 못했던 거야. 병은 병원에서 고친다고밖에 생각을 못 한 거야."

기요시는 숨을 깊게 내뱉었다.

"그런데 그걸 내 경우에다 빗대어 생각해 보는 순간 정신이 번쩍 들 만큼 놀랐어. 누나가 죽은 건 나처럼 세상 놈들에게 학대받고 그게 고통스러워서 죽어 버린 줄 알았는데, 진짜 그것뿐이었을까. 그렇게 생각하니까 밤에 잠도 잘 수가 없었어. 가끔 후짱네 가게를 빠져나와 누나 친구들을 찾아다니며 사정을 물어봤지만, 누구도 누나 이야기를 하려 들지 않았어."

후짱은 앗, 하고 마음속으로 소리쳤다.

"그리고 말이야 엄마, 엄마가 어째서 나와 누나를 버리고 어디론가 가 버렸는지 그것도 말해 줘야 해!"

순간 후짱은 온몸이 얼어붙는 듯했다.

"난 나를 괴롭히는 세상 놈들을 미워했고, 나를 버리고 간 엄마는 더 미워했지. 버린 이유 따위를 알 필요 없다, 버렸다는 그것만으로도 죽을 때까지 원망할 거다, 이렇게 생각했어. 그런데 후짱 아빠가 왜 병에 걸렸는지 몰랐던 것처럼 나도 그런 식으로 엄마를 원망하고 있었던 거야. 난 이제 자신이 없어졌어."

기요시 엄마는 격하게 울었다.

"울지 말고 말해 봐! 나도 죽을 때까지 엄마를 미워하기는 싫단 말이야! 나도 후짱네 가족처럼 모두 함께 정답게 살고 싶단 말이야!"

기요시는 절규했다.

43

기요시가 왜 후짱에게 가지야마 선생님과 주고받은 편지를 빌려 달라고 했는지 그제야 비로소 알 수 있었다. 하지만 결국 편지는 필요 없었다.

너무나 가슴이 아파서 지금 여기서는 이야기할 수 없지만, 반드시 편지로 써서 보내겠다고 기요시 엄마가 약속한 것이다.

"후짱, 정말 고마웠어요."

헤어질 때 기요시 엄마는 아주 창백한 얼굴이었다.

"아녜요."

후짱은 고개를 흔들며 대답했다. 후짱은 기요시 엄마의 눈을 보았다. 돌아서던 기요시 엄마는 후짱과 눈이 똑바로 마주쳤다. 말보다도 훨씬 깊은 것이 두 사람 속에 흘러들었다.

'아주머니!' 하고 후짱은 마음속으로 불렀다.

기요시가 엄마의 편지를 받은 것은 그로부터 일주일쯤 지난 뒤였다. 편지가 아침에 왔기 때문에 후짱의 엄마가 받아서 기요시에게 건네주었다.

"편지가 두툼하더라."

학교에서 돌아온 후짱에게 엄마는 가만히 알려 주었다.

"오키나와는 슬퍼."

엄마의 푹 꺼져드는 목소리였다. 엄마는 기요시에게 온 편지를 보지 않고도 그 내용을 다 아는 듯했다.

그날 기요시는 평소와 다름없이 일을 했다. 그다음 날도 마찬가지였다. 편지를 읽었을 텐데도 기요시는 평소와 조금도 다르지 않았다.

후짱은 기요시가 속으로 그저 참고 견디고 있다고 생각했다. 후짱은 기요시가 지금 엄마의 슬픔을 함께 나누고 있다고 생각했다. 그래서 후짱은 슬픈 행복이란 것도 있는가 보다고 생각했다.

고함지르고 거칠게 날뛰는 기요시도 슬펐지만, 아무런 내색 없이 속으로만 엄마 일을 생각하고 있는 기요시도 슬펐다.

토요일 오후에 후짱은 기요시를 끌어냈다.

"기요시, 산책 가자."

"산책?"

"그래, 같이 가자."

"난 일이 있잖아?"

엄마가 후짱의 의도를 알아차렸다.

"기요시, 갔다 오너라. 이거 삶아 두기만 하면 준비는 다 된 거니까."

신개발지 거리를 걸으면서 기요시는 멋쩍음을 감추려는 듯 후짱을 놀렸다.

"너 같은 꼬마하고 데이트가 다 뭐냐?"

"뭐라고? 그럼, 내가 레이코 언니만큼 컸을 땐 기요시하고 데이트 안 해 준다."

"헤에. 그럼 누구하고 할래?"

"가지야마 선생님과 우리 아빠와 그리고 기천천을 한데 합친 것 같은 남자."

"헤에?"

또 기요시는 조롱하듯이 말했다.

"가지야마 선생님처럼 남자다운 얼굴과 우리 아빠의 따뜻한 마음과 기천천같이 재미있는 말재주, 이렇게 세 가지를 합치면 이상적이지."

후짱이 조금은 조숙한 말투로 덧붙였다.

"넌 진짜 욕심도 많다."

기요시는 기가 막히다는 표정을 지었다.

"기요시도 넣어 줄까?"

"일없어."

기요시는 좀 뾰로통해졌다.

"불쌍하니까 끼워 줄게. 기요시는 가지야마 선생님처럼 잘 생기지도 못했고, 싸움질만 했으니까 따뜻한 마음씨도 아니고, 말도 못하니까 재미도 없고 뭐 하나라도 점수 줄 게 있어야지."

후짱은 장난스럽게 웃으면서 말했다.

"바보 같은 소리 마."

기요시가 말했다.

"그렇지만 말이야, 기요시."

"뭐가 그렇지만이야?"

"나, 기요시가 좋아."

"그것 참 고맙구나."

기요시는 일부러 한눈을 팔며 말했다.

"뭐야, 믿지 않는 얼굴인데?"

기요시는 흐하흐하, 하고 괴상한 소리로 웃었다.

미나토 공원은 오늘도 아이들로 법석이었다. 여느 때는 노인들이 많은데, 토요일 오후나 일요일에는 아이들의 목소리로 떠들썩했다. 후짱과 기요시는 영화관 옆에서 산 작은 군밤을 먹으면서 흔들흔들 그네를 탔다.

"이 군밤 맛이 이상하다."

"벌레 먹은 거야. 이것 먹어라."

두 사람은 정다운 오누이였다.

"그런데 말이야. 기요시, 나 너 때문에 여기서 운 적이 있다."

"…"

"너를 찾으러 시노지마란 음식점에 간 적이 있잖니? 그때

324

그 집 주인 여자에게서 지독한 소리를 들었어. '오키나와 것들은 못써!' 난 그 말을 죽어도 못 잊을 거야. '기요시는 진짜 바보야. 그런 곳에서 그런 소릴 듣고 있다니….' 그렇게 생각하고 분해서 울었어."

"…."

"나 아마 기요시 때문에 꽤 많이 울었을 거다. 이제 너 때문에 흘릴 눈물은 다 말랐어. 네가 죽어도 이제 울지 않는다."

기요시는 껍질째 군밤을 오드득오드득 깨물었다.

"그래 진짜 눈물도 말라 버린다면 슬픔은 모두에게 공평하게 있다고 하겠지. 눈물이 마르면 행복해질 테니까. 그렇게 된다면 얼마나 좋겠니?"

"진짜, 그래."

후쨩도 맞장구를 쳤다.

"기요시."

"왜?"

"이제 엄마와 정답게 살 수 있겠니?"

기요시는 아래를 보았다.

"응? 엄마와 정답게 살 수 있겠어?"

후쨩이 다시 한번 물었다.

"응."

작은 목소리였지만 확실히 기요시는 수긍했다.

"나 말이야, 기요시가 가서 엄마와 사는 거라면 좀 서운하지만 참을 거야."

"너희 집에 계속 있을 거야."

기요시는 잘라 말했다.

"엄마하고 함께 살게 되어도 말이야?"

"그래."

"아이 좋아."

"너 요즘도 가지야마 선생님과 편지 주고받냐?"

기요시가 물었다.

"잠깐 끊어졌어."

"내 이야기도 썼어?"

후짱은 고개를 저었다.

잠깐 침묵이 흘렀다.

"우리 엄마 편지 말이야. 네게 이야기해 주고 싶어도….."

"…."

긴 시간 기요시는 입을 다물고 있다가 결심한 듯이 말했다.

"너 아기가 어떻게 생기는지 알아?"

"결혼하면 되지."

"결혼해서 어떻게 하는지 알아?"

후짱의 얼굴이 빨개졌다.

"키스하지."

"키스만 해?"

"…."

기요시는 한숨을 쉬었다.

"우리 엄마 편지 말이야. 네가 중학생이 되고 나서 보여 주면 어떻겠니?"

"…."

후짱의 엄마가 후짱에게 말한 적이 있었다.

"기요시가 어린아이였을 때 기요시 엄마가 집을 나간 건 사실이지만 거기에는 깊은 사연이 있단다. 네가 좀 더 크거든 이야기해 주마."

기요시도 같은 말을 하고 있었다.

어떻게 하면 아기가 생기는지 아느냐고 기요시가 물었는데, 그게 기요시 엄마가 가출한 것과 무슨 상관이 있는지 궁금했지만, 물어보면 안 될 것 같았다. 잘 설명할 수는 없었지만, 무리하게 물어보면 사람들 앞에서 벌거벗고 있는 것 같은 부끄러움을 느끼게 되는 일이라 여겼기 때문이다.

뭔가 다른 말을 해 줘야 할 것 같아서 후짱은 할아버지나 고로야 아저씨에게 듣고 공책에 기록하고 있는 '오키나와 놀이'가 상당히 진척되고 있다고 기요시에게 이야기해 주었다.

오키나와 놀이에는 자연을 상대로 하는 놀이가 많다는 것, 지금 그런 놀이를 도회지에서 하려 해도 하기 힘들다는 것, 즐거운 놀이가 왜 사라져 가는가, 그런 감상도 쓰고 있다는 것 들을 이야기했다. 흠흠, 하면서 기요시는 듣고 있었다.

어쩐지 인기척이 난다고 느낀 순간, 갑자기 후짱의 그넷줄이 뒤로 휙 잡아당겨졌다. 후짱은 깜짝 놀라 뒤돌아보고는 하마터면 소리를 지를 뻔했다.

44

"기요시, 너 한참 찾아다녔다."

"…"

"너 요즘 굉장한 모범생이 되었다던데. 밤놀이는 말할 것도 없고 외출도 안 한다며? 도대체 널 만날 수가 있어야 말이지."

기분 나쁘게 히죽히죽 웃으며 비아냥거리는 건 언젠가 학교로 후짱을 데리러 온 기요시에게 생트집을 잡던 패거리들이었다. 그때와 마찬가지로 대여섯 명은 되는 듯했다.

"그 악명 높던 무는 개도 왕창 변했구나. 젖비린내 나는 계집애하고 그네나 타고 말이야. 어떻게 된 거냐. 깡패 우두머리가 되시겠다던 기요시는 어디로 가 버렸지?"

"바보, 저리 가!"

후짱이 대들 듯이 소리쳤다.

"이것 봐라, 콧대 센 작은 공주님. 그렇게 간단히 저리 가지는 못하겠는뎁쇼. 기요시에겐 받을 빚이 있거든."

"돈이라면 내가 주겠어."

"돈이 아냐."

"…."

"우리 세계는 너희들 세상과는 달라."

아직 애송이들이 진짜 깡패들처럼 입을 놀려 댔다.

"기요시, 가자!"

후짱은 불끈 일어나며 말했다.

"거기 서!"

똘마니들이 두 사람을 둘러쌌다.

기요시가 비로소 입을 열었다.

"야, 날 이젠 그만 놔줘. 난 할 일이 많아."

기요시가 겁을 먹고 있는 것은 아니었다. 기요시의 눈빛이
의외로 잔잔했다.

"두들겨 패서 직성이 풀린다면 몇 시간이라도 맞아 주마."

"무슨 소리야, 기요시!"

후짱이 큰 소리를 질렀다.

"엄청 간덩이가 작아졌구나."

키가 제일 큰 녀석이 그렇게 내뱉으면서 느닷없이 기요시
의 옆구리를 한 대 갈겼다.

"욱."

기요시가 고무공처럼 뒹굴었다.

"안 돼! 이 나쁜 놈들아."

후짱이 찢어지는 소리를 냈다.

"공주님은 입 닥쳐!"

뒤에서 기분 나쁜 손이 후짱의 입을 틀어막았다. 후짱은 등줄기가 서늘해졌다.

"형님이 다시 한번 너를 끌고 오라고 하셨어."

땅바닥에 얼굴을 박힌 기요시가 신음하면서 말했다.

"죽어도 안 간다."

말이 채 끝나기도 전에 기요시의 얼굴에 또 한차례의 발길질이 날아들었다. 입술이 찢어져 피가 흘렀다. 후짱이 소리를 지르며 몸부림쳤다.

"너 그렇게 간단하게 이쪽 세계를 왔다 갔다 할 수 있을 줄 알았니?"

"내가 뭘 어쨌기에."

기요시는 거친 숨을 내뿜으면서 말했다.

"우리와 한패였지?"

"…."

잠시 있다가 기요시는 혼잣말처럼 "한패였다고?"라는 말을 되씹었다.

"까불지 마, 이 새끼야!"

두 번, 세 번, 기요시의 몸에 사정없이 발길질이 날아들었다. 그때마다 기요시는 우웃 욱, 신음 소리를 냈다.

"어쩌냐, 이 새끼. 네 근성을 바꿔 주겠다."

"바보 같은 소리."

기요시가 눈을 부릅뜨며 말했다.

무서운 공격이 시작되었다. 일으켜 세우고는 때리고, 쓰러진 몸을 짓밟고 다시 일으켜 세우고는 때리고, 기요시는 걸레처럼 녹초가 되었다. 후짱이 몸부림쳤지만 소용이 없었다. 커다랗게 뜬 눈에 눈물만 철철 흘렀다.

기요시는 저항하지 않았다. 아무리 두들겨 맞아도 눈빛이 잔잔했다. 순식간에 짐승 같은 눈빛으로 돌변하던 기요시는 어디로 간 것일까. 기요시는 구겨진 넝마처럼 쓰러졌다.

"야, 기요시."

기요시는 힘없이 머리를 저으며 중얼거렸다.

"이 새끼, 뭐라고 지껄이는 거야?"

키 큰 소년이 말했다.

"엄마도 고통받았어."

기요시의 눈에서 한 줄기 눈물이 흘러내렸다.

"이 자식이 무슨 개소리야."

한 소년이 악을 썼다.

"어쩔 수 없다니까! 오키나와 새끼는."

또 하나가 말했다.

그때 갑자기 기요시가 비틀거리며 일어섰다. 어느새 기요시의 눈에 핏발이 서 있었다. 후짱은 무슨 일이 벌어질지 직감적으로 알았다.

"잠깐! 기요시!"

입이 틀어막힌 후짱은 아무 말도 할 수 없었다. 패거리 중

하나가 무서운 비명을 질렀다. 그의 눈에서 피가 터져 나오고 기요시는 오른손에 피 묻은 돌을 쥐고 있었다.

"덤벼라!"

기요시가 허리를 낮추고 선 채 비장하게 부르짖었다.

"너희들만이 이때까지 오키나와를 들먹이지 않았다. 아까 한패라고 했지? 너희들은 세상에서 당하기만 한 쪽이라고 생각했다. 하지만 이것으로 너희들과는 완전히 남이다. 덤벼! 자, 덤벼!"

기요시는 짐승처럼 울부짖었다.

"이 새끼가!"

잠깐 동안 주춤하던 키 큰 소년이 참을 수 없다는 듯이 기요시에게 맹렬히 돌진했다. 두 사람은 엎치락뒤치락 싸웠다. 지나가던 사람의 신고를 받고 경찰차가 오기까지, 두 사람은 중상이라고 신문에 보도될 만큼 서로에게 심한 상처를 입혔다.

후짱은 기요시의 손을 잡고 엉엉 울고 있었다. 엄마도 쇼키치도, 기천천도, 깅 아저씨도 병원에 달려왔다. 4시부터 시작된 수술은 한 시간이 지나서야 끝났다.

수술실에서 나온 기요시는 눈과 입만 남기고 온통 붕대를 칭칭 감고 있었다.

"농담 좋아하는 나도 말문이 막힌다."

깅 아저씨가 말했다.

"너, 죽이기 시합이라도 한 거냐? 참 잘한다."

깅 아저씨가 한숨을 쉬며 말했다.

"후짱을 저리 울리고, 너 참….'"

오늘의 깅 아저씨는 푸념만 했다.

기천천은 말이 없었고, 눈에 어느덧 눈물이 고여 있었다.
후짱한테 대충 사정을 들었던 것이다.

경찰이 짧게 취조를 했다. 후짱도 심문을 받았다. 그런대로
조용해진 것은 저녁 7시가 되어서였다.

"기요시. 뭐 좀 먹을래?"

엄마가 물었다.

"아주머니, 용서하….'"

기요시는 우물우물 말하기 어려운 입을 열었다.

"됐어. 아무것도 생각할 것 없다."

엄마는 따뜻한 말로 달랬다.

"기요시, 엄마에게 알릴까?"

기요시는 고개를 저었다.

"하기야 걱정만 하실 테니까."

엄마는 어찌할까 궁리하는 얼굴로 말했다.

아이스크림을 먹겠다고 해서 기천천이 사러 달려 나갔다.

"후짱, 네가 먹여 줘라."

기천천은 아직도 흑흑 흐느껴 울고 있는 후짱에게 아이스
크림을 건네주었다.

기요시는 아이스크림을 한 입 먹고 나서 말했다.

"후짱, 울지 마, 미안하다. 무서웠지?"

후짱이 고개를 끄덕였다.

"다시는 절대 싸움질 안 할 거야. 응? 네가 우니까 못 견디겠다."

"후짱, 기요시가 말하는 게 힘든 모양이니까…."

엄마가 옆에서 거들었다.

"아니, 괜찮아요. 괜찮아요."

아이스크림을 두세 숟가락 먹고 나서 또 기요시는 말했다.

"너, 나를 위한 눈물은 말라 버렸다더니 그거 거짓말이었구나."

"이 바보."

후짱이 울음 반 웃음 반으로 말했다.

"너 큰 상처치고는 멀쩡해 보인다."

킹 아저씨가 좀 놀란 얼굴로 말했다.

"아프단 말예요."

"그야 당연하지, 이 바보야."

킹 아저씨가 말했다.

기요시를 포함해서 모두가 명랑한 분위기를 만들려고 애쓰고 있었다. 후짱만 혼자 훌쩍거릴 수는 없었다. 8시쯤 엄마는 후짱에게 기천천과 함께 집으로 돌아가라고 했다.

"싫어."

후짱이 고개를 가로저었다.

"학교 가야 하는데…."

엄마가 말했지만, 후짱은 병원에 남겠다고 고집을 부렸다.

"내가 다쳤을 때도 기요시가 있어 줬잖아."

두 사람은 잠시 실랑이를 하다가 결국 엄마가 양보했다.

"후짱은 진짜 고집쟁이야."

죽을 뻔한 싸움을 한 기요시가 속 편한 소리를 했다.

45

　고로야 아저씨와 로쿠 아저씨, 도도 아저씨도 문병을 왔다. 기요시는 10시 정도까지는 사람들한테 등을 토닥여 주면서 힘내라고 말하기도 하고, 우스갯소리도 했으나 모두들 돌아가자 갑자기 말이 없어졌다.

　엄마가 걱정이 되어 기요시를 들여다보니 기요시는 괴로운 듯이 거친 숨을 쉬고 있었다.

　"왜 그래? 많이 아프니?"

　엄마는 당황했다.

　예사롭지 않은 엄마의 목소리에 깜짝 놀란 후짱이 급히 다가가 보니 기요시는 하얗게 눈을 뒤집고 있었다.

　"기요시!"

　엄마가 간호사 대기실로 달려갔다. 두세 명의 간호사가 와서 기요시의 상태를 보고 급히 병실을 뛰어나갔다. 그 순간 기요시가 몸에 경련을 일으켰다. 한눈에도 위험한 상태임을 알 수 있었다.

무릎에 힘이 빠져 후쌍은 땅에 주저앉을 뻔했다. 가슴이 심하게 방망이질하여 구역질까지 나는 것을 가까스로 참았다.

"기요시, 기요시, 기요시…."

후쌍은 헛소리처럼 불렀다.

의사가 와서 잠깐 진찰을 하고는 고개를 갸우뚱했다.

"무슨…?"

엄마가 떨리는 목소리로 물었다.

의사는 아무 말 없이 엄마를 데리고 밖으로 나갔다.

"뇌출혈이 의심됩니다. 좀 위험하지요. 곧 수술을 하는 게 좋겠습니다."

후쌍은 그 말을 듣고 정신이 아득해졌다.

후쌍은 신음했다. 소리를 내지 않으려고 했지만 의지와 달리 온몸이 비명을 지르고 있었다. 온몸이 꽉 죄어들어 숨조차 쉬기 힘들었다.

그런 경험은 처음이었다. 울 수도 없을 만큼 괴로운 일을 당하면 사람은 숨 쉬는 것도 고통스러워지나 보다. 엉엉 울 수만 있어도 얼마나 후련할까, 하는 생각이 들 정도였다. 지독한 고통이 마구 몸 안에 쌓여서 조금도 밖으로 나가지 않는 것 같았다.

후쌍은 또 신음하며 몸을 비틀었다. 엄마가 후쌍의 몸을 꼭 껴안았다.

수술실의 빨간 램프는 좀처럼 꺼질 줄을 몰랐다.

기천천도 쇼키치도 고로야 아저씨도 로쿠 아저씨도 손끝 하나 움직이지 않았다. 모두들 화석 같았다. 킹 아저씨는 복도 구석에서 두 손을 모으고 무엇인가 웅얼거리고 있었다. 모두 하나의 생명에 대해서만 마음을 모으고 있었다. 지금 수술을 받고 있는 사람은 기요시가 아니라 후짱이며 엄마 그리고 기천천 모두였다. 더 나아가 오키나와가 지금 수술을 받고 있는 것이었다.

새벽 1시가 지날 무렵 기요시 엄마가 구를 듯이 뛰어 들어왔다. 후짱의 엄마가 사람을 보내서 알린 것이다. 기요시 엄마는 수술실에 들어가려다 간호사에게 제지당했다.

"기요시, 괜찮겠지요?"

기요시 엄마는 누구에게랄 것도 없이 애원하는 눈빛으로 말했다.

발이 후들거리는 걸 확연히 볼 수 있을 정도였다. 엄마가 기요시 엄마의 어깨를 안아서 의자에 앉히려고 했다.

기요시 엄마는 후짱을 보자 다가와서 눈물을 뚝뚝 흘렸다.

"아주머니."

후짱이 가까스로 입을 열었다.

"제가 괜히 산책을 가자고 해서…."

후짱은 울음 섞인 목소리로 말했다.

"아니야."

기요시 엄마는 그렇게 말하면서 후짱의 어깨에 손을 얹고 마지막까지 참았던 울음을 터뜨렸다.

"얼마쯤 후유증이 있을 수 있지만 생명에는 지장이 없을 겁니다."

3시간 반에 걸친 대수술 끝에 수술실을 나온 의사가 그렇게 말했을 때, 후짱은 실신하듯이 그 자리에 쓰러졌다.

가지야마 선생님.

아까는 문병 와 주셔서 고맙습니다. 이틀이나 학교를 쉬어서 죄송해요. 기요시를 간호하러 가야 하지만 지금은 면회가 안 되는 상태여서 그 틈에 편지를 썼어요.

선생님, 저는 이틀 동안에 아주 많은 일을 생각했어요. 기요시가 죽을지도 모른다는 생각을 했을 때 저는 몸의 한가운데가 떨려 왔습니다. 뭐라고 말하면 좋을까요. 아주 지독하게 추운 곳에 서 있으면 점점 떨려 오다가 그래도 참고 서 있으면 정말 가슴이 찌르는 듯이 아파지지요. 그런 아픔이 100배쯤 한꺼번에 밀어닥친 것 같은 느낌이었어요. 이런 고통을 다시는 겪고 싶지 않아요.

그런 일이 두 번 다시 있으면 미쳐 버릴지도 모른다고 생각하다가 다음 순간 소스라치게 놀랐어요. 아빠와 로쿠 아저씨 그리고 기요시를 생각한 거지요. 기요시는 누나를 잃었습니다. 로쿠 아저씨는 미치코라는 딸을 잃었습니다. 아빠는, 아빠는 전쟁으로 내가 죽지나 않을까 날마다 그것만 생각하면서 살고 있습니다.

저는 정말 놀라서 기절할 지경이었어요. 선생님, 인간이란 대체 무엇이지요? 아빠도, 로쿠 아저씨도, 기요시도 모두들 아주 착한 사람들이에요. 생각만 해도 정신이 아찔할 만큼 참혹한 일을 겪은 사람들이 저렇게 마음씨 착한 사람들이라니. 저 자신이 어제 겪은 것이니까 똑똑하게 말할 수 있지만 그렇게 참혹한 일을 당하면 다른 일은 아무래도 좋다, 남의 일 따윈 아무래도 좋다, 어찌 됐든 상관없으니 나만 살려 달라고 말하고 싶어집니다. 사람을 원망하고도 싶어집니다. 기요시가 처음에 삐뚤게 나간 것을 지금은 저도 충분히 이해할 수 있습니다. 그런데 그런 사람들이 하나같이 마음이 따뜻하고 남의 일을 누구보다도 생각하는 사람들이라니.

선생님, 기요시는 말이에요. 첫 번째 수술 때 아직 좀 기운을 차리고 있을 때인데 저에게 뭐라고 말했는지 아세요? '쇼헤이를 너무 나쁘게 생각하지 마. 그 녀석들도 나처럼 여러 가지 말 못 할 사정이 있단다.' 그렇게 말하는 거예요. 쇼헤이는 그 패거리의 대장이지요. 그렇게 지독한 일을 당하고도 기요시는 걔들을 감싸 주고 있었어요.

선생님, 저는 이때까지 아빠와 엄마를 포함해서 제 주위에 있는 사람들이 모두 착하다고 생각하고 있었지만 훌륭한 사람이라고 생각하지는 않았습니다. 훌륭한 사람이란 대단한 정치가나 훌륭한 작품을 만든 예술가나

340

학자 그리고 이름이 남을 만한 사업가 같은 사람들이라
고 생각하고 있었어요.

지금 저는 인간이 훌륭하다는 것은 그런 게 아니란 생
각이 들기 시작했습니다. 아주 큰 문제이기 때문에 제대
로 표현할 수 없지만 아무리 괴로운 때에도, 아무리 절망
적인 때에도 진심으로 사람을 사랑할 수 있는 사람이 훌
륭한 사람이라고 생각합니다. 기요시와 기요시 엄마를
보면 그것을 잘 알 수 있습니다.

기요시는 엄마에게 반항하고 있지만 그것은 엄마를
진심으로 사랑하고 싶기 때문에 그러는 것입니다. 기요
시는 스스로에게 엄격한 아이입니다. 사람을 사랑한다
는 것은 한편으로 참 힘든 일이라는 생각을 하게 됩니다.

학교에서 사람의 생명은 이 세상 무엇보다 귀하다든
지, 한 사람 한 사람의 목숨은 무엇과도 바꿀 수 없다든지
말하는 선생님들이 있지만, 그런 말을 아이들 앞에서 쉽
게 이야기하는 선생님은 사실은 그 말뜻을 알지 못한다
고 생각해요. 인간의 목숨이 진정으로 무거운 줄을 알고
있는 사람은 기요시 같은 삶을 살아온 사람일 것입니다.

기요시가 죽을지도 모른다는 생각만으로도 저는 너무
나 고통스러워서 마취약이든 뭐든 맞고 기절해 버리고
싶었어요. 그렇게도 고통스러운 일, 아니 그보다 몇 배나
더 고통스러운 일을 기요시와 기요시 엄마, 로쿠 아저씨
그리고 저의 아빠는 강직하게 마주하며 살아온 거예요.

많은 오키나와 사람들이 그렇게 살아왔지요. 훌륭한 사람들이란 이런 사람들이지요.

선생님, 못된 장난을 친 까마귀와 사이좋게 산 옛날이야기라든지, 태풍이 불 때 화초를 방 안에 들여 놓았다는 이야기를 아빠에게서 들었을 때 오키나와 사람들은 마음이 따뜻한 사람들이라고만 생각했는데 지금은 더 깊은 뜻이 있다는 것을 알았습니다. 오키나와 사람들이 모든 생명을 소중하게 생각하는 것은 살아오는 동안에 수많은 슬픈 이별을 했기 때문입니다.

아주 옛날에는 인두세라는 지독한 세금 때문에, 또 말라리아라는 전염병 때문에 그리고 오카나와 전쟁 때문에 많은 목숨이 사라졌거나 헤어져 살게 되었지요. 오키나와 사람들에게는 그런 쓰라리고 슬픈 일들이 마음에서 떠나지 않는 거예요. 쓰라리고 슬픈 일을 당하고 산 사람일수록 그런 일을 남에게 해서는 안 되겠다는 생각이 누구보다도 강하지 않겠어요?

선생님, 이런 생각을 하다 보면 오키나와 사람들이 왜 유난히 따뜻한 마음을 가졌는지, 데다노후아 오키나와 정에 오는 사람들이 왜 모두 따뜻한 마음을 가졌는지, 조금 알 수 있을 것 같아요.

선생님, 저는 이틀 동안에 2년은 산 것 같은 느낌이에요.

기요시는 이제 절대로 죽지 않는대요. 그것은 선생님, 마냥 목청껏 함성을 지르고 싶을 만큼 굉장한 일이에요.

하지만 이런 굉장한 감동은 저나 기요시 때문에 진짜 애간장이 타는 듯한 아픔을 맛본 사람에게나 있을 수 있겠지요. 저는 이틀 동안에 정말 산다는 것의 의미를 참 많이 생각했습니다.

선생님. 내일은 밝은 모습으로 학교에 가겠습니다.

46

기요시는 두개골을 절개하는 대수술을 받아서 보름도 더 지나서야 정상적으로 말을 할 수 있게 되었다. 기요시 엄마가 줄곧 옆에 붙어서 간호를 했다. 그 때문에 다니던 직장도 그만두었다.

후짱은 저녁때가 되면 엄마가 만든 반찬을 들고 병원으로 갔다.

병원 음식은 영양은 만점이지만 어쩐지 맛이 없었다.

"오늘 반찬은 뭐니?"

후짱은 병원 식판을 들여다보며 말했다.

"전갱이 소금구이에 두부튀김과 구약나물, 스파게티 샐러드에 귤과 우유구나. 정성이 담겨 있지 않아."

후짱은 병원 사람들이 들으면 화낼 만한 말을 서슴없이 했다.

"후짱이 고생이 많네."

기요시 엄마가 미안한 듯이 말했다.

"기요시, 저녁 먹으련?"

기요시 엄마는 기요시를 일으켜 앉혔다.

"자, 이건 방어와 무조림, 이건 쑥갓나물, 이건 우엉 설탕조림, 이건 돼지고기 비지, 모두 맛있는 거야."

후짱이 한 가지씩 설명을 했다.

"아주머니가 많이 바쁘실 텐데…."

기요시가 말했다.

"엄마가 혼자 만든 거 아니야. 나도 만들었어. 고맙다고 해."

후짱이 으스댔다.

"네가 뭘 만들었는데?"

"돼지고기 비지."

"흐음" 하면서 기요시가 젓가락을 댔다.

"그저 그런 맛이구나."

기요시가 짐짓 이죽거렸다.

"남이 열심히 만든 것을 그저 그런 맛이라고?"

"아니, 대단히 맛이 있습니다."

기요시는 여전히 이죽거렸다.

"아주머니, 기요시 야단 좀 치세요."

기요시 엄마는 기요시에게 주먹질하는 시늉을 했다.

"기요시."

"왜?"

"오늘 밤에 말이야, 레이코 언니가 문병 오겠다고 했다."

"헤에, 그 귀하신 몸이?"

"기분 좋지? 미인이 문병 오니까."

"기천천이면 몰라도. 그래, 기천천 형도 오라고 해. 후짱."

기요시가 생각난 듯 말했다.

"안 돼, 넌 사람들을 많이 부를 만큼 좋아지지 않았어. 그렇
죠, 아주머니."

"글쎄."

기요시 엄마가 받았다.

"엄마, 쓸데없는 소리 하지 마. 후짱, 정말 기천천 형 불러
줘. 지금 가게에 전화 좀 걸어 봐."

제발 사람 좀 살리라고 기요시가 괴상한 소리를 냈다.

기천천은 가게에 없었다. 깅 아저씨에게 말을 전해 달라고
부탁했더니, "나도 간다" 하는 깅 아저씨의 목소리가 들려왔다.

"깅 아저씨는 안 와도 돼."

"그렇게 쌀쌀맞은 소리 마라, 후짱."

사뭇 애처로운 목소리였다.

"정말 못 봐주겠네, 남자들이란…."

후짱은 일부러 어른 같은 말투로 중얼거렸다.

레이코는 아주 예쁜 분홍색 장미를 들고 나타났다.

"신문에 중상이라고 났던데 정말 중상이었군요."

레이코가 그렇게 말했지만, 그 신문 기사는 머리에 이상이
발견되기 전에 난 것이었다.

"좀 더 빨리 와 보고 싶었는데 면회가 안 된다기에…."

"이런 고마울 데가. 기요시에게 늘 잘해 주신다니…."

기요시 엄마가 인사를 건넸다.

"고마워요."

기요시도 인사말을 했다.

"기요시는 참 장해요."

"…?"

"후짱을 지키느라고 싸웠으니 말예요. 요새 그런 남자다운 남자가 드물잖아요."

후짱과 기요시는 서로 얼굴을 보았다. 기요시는 멋쩍은 얼굴이 되었고, 후짱은 웃음을 참느라고 혼이 났다. 레이코는 뭔가 잘못 알고 있었다. 기요시의 명예를 위해서 후짱은 아무 말 않기로 했다. 조금 뒤에 기천천과 깅 아저씨가 왔다. 오면서 줄곧 다투었는지 두 사람 다 시무룩한 표정이었다.

"레이코 양, 기요시를 위해서 이렇게 와 주다니 고맙군요."

깅 아저씨가 말했다.

"꼭 네 동생인 양 말하는구나."

"그러면 어떠냐, 우리 모두 형제 아니니? 인류는 한 가족, 모두 다 형제."

"무슨 뚱딴지같은 소리야."

레이코는 옆에서 키득키득 웃었다. 이럴 때 깅 아저씨는 너스레도 떨고 오히려 적극적인데, 기천천은 그게 잘 안 되기 때문에 어찌할 바를 몰라 했다.

"기요시, 레이코 양 같은 미인이 문병을 와 주었으니 빨리 좋아질 거다."

"그것과 무슨 상관이야? 이 바보야."

기천천은 화를 냈다.

"두 사람은 왜 싸우고 있어요?"

후짱은 알면서도 일부러 물었다.

'후짱도 상당히 못됐어.'

기요시는 또 히죽히죽 웃었다.

"아니, 뭐 그….'

킹 아저씨는 시치미를 뗐다.

"이 친구가 성가시게 구니까."

"뭐가 성가셔?"

기천천은 자기도 모르게 목소리가 커졌다.

"넌 기요시 문병 왔지? 나도 기요시 문병 온 거다. 그러면
됐잖아. 그것뿐이야. 그걸 가지고 이렇다 저렇다 떠들 거 없
잖아?"

"후짱은 나보고 병원에 오라 했지, 너보고 오란 건 아니야.
그런데 너 왜 뻔뻔스럽게 날 쫓아와?"

"그럼 후짱이 오란 말 없으면 병원에도 못 온단 말이냐?"

"누가 그렇대? 자꾸 옆길로 새게 하지 마."

"이 바보들."

후짱은 귀엽게 호통을 쳤다.

"싸우려거든 그만 돌아가. 두 사람 다 돌아가."

후짱이 귀엽게 화를 냈다.

"기요시가 훨씬 남자답다, 그렇지, 레이코 언니?"

그러자 깅 아저씨도 기천천도, "응?" 하고 이상한 얼굴을 했다.

후짱은 엉뚱한 데다 기요시를 판 것이다.

깅 아저씨와 기천천이 치즈 케이크와 날이 추워져서 값이 오른 멜론 따위를 사 와서 함께 먹었다. 오랜만에 모두들 즐거운 기분이었다.

"후짱이 입원했을 때 같구나."

깅 아저씨가 기분 좋은 듯이 말했다.

"데다노후아 오키나와정에 오는 사람들은 모두 참 좋은 사람들이야."

술도 마시지 않았는데 깅 아저씨는 술이 오른 것처럼 말했다.

"너만 빼고."

기천천이 분위기 깨는 말을 던졌다.

"너무 그러지 마라, 네가 나를 좋아한다는 것쯤은 내가 잘 안다."

깅 아저씨는 더 이상 대꾸하지 않았다.

"이 바보―."

기천천은 눈을 흘겼다.

깅 아저씨는 레이코가 단밤 껍질을 까 주자 신바람이 났다. 레이코가 자기뿐 아니라 병실에 있는 모든 사람한테 공평하게 단밤을 까 주었는데도 말이다.

깅 아저씨 말처럼 후짱이 발을 다쳐 입원했을 때와 아주 비슷했다. 그때는 그것이 기회가 되어 기요시가 데다노후아 오키나와정에서 일하게 되었는데, 지금은 기요시가 엄마와 함께 생활하게 되었다.

신은 틀림없이 좋은 일도 공평하게 준다고 후짱은 생각했다.

기요시의 회복은 순조로웠다.

"생각보다 일찍 퇴원할 수 있겠는걸."

회진 온 의사가 그런 말을 해서 뭔가 기요시의 주위에 서광이 비치는 것 같았다.

갑자기 그늘이 드리워진 것은 경찰서에서 찾아온 뒤부터였다.

"지금까지 본격적인 조사를 미룬 건 네 건강을 생각해서였는데…."

경찰관이 의자에 앉으면서 말했다.

"다만 아직 완전히 회복된 것은 아니라니까, 앞으로 조금씩만 이야기를 들려주면 된다."

"머리 수술하기 전에 죄다 이야기했는데, 다시 경찰에 이야기할 게 뭐 있어요?"

기요시는 내뱉듯이 말했다. 경찰관에 대해 깊은 원한이라도 있는 듯한 말투였다.

"다 알고 싸움질했고 다 알고 다친 거야. 그거면 됐잖아요? 돌아가 줘요. 더 이상 할 말 없으니까."

"기요시!"

기요시 엄마는 엄한 어조로 나무랐지만, 기요시는 억지 부리듯 저쪽으로 돌아누워 버렸다.

경찰관은 쓴웃음을 지었다. 화를 내지 않는 것이 도리어 불길하고 섬뜩했다.

"저 애가 무슨 벌이라도 받게 될까요?"

기요시 엄마가 조심스레 물었다.

"법치 국가니까요. 사람의 신체에 상해를 입힌 사람은 10년 이하의 징역 운운하는 법 조항이 있지요. 그러나 뭐 미성년자고 하니까…."

엄마는 겨우 안도의 숨을 내쉬는 듯했다.

"그런데 그보다도 부인은 이 아이가 전에 저질렀던 일들을 알고 계세요?"

기요시 엄마는 얼굴이 창백해져서 고개를 숙였다.

"그쪽이 더 문제예요, 이 아이는."

가슴을 철렁하게 만드는 말투였다.

47

그 뒤로도 경찰이 때때로 병원에 찾아왔다. 무슨 질문을 해도 기요시는 대답이 없었다.

"그 사람도 직업상 일이니까."

아무도 없을 때에 기요시 엄마는 그렇게 말하면서 기요시의 완강한 태도를 풀어 보려고 했다. 그러나 기요시는 경찰과의 문제에 대해서는 입을 굳게 다물었다.

그날도 후짱은 일찍 일을 마친 로쿠 아저씨와 함께 기요시의 밥을 가지고 병원에 왔다.

"어떠냐, 좀 좋아졌냐?"

로쿠 아저씨는 담담하게 위로의 말을 던졌다.

"고마워요. 아저씨."

기요시도 오랜만에 로쿠 아저씨를 보고 반가워했다.

그때였다.

후짱이 가지고 온 반찬을 풀어놓는데 세 명의 남자가 들어왔다. 경찰임을 곧 알 수 있었다. 언제나 혼자 오더니 이번에는 세 사람이어서 기요시 엄마는 덜컥 겁이 났다.

반사적으로 엄마가 소리쳤다.

"오늘은 돌아가 주세요!"

사나이들은 힐끔 기요시 엄마를 쳐다보았다.

"오늘은 어린아이도 있고 하니까….."

후짱을 보면서 기요시 엄마는 애원하듯 말했다.

"당신, 정말 골때리는 사람이군."

한 사내가 어눌하고 건조한 목소리로 말했다.

"경찰이 협력을 요청하는 그런 성질의 사건이 아닌 것쯤은 알고 있어야지. 당신까지 그런 말을 한다면 경찰 병원으로 옮기는 방안도 고려하겠소."

사나이는 위협하듯이 말했다.

"안 꺼져!"

갑자기 기요시가 소리쳤다.

"기요시!"

기요시 엄마가 말리는 목소리보다 "안 꺼져!" 하는 기요시의 절규가 더 빠르게 다시 한번 벽을 쳤다.

창백해진 후짱이 기요시를 등지고 막아섰다.

"기요시는 아무런 나쁜 짓도 하지 않았어요. 그 애와 싸울 때의 일은 기요시도 저도 똑똑히 정직하게 모두 이야기했어요. 기요시는 두들겨 맞아도, 발로 차여도 대항하지 않고 참고 있었어요."

"꼬마 아가씨, 그 점은 우리도 잘 알고 있어."

사나이는 후짱에게는 부드럽게 말했다.

"경찰은 언제나 공평하지, 그 때문에 지녠이 한 짓을 조사하고 있는 거야."

"어째서 기요시를 지녠이라고 함부로 성만 부르는 거예요?"

"…."

그 남자들은 순간 입을 다물고 서로 얼굴을 쳐다보며 쓴웃음을 지었다.

"이런 말까진 하고 싶지 않지만, 지녠은 전에도 경찰 신세를 진 일이 있어. 이번 사건에서도 확실히 먼저 손을 대지는 않았지만 이런 일은 예외 중에서도 예외이지. 지녠은 지금까지 몇 번이나 다른 사람을 폭행한 전과가 있어. 그러니 일을 제대로 조사하지 않으면 불공평하지 않겠니? 이번 사건만 해도 한 아이는 눈에 상처를 입었고, 한 아이는 갈비뼈가 세 대나 부러졌어. 사정이야 어쨌든 다른 사람을 폭행한 것은 범죄니까 그냥 넘어갈 수는 없는 거지. 알아들어? 꼬마 아가씨?"

"기요시는 지금까지 열심히 우리 집 가게에서 요리 수업을 받고 있어요. 우리 아빠의 병을 누구보다도 진심으로 걱정해 주는 사람도 기요시고요. 아저씨들도 봤죠? 기요시의 상태가 위험했을 때 많은 사람들이 와서 기요시를 걱정해 주었어요. 그 사람들은 기요시의 친척도 아니고 형제도 아니에요. 기요시가 그만큼 사람들에게 사랑을 받고 있다는 뜻이에요. 아저씨들은 기요시에 대해서 조금도 알려고 하지 않는군요."

후짱이 말했다.

"기요시는 지금 열심히 살고 있는데…."

왜 알아주지 않느냐고 분해서 눈물이 쏟아지는 것이었다.

"이거 참 난처하군."

사내들 중 한 사람이 중얼거렸다.

"꼬마 아가씨가 지넨에게 마음 쓰는 것은 아저씨들도 좋은 일이라고 생각하지만…."

"헛소리 집어치워!"

느닷없이 기요시가 소리쳤다.

사나이는 무시하고 말을 계속했다.

"지넨에게 상해를 입었거나 폭행을 당한 사람들 생각도 해 주지 않으면 불공평하지. 경찰은 말이야, 아무 나쁜 일도 하지 않고 평화롭게 살고 있는 사람들의 평화를 지키지 않으면 안 되거든. 지넨을 불행하게 만들려고 어떻게 하겠다는 것이 아니니까 꼬마 아가씨는 그만 안심하고 집으로 돌아가요."

후짱은 돌아갈 수 있는 입장이 아니라고 생각했다.

"지넨 군의 무엇을 조사하는 거요?"

이때 로쿠 아저씨가 불쑥 한마디를 던졌다.

"당신은 누구요?"

"한 고향 사람이오."

"오키나와요?"

"그렇소."

로쿠 아저씨는 부드럽게 응했다.

"그럼 지넨에게 경찰 조사에 좀 더 협조하라고 타일러 주지 않겠소?"

그쪽은 약간 험악한 어투였다.

"그렇게 했으면 좋겠지만 말이오."

"뭐라고?"

사내는 얼굴색이 변했다.

"지넨 군한테 무엇을 더 조사한다는 거요?"

로쿠 아저씨는 다시 한번 물었다.

"아까부터 몇 번이나 말하지 않았나. 지넨은 폭행이 이번이 처음이 아니야."

"그렇다고 했지."

로쿠 아저씨는 여전히 부드러운 목소리로 말했다.

"지넨 군이 남을 폭행했다면 철저하게 조사를 해야겠지. 그러나 어째서 그런 일을 저질렀는지도 철저하게 조사를 해야 하지 않소?"

"당신, 무슨 말을 하려는 거요?"

로쿠 아저씨는 직접 거기에는 대답하지 않고 설레설레 머리를 흔들었다.

"당신들은 알고 있는지 어떤지 모르지만, 지넨 군이 처음 경찰 신세를 진 것은 여덟 살 때였지."

후짱은 놀라서 로쿠 아저씨의 얼굴을 보았다. 아저씨가 어떻게 그런 일을 알고 있을까. 기요시도 기요시 엄마도 같은 생각인지 가만히 로쿠 아저씨의 얼굴을 쳐다보고 있었다.

"철없는 어린애가 부모와 헤어져 오키나와에서 오사카로 끌려왔지. 무엇에 마음을 의지하겠는가. 얹혀사는 집에서 뛰쳐나와 길거리에서 밤을 새우는 일도 있었던 모양이오. 고양이를 기르는 집을 보아 두었다가 고양이가 남긴 짠 멸치 따위를 주워 먹고 허기를 달랬지. 알겠소? 이렇게 먹을 것이 넘쳐 나는 시대에 말이오. 그 고양이 주인이 장난삼아 고양이 먹다 남은 것을 가지러 온 여덟 살짜리 아이 머리에 물을 끼얹었지. 그날 밤 아이는 그 집에 돌을 던져 유리창을 깼소."

후쨩의 얼굴이 울먹울먹했다.

"그 애가 내 핏줄이었다면 그 애에게 잘했다고 했을 거요."

로쿠 아저씨는 조용히 말을 이어 갔지만 눈에는 눈물이 어려 있었다.

"지넨 군이 처음 데다노후아 오키나와정에 왔을 때 확실히 거칠었지. 하지만 우리 오키나와 사람들은 그런 지넨 군이 사랑스러웠소. 모두들 시간을 내서 당신들이 조사하는 것과는 반대의 방법으로 지넨 군의 과거를 물었소. 오키나와 사람들은 그렇게 사람을 사랑하지."

가게에 오는 사람들이 기요시를 솜으로 감싸듯이 따뜻하게 대해 준 까닭을 후쨩은 지금에야 알 수 있었다.

사나이는 말했다.

"애향심은 부정하지 않지만…."

"애향심?"

로쿠 아저씨는 깜짝 놀란 듯이 물었다.

"애향심도 정도가 지나치면 인간을 못 쓰게 만들 수도 있소."

로쿠 아저씨는 슬픈 얼굴이 되었다.

"그게 무슨 뜻이요?"

"모처럼 저항하지 않았던 지넨이 오키나와 근성은 어쩔 수 없다는 말 한마디를 듣고 미친 듯이 날뛴 건 향토 의식이 지나쳐서 그런 것 아니겠소?"

그 말이 끝나기도 전에 침대에 있던 기요시가 난동을 부렸다.

"야, 이 새끼!"

돌아보는 사나이에게 기요시는 침을 탁 뱉었다.

"이게 누굴 깔봐!"

사내들은 기요시를 향해 덤볐다.

"그만해요! 애는 환자란 말이에요!"

기요시 엄마가 비명을 지르듯 외쳤다.

로쿠 아저씨와 후쨩이 기요시를 감싸고 앞에 섰다.

"당신들은 이 애의 슬픔을 진정코 헤아릴 수 없단 말이야? 오키나와의 슬픔을 모른단 말이냐고?"

로쿠 아저씨는 비로소 큰 소리를 냈다.

"법 앞에서는 오키나와고 뭐고 없어. 모두가 평등해!"

"그래, 평등이라고? 정말 평등하냐?"

그때 처음으로 로쿠 아저씨의 눈이 번쩍 빛났다.

분노로 손이 떨리고 있었다.

48

"이 손을 봐라. 똑똑히 봐."

로쿠 아저씨는 겉옷을 벗고 추운데 속옷까지 벗었다. 까무잡잡한 피부에 팔이 하나 없었다. 로쿠 아저씨는 없어진 왼팔을 내밀었다. 거의 어깨부터 팔이 없었다. 치료를 제대로 받지 못했는지 상처 자리가 일그러져 있었다.

"수류탄으로 날렸다."

로쿠 아저씨는 얼마쯤 기세가 꺾인 사내들 앞에서 말했다.

"적의 수류탄이 아니다. 나는 그저 보통 목수일 뿐, 군인이 아니었다. 오키나와를 지켜 준다고 온 군대가 우리들에게 죽으라고 했다. 명예롭게 죽으라고 수류탄을 주었다. 군대는 나라를 위해, 천황 폐하를 위해 죽으라고 말했다. 우리를 모두한데 모으고, 그 한복판에서 수류탄의 안전핀을 뽑았다."

후짱은 눈을 커다랗게 떴다. 언젠가 기천천의 방에서 본 집단 자폭 사진 속에 바로 로쿠 아저씨가 있었던 것이다.

"그리고 모두가 죽어 갔다."

너무나 큰 충격에 먹은 것을 다 토할 만큼 참혹했던 광경이 지금 바로 후짱 앞에 펼쳐지고 있었다. 후짱은 눈을 크게 뜨고 있었다. 비명을 지르거나 토하는 일 없이 지금 똑똑히 그 광경을 보지 않으면 안 된다고 생각했다. 로쿠 아저씨가 기요시의 고통을 나누려고 했던 것처럼 지금 여기서 로쿠 아저씨의 이야기에 귀를 막거나 눈을 돌리면 오키나와 아이가 아니다. 기천천이 말하는 태양의 아이가 아니라고 후짱은 이를 악물며 견뎠다.

"알겠나, 이 팔을 잘 보라고. 지금은 보이지 않는 이 손을 똑똑히 보라고. 바로 이 손으로 갓난 내 자식을 죽였다. '갓난아기의 울음소리가 적에게 새어 나가면 전멸이다. 네 자식을 처치하라. 그것이 모두를 위하는 일이다. 나라를 위한 일이다.' 우리들을 지켜 준다고 온 군대가 이렇게 말했다. 오키나와의 어린것들을 지켜 준다고 온 군대가 이렇게 말한 거다. 그리고 모두 다 죽어 갔고 그 군대는 살아남았다. 이 손을 잘 보라고, 손은 이미 없어졌는데 이 손은 언제까지나 언제까지나 내 가슴을 친다."

후짱은 눈물이 쏟아져 내렸지만, 입술을 꼭 깨물고 눈을 더욱 부릅떴다.

"당신은 나와 나이가 비슷해. 틀림없이 귀여운 아이들이 있겠지. 그러나 나는 이렇게 보이지 않는 손으로 끊임없이 맞으면서 외톨이로 살고 있다. 같은 일본이면서 이래도 평등하다는 건가?"

"…."

"당신은 내가 자식을 죽였다고 수갑을 채울 수 있겠나? 나쁜 일 하지 않고 평화롭게 살고 있는 사람들의 평화와 행복을 지키지 않으면 안 된다고 당신이 말했지? 우리는 아무런 나쁜 짓도 하지 않고 살았어. 지금 당신들이 나쁜 사람이라곤 생각하지 않아. 그러나 당신들을 보고 있으면 나라를 지킨다면서 죄 없는 사람들을 죽이고 간 일본 군대가 생각나."

사내들도 이제는 말이 없었다.

"법 앞에서는 오키나와고 뭐고 없다고 당신이 말했지. 그걸 진심으로 바라고 있는 게 바로 오키나와 사람이라면 당신은 뭐라고 하겠나? 실업률은 전국 최고, 고교 취학률은 전국 최저인데 당신들은 그런 문제에 대해 뭘 했단 말인가. 뭐, 여기서 그런 이야기는 그만두지. 하지만 지넨 기요시라는 한 소년만 해도 그 아이의 인생 속에는 불평등한 오키나와가 하나 가득 들어차 있다는 것만은 알아주시기 바라오. 당신들은 지넨 기요시라는 소년의 인생을 들여다볼 생각이 조금도 없단 말이오? 당신들의 인생이 무엇과도 바꿀 수 없는 것과 마찬가지로 이 아이의 인생도 무엇과도 바꿀 수 없소. 사람을 사랑한다는 건 모르는 사람의 인생을 아는 것이기도 한 거요. 그렇게 생각하지 않소?"

옷을 입으라고 사나이들이 말했다.

"고맙소."

로쿠 아저씨는 속옷을 입고 겉옷을 걸쳤다.

그날 밤, 후짱은 가지야마 선생님에게 긴 편지를 썼다.

편지를 다 쓰고 잠자리에 들었지만 잠이 오지 않았다. 한 번도 본 적이 없는 미치코의 얼굴이 자꾸 떠오르는 것이었다.

"미치코 아기는 로쿠 아저씨와 줄곧 함께 살고 있단다."

자는 줄 알았던 엄마가 느닷없이 말했다.

"…."

"살아 있는 사람만의 세상은 아니야. 살아 있는 사람들 속에 죽은 사람들도 함께 살고 있어서 인간은 따뜻하고 착한 마음을 가질 수 있단다, 후짱."

후짱은 진짜 그렇다고 생각했다.

"로쿠 아저씨가 여태껏 안 죽고 버틴 것은 미치코 아기를 언제까지나 자기 마음속에 살아 있게 하고 싶어서야. 알겠니? 후짱."

"알아."

"아빠가 병이 난 것은 아빠의 가슴에 죽은 사람이 많이 살고 있기 때문이야. 아빠는 세상에 살고 있는 사람 중에서 가장 따뜻하고 착한 분…."

엄마의 목소리가 차츰 울음소리에 젖어들었다. 후짱은 엄마의 손을 꼭 잡았다.

"엄마, 울지 마. 난 안 울래."

후짱은 마음을 다잡았다.

"아빠가 아이였을 때 전쟁이 일어났어. 야에야마에서는 전쟁이 없었다고 하지만 폭탄보다 대포보다 더 지독한 말라리아가 사람들을 죽였어. 아빠가 태어난 하테루마섬의 사람들은 이리오모테섬으로 억지로 흩어져서 차례로 그 병으로 죽어갔단다. 초상이 나지 않는 날이 하루도 없었다고 아빠가 말했지. 오키나와의 옛날 집은 기둥이 많지 않았어. 말라리아에 걸려 고열이 나면 그 열 때문에 미친 듯이 날뛰는 사람을 기둥에 붙들어 맸단다. 붙들어 맬 기둥이 부족할 때는 마루창을 뜯어 가로목에 붙들어 맸지. 그렇게 하지 않으면 마구 날뛰다가 바다에 빠져 버린다는 거야. 섬은 뾰족뾰족한 산호로 둘러싸여 있어서 거기에 떨어지면 얼굴이고 뭐고 엉망진창이 되지. 그렇게 잔인하게 놔두고 아침에 일어나 보면 싸늘한 시체가 되어 있었다는 거야. 얼마나 마음이 아팠겠니? 체력이 약한 노인이나 아이들이 먼저 죽었단다. 아빠도 그렇게 많은 피붙이를 잃은 거야."

후짱은 옆에서 자고 있는 아빠의 얼굴을 살짝 건너다보았다. 아빠의 흙빛 얼굴이 조용히 잠들어 있었다.

"그러고 나서 아빠는 전쟁터였던 슈리로 나왔으니까 이중삼중으로 고통스러운 일을 당하신 거야. 여기에서도 저기에서도 이 세상의 지옥을 보면서 가슴이 찢어지는 아픔을 맛본 거야."

오키나와의 바다나 등불 이야기밖에 하지 않던 아빠가 지금 조용히 잠자고 있었다.

"아빠, 진짜 힘들었을 거야."

후짱은 가슴이 꽉 차올라 갑자기 견디고 있던 뭔가가 무너지는 것 같았다. 이번에는 엄마가 후짱의 손을 꼭 잡아 주었다.

다음 날 병원에 간 후짱에게 기요시가 말했다.

"후짱."

"응?"

"러브레터 줄까?"

"바보."

"어젯밤 열심히 쓴 거다. 필요 없어?"

"필요 없어."

후짱은 퉁명스럽게 말했다.

"그럼, 엄마 이거 휴지통에 넣어."

"그래, 그래."

기요시 엄마는 웃는 얼굴로 그 편지를 넘겨받았다.

"아주머니, 그거 진짜 러브레터예요?"

"글쎄."

기요시 엄마는 상냥하게 웃었다.

"기요시가 커서 진짜 러브레터를 후짱에게 쓰게 되면 아줌마는 얼마나 기쁠까."

후짱은 저도 모르게 얼굴이 빨개졌다.

"기요시는 말솜씨가 없어. 후짱에게 무엇인가 말하고 싶어서 어젯밤 열심히 쓴 거야. 읽어 봐 줘요."

"아주머니도 읽었어요?"

"옆에만 가도 감추는데, 기요시가 읽게 할 리가 있겠니?"

기요시 엄마는 조금 분하다는 듯이 말했다.

수줍음을 타는 기요시는 진지한 때일수록 우스갯소리처럼 말하는 버릇이 있었다. 그러나 그 편지에는 무서운 이야기가 쓰여 있었다.

후짱, 어제는 견디기 힘들었지? 나도 로쿠 아저씨가 돌아가고 나서 울었어.

아저씨 마음을 생각하니 정말 괴로웠어. 그렇지만 말이다. 괴로우면서도 한편으론 기뻤다. 난 태어나서 처음으로 오키나와 아이라는 게 자랑스러웠어. 로쿠 아저씨는 용기가 무엇인지 가르쳐 주었어. 용기라는 것은 경찰에게 난동을 부리거나 반항하는 일이 아니었어. 싸움을 해서 이기는 일도 아니고. 용기란 조용한 것이었어. 용기란 것은 따뜻하고 착한 거야. 용기란 것은 서슬이 퍼런 거야. 그런 진짜 용기를 가지고 있는 것은 오키나와 사람들뿐이야. 그러자 난 오키나와의 아이라서 참 다행이라는 생각이 들었어.

오키나와에 태어난 것을 후회해서 남들만(남뿐이 아니야. 엄마까지) 원망했던 나는 그저 쓰레기였을 뿐이야. 하

지만 후짱, 나는 이제 쓰레기가 아냐. 난 오키나와의 아이
야. 나도 태양의 아이란 말이야. 그렇게 생각하자 괴로우면
서도 기뻤어. 나는 이때까지 자신이 불행하다고 생각했지
만 지금은 아니야.

행복이란 대개 불행을 발판으로 해서 있는 것이라고
했는데, 지금은 어쩐지 우습다는 생각이 든다. 전에 기천
천이 야마노구치 바쿠라든가 하는 오키나와 출신 시인
의 시를 들려준 일이 있잖니? 나 지금도 다 외우고 있어.

바닥 위에 마루
마루 위에는 다다미
다다미 위에 있는 것은 방석
그 위에 있는 것이 안락
안락 위에는 아무것도 없는 것일까.
어서 깔고 앉으세요, 권하는 대로
안락하게 앉은 쓸쓸함이여,
바닥 세계를 멀리 내려다보고 있는 듯이
낯선 세계가 쓸쓸하구나.

어떠냐, 제대로 외우고 있지? 〈방석〉이라는 제목이었
지. 처음 들었을 때는 무슨 잠꼬대 같은 소린가 했지만
이제는 조금 알 수 있을 것 같다.

야마노구치 바쿠라는 아저씨는 한 번도 부자였던 적이

없나 봐. 데다노후아 오키나와정에 오는 사람들과 마찬가
지로. 남의 불행을 딛고서 행복해지면 뭐 하겠니? 그런 것
은 행복이라고 할 수도 없어. 하지만 난 이때까지 이런 이치
를 알 수가 없었어. 데다노후아 오키나와정에 와서 난 조금
씩 그것을 알게 된 거야.

후짱, 난 진짜 기쁘다….

49

기요시의 편지는 계속 이어졌다.

인간은 자기 자신만을 생각할 때는 불행한 거야. 나는 이번에 그것을 절실히 느꼈어.
나는 쇼헤이에게 두들겨 맞을 때 줄곧 엄마를 생각했어. 엄마가 겪었던 고통을 나는 지금 조금이나마 맛보고 있는 거다, 이렇게 생각하니까 이상하게도 행복한 기분이었어. 남에게 얻어맞으면서 행복할 리가 없는데 그때 난 행복했어.

얻어맞아 넝마처럼 늘어져 있던 기요시가 중얼거린 말을 후쨩은 똑똑히 기억하고 있었다.
"엄마도 고통받았어."

기요시는 확실히 그렇게 말했다.

　인간이란 언제나 저 혼자뿐이라고 생각했는데 그렇지
않았어. 틀림없이 인간은 저 혼자이지만 아픔을 아는 마
음만 잃지 않는다면, 저 혼자뿐인 인간도 많은 사람들과
따뜻하게 살아갈 수 있다는 것을 알게 된 거야.
　데다노후아 오키나와정에 와서 그것을 확실히 깨달았
지. 나는 이때까지 무엇을 해 왔나 생각하면 부끄러워.
난 엄마에게 해서는 안 될 일을 했어. 죽은 누나에게도
그렇고. 땅에 무릎 꿇고 사죄하고 싶어.
　후짱, 엄마 이야기할 테니 들어 줄래?
　후짱이 좀 더 클 때까지 이야기하지 않기로 했지만 어
제 로쿠 아저씨 이야기를 듣고 있는 후짱의 눈을 보고 후
짱을 어린애로 생각해서는 안 되겠다고 생각했어. 후짱
의 눈은 아름다웠어. 아름다울 뿐 아니라 깊은 바다 같은
눈이었어. 그런 눈을 가진 네가 부럽다. 그런 기막힌 눈
을 가진 후짱이라면 우리 엄마 이야기를 해 주어도 걱정
없다고 생각했어.
　후짱, 우리 엄마는 말이야, 미군에게 폭행당해서 그놈
의 아이를 낳은 거야. 아빠에게 허락받고 낳은 갓난애였
지만 낳자마자 곧 죽었다니까 낳아서 기르겠다는 엄마
의 결심은 물거품처럼 사라진 거지.
　후짱, 내가 태어난 집은 지금의 미군 기지 비행장 밑이

었어. 아빠의 인생도 엄마의 인생도 그 기지 때문에 엉망 진창이 되어 버렸지. 미군 기지는 일본을 지켜 주기 위해 있는 거라니까 우리 집의 불행을 디딤돌로 해서 일본인 들은 행복하게 살고 있는 셈이지. 뻔뻔스런 이야기 아니 냐? 그런 행복은 어딘가 잘못되어 있어. 그렇게 생각하 지 않니?

후짱, 오키나와 사람은 일본 사람들에게 더 많이 불평 하고 항의해야 해. 누구나 그렇게 생각하지만 실제는 후 짱의 아빠나 로쿠 아저씨처럼 불평 한마디 못 하는 것이 대부분의 오키나와 사람들이야. 그렇지만 후짱, 후짱 아 빠나 로쿠 아저씨가 가지고 있는 따뜻한 마음씨는 언젠 가는 반드시 일본인이 본받게 될 거야. 내가 데다노후아 오키나와정에 와서 조금씩 조금씩 인간이 되어 간 것처 럼, 일본은 오키나와의 마음과 만나면서 조금씩 제대로 되어 가지 않을까 생각해. 그렇지 않으면 일본은 죽어 갈 뿐이야.

후짱, 나, 누나가 죽은 이유를 이러니저러니 파헤치는 일은 그만두기로 했다. 누나 이야기를 물으면 누구나 우 물쭈물해. 그것만으로 충분해. 그것이 누나가 죽은 이유 야. 그렇게 생각해. 로쿠 아저씨에게서 배운 용기를 소중 하게 간직할 거다. 나는 누나의 몫까지 잘 살 거야.

후짱, 내가 마음먹고 편지를 쓴 것은 딱 두 번이야. 누 나에게 동그라미를 그릴 수 있는 컴퍼스를 사 달라고 부탁했을 때와 지금이다. 후짱처럼 훌륭하게 쓰진 못했지만 열심히 썼다.

　나, 이 편지를 쓰고 다시 태어날 거야. 엄마와 사이좋게 살 거야. 그러니까 내 걱정은 하지 마.

　기요시도 엄마와 똑같은 말을 하고 있다. 후짱은 그 편지를 몇 번이고 다시 읽었다.

　기요시와 함께 기요시의 엄마를 찾아갔던 때가 생각났다. 돌아올 때 기요시 엄마는 섬뜩할 만큼 창백한 얼굴이었다. 지금 생각하면 당연한 일이었다. 이런 무서운 비밀이 감추어져 있었으니까.

　후짱은 눈을 감았다.

　로쿠 아저씨가 경찰관들 앞에서 털어놓은 비밀, 엄마가 이야기해 준 아빠의 지난날 그리고 기요시 엄마의 비밀. 이어서 듣게 된 이야기들 때문에 후짱은 정신을 가누지 못할 지경이었다.

　평화롭게 살고 있는 사람들이 거짓말처럼 여겨졌다. 후짱은 지금 살아 있는 자기 자신을 생각했다. 자신은 아빠와 엄마 사이에 태어난 오미네 후유코라는 한 인간일 뿐이지만, 자기의 삶이 얼마나 많은 사람들의 슬픔의 매듭 끝에 있는가를 생각하니 정신이 아득해지는 느낌이었다.

　후짱은 아래층 방에서 들려오는 텔레비전 코미디 프로그램의 소리를 건성으로 듣고 있었다.

후짱은 그날 밤 하얀 작은 종이쪽지에 다음과 같은 구절을 써서 책상 앞 벽에 붙여 놓고 잤다.

슬픈 일이 있으면 남을 원망하지 말 것!
슬픈 일이 있으면 잠시 혼자 있을 것!
슬픈 일이 있으면 조용히 생각할 것!

아빠가 식욕을 잃기 시작한 지 한참이 되었다. 갈수록 심해지는 것 같았다. 식욕이 떨어지다 못해 이제는 식사 거부와 다름없는 상태가 되어 병이 악화되고 있는 것으로밖에는 생각할 수 없었다.

아빠는 자꾸자꾸 수척해져 갔다. 눈만 빛나고 얼굴 인상까지 달라졌다. 엄마는 울상이 되어 어떻게든 아빠에게 음식을 들게 하려고 했지만, 아빠는 한 입 먹고 나서는 "이제 그만" 하고 음식을 물렸다.

"여보, 먹고 싶은 게 있으면 말해 봐요."

"없어."

"이렇게 안 먹으면 몸이 자꾸 축나잖아요."

"없어."

"여보."

매일 그런 말싸움을 보고 있지 않으면 안 되었다. 정말 힘들다고 후짱은 생각했다. 기요시의 일은 이제 걱정하지 않아도 된다 싶었더니 아빠 일로 또 가슴이 죄어드는 괴로움을 맛

보아야 했다.

"입맛 돋울 만한 음식이 뭐가 없을까요?"

엄마는 가게에 오는 사람들에게 의논했다.

깅 아저씨가 복어를 사 왔다.

"아는 어물전에 부탁해 두었던 거야. 우리끼리 얘긴데, 간과 이자도 달라고 했어."

"이 바보, 넌 아저씨를 죽일 작정이야?"

기천천은 눈을 부릅뜨고 화를 냈다.

복어의 내장에는 무서운 독이 있어서 파는 것도 먹는 것도 금지되어 있었다. 깅 아저씨와 깅 아저씨가 아는 어물전은 법률 위반을 하고 있는 셈이었다. 경찰서에 전화하겠다는 기천천의 공갈에 깅 아저씨는 "맛있는 건데 말이야" 하며 아쉬운 듯이 말하고 물러났다.

깅 아저씨는 복어탕을 만들었다. 맛있는 냄새가 사방에 퍼져서 데다노후아 오키나와정은 복어 음식점으로 변한 것 같았다. 깅 아저씨가 쭈르륵 군침을 흘렸다.

"아이 더러워."

후짱이 말했다.

"군침이 돌수록 맛있단다."

깅 아저씨가 멋쩍게 웃었다. 깅 아저씨가 복어의 간을 냄비 속에 퐁당 집어넣었다.

"무슨 짓이야?"

기천천이 소리쳤다.

"내가 먹을 거야."

"간은 네가 먹어도 간에 있던 독은 벌써 냄비 속에 퍼져 버렸어. 그런 것을 아저씨에게 줄 순 없어! 처음부터 다시 끓여."

"이런…."

"이런이고 뭐고 빨리 다시 시작해."

무식한 놈은 할 수 없다고 깅 아저씨는 투덜댔다.

"다시 시작하지만 말이야, 그 대신 이건 네겐 안 준다."

"누가 먹기나 한대?"

"후짱, 우리 둘이서 먹자."

"나도 싫어."

깅 아저씨는 가엾게도 후짱에게도 거절당했다.

떠들썩한 가운데 모두의 정성이 담긴 요리가 완성되었다.

그러나 아빠는 그 음식도 한 술 뜨고는 그만이었다.

50

엄마는 한 가지 결심을 굳혔다. 그리고 그 결심을 할아버지에게 맨 처음으로 말했다.

할아버지는 한참을 생각했다.

"그래, 그게 좋을지도 모르겠군. 모두들 의논해 보자."

할아버지는 스스로를 이해시키려는 듯이 고개를 끄덕였다.

그다음에 엄마는 가지야마 선생님을 만났다.

"그거 좋은 생각이군요. 찬성입니다. 대찬성입니다."

가지야마 선생님은 조금 흥분해서 말했다.

고로야 아저씨에게도 로쿠 아저씨에게도 이야기했다. 기천천과 쇼키치도 찬성이었다.

엄마는 깅 아저씨와 도도 아저씨, 하나부사 아저씨, 그 밖에 데다노후아 오키나와정의 단골손님들 한 사람 한 사람에게 의견을 물었다.

그리고 엄마는 마지막으로 후짱에게도 털어놓았다.

"정말?"

후짱은 눈을 빛냈다.

"정말이고말고. 모두 아빠를 위해서야."

"와아! 아빠, 신난다!"

후짱이 크게 소리를 질렀다. 그러고는 아빠의 목에 매달렸다.

제발 꿈이 아니기를 후짱은 빌었다.

"그러니 지금 병원에 가서 기요시와도 의논하고 오너라."

엄마는 들떠 있는 후짱에게 말했다.

"네에."

후짱은 길게 대답하며 내달리기 시작했다.

"왜?"

엄마가 말했다. 밖으로 나간 줄 알았던 후짱이 다시 들어왔기 때문이다.

"아냐, 아무것도."

후짱은 2층으로 올라갔다.

소중하게 간직하고 있던 작은 상자 속에서 무엇인가를 꺼내 휴지에 쌌다. 후짱은 콧노래를 흥얼거리며 다시 밖으로 나갔다. 그리고 깡충깡충 뛰어서 병원으로 갔다.

기요시는 낮잠을 자고 있었다.

"일어나!"

후짱이 소리쳤다.

"팔자 좋네. 늘어지게 낮잠이나 자고."

후짱이 핀잔을 주었다.

"뭐냐?"

기요시는 졸린 눈을 부비며 일어났다.

"기요시, 이제 곧 퇴원이지? 기쁘니?"

"당연하지. 누가 이 감옥 같은 데서 오래 있고 싶겠냐?"

기요시는 신세를 진 병원인데도 악담을 했다.

"바보야, 그런 소리 하면 병원 사람들이 화낸다."

"그것도 그래."

기요시가 웃었다. 그때 밖에 나갔던 기요시의 엄마가 병실
로 들어왔다.

"저런, 후짱이 오늘은 일찍 왔네."

"아주머니, 오늘은 기쁜 소식이 있어요."

"그래?"

기요시 엄마가 살풋 웃음을 지었다.

"기요시, 여기에 절을 하고 빌어."

후짱은 주머니에서 휴지를 끄집어냈다.

"뭔데 그게?

"네잎클로버야. 전에 아빠와 함께 뜯은 거야. 행운의 증표."

기요시가 '소녀 취향'이라고 놀렸다.

"그런 소리 하면 기쁜 소식, 안 알려 준다."

"못 당해."

기요시는 투덜댔다.

"빨리 빌어!"

"어떻게 하는데."

"비는 거야, 기도도 몰라?"

기요시는 두 손을 모으고 건성으로 비는 듯했다.

"바보, 진심으로 빌어."

후짱이 화를 냈다. 하는 수 없이 기요시는 다시 두 손을 모으고 중얼중얼하며 비는 시늉을 했다.

"나도 진심으로 빌어서 좋은 일이 있었단 말이야."

"뭔데 그래? 빨리 말해 봐."

"우리 다 함께 오키나와에 가는 거야."

"뭐?"

기요시는 멍한 얼굴이었다.

"기요시는 퇴원하고 나는 졸업하잖아. 그래서 엄마가 우리를 오키나와에 데리고 가 주신대. 기요시 엄마도 함께 가시는 거야."

"후짱네 아버지께서 고향인 하테루마섬으로 요양을 가시는데 너희들도 함께 가게 된 거란다."

기요시 엄마가 곁에서 일러 주었다.

"아, 아주머니는 알고 계셨네요?"

"미안해. 후짱 엄마가 전화를 주셔서."

"흐음"

"후짱. 기요시를 부탁해. 내게도 함께 가자고 하셨지만 나는 남아서 해야 할 것들이 많아서 아무래도 어렵겠네."

후짱은 조금 실망스러웠다.

"혹시 뒤쫓아 갈 수 있게 되면 나도 갈 테니까."

"정말이죠. 꼭 오세요."

"진심이냐?"

얼빠진 듯 기요시가 다시 물었다.

"기요시, 기쁘지?"

"야에야마는 참 멋있겠지."

기요시는 오키나와 본도 태생이지만 야에야마를 잘 몰랐다.

"그걸 말이라고 하니?"

후짱이 말했다.

철이 들면서부터 자장가 대신 야에야마의 아름다움에 대해 들으면서 자란 후짱에게 야에야마는 천국이었다. 야에야마의 사람들이 '니라이 카나이'라는 바다 저쪽의 낙원을 상상했듯이, 후짱에게 니라이 카나이는 아빠의 고향 바다 끝에 있는 아름다운 섬 하테루마였다.

"아빠와 엄마와 할아버지와 그리고 기요시도 함께 가게 돼서 진짜 기뻐."

후짱의 검은 두 눈동자가 한결 검게 빛났다.

기요시가 아마사키의 길바닥에서 엄마와 엉겨 붙어 싸운 일이 있고 나서 후짱은 좀 더 크면 아빠의 고향 야에야마에 함께 가자고 말했었다. 그때 기요시 눈에는 눈물이 가득했다. 이렇게 빨리 그 말이 이루어질 줄 그때는 짐작도 못 했는데.

"봐라, 기요시, 야에야마에 돌아가면 우리 아빠도 분명히 좋아지겠지?"

"그럼. 좋아지고말고, 낫고말고."

기요시는 힘주어 대답했다.

"가자, 가자, 야에야마로 가자, 엄마도 뒤따라 와."

그러고 나서 베개를 천장을 향해 던지면서 기뻐 날뛰었다.

정말 죄송하지만 가게를 보름쯤 휴업하게 되었습니다.

이해해 주시기 바랍니다.

저희들 일생의 소원인 고향 방문을 양해해 주세요.

이렇게 쓴 종이를 가게 문에 붙였다.

가게 안에서는 깅 아저씨와 기천천이 장식을 하느라 분주했다. 도도 아저씨가 기요시의 퇴원과 후짱 일행이 고향에 가는 것을 함께 축하하는 잔치를 제안하자 모두가 찬성한 것이다.

"그렇게 많은 장식을 천장에 매달면 꼭 크리스마스 파티 같잖아?"

기천천이 트집을 잡았다.

"좋잖아? 이런 날은 화려하게 한바탕 해야 되는 거야. 내게 맡겨 둬."

깅 아저씨가 즐거운 듯이 떠벌렸다.

준비는 6시에 끝났다.

삼삼오오 사람들이 오고 7시쯤에는 거의 다 모였다. 특별히 유명한 음식점에서 잔치 요리를 주문했다. 모두가 모은 정성이었다.

가지야마 선생님의 얼굴도, 레이코의 얼굴도 보였다. 하나부사 아저씨네 마리는 도도 아저씨네 구미코와 히사시와 한 식탁에서 여전히 얌전하게 로미를 안고 있었다. 후짱이 너구리라고 놀리는 그 까만 개였다.

기요시가 엄마와 함께 들어왔다. 모두들 박수를 쳤다.

"기요시, 축하한다."

도도 아저씨가 큰 목소리로 말했다. 박수 소리가 더욱 크게 울리고 기요시 엄마와 기요시는 깊이 머리를 숙여 인사를 했다. 엄마는 손수건을 눈언저리에 대고 있었다.

"고맙습니다. 여러분들 덕택으로 기요시가 건강을 되찾았습니다. 참으로 감사합니다."

기요시 엄마의 목소리가 떨렸다.

"기요시 어머니도 고생하셨지요."

도도 아저씨가 기요시 엄마에게 위로의 말을 건넸다.

기요시 엄마는 다시 깊숙이 고개를 숙였다. 기요시는 가만히 머리를 숙인 채 있었다. 굵은 눈물방울이 그대로 바닥에 떨어졌다. 기요시가 사람들 앞에서 눈물을 보인 것은 처음이었다.

"후짱 아버지, 즐거운 마음으로 야에야마에 다녀오세요. 그리고 고베를 잊지 말고 꼭 돌아와 주십시오."

아빠는 한번 음, 하고 고개를 끄덕였다.

모두들 또 박수를 크게 쳤다. 후짱의 엄마가 일어서서 머리

숙여 인사를 했다.

술잔이 돌아가자 좌중은 떠들썩하게 되었다. 희한하게도 기천천과 깅 아저씨, 가지야마 선생님과 레이코, 네 사람이 한데 모여 앉아 유쾌하게 이야기를 나누고 있었다.

조금 있다가 할아버지와 고로야 아저씨 그리고 쇼키치 세 사람이 샨센을 합주했다. 오키나와의 노래가 데다노후아 오키나와정에 낭랑히 울려 퍼졌다.

즐거운 시간이 흘렀다. 가지야마 선생님이 잠깐 후짱을 손으로 불렀다. 후짱이 일어서서 다가가자 싱긋이 웃었다.

"네 친구가 밖에서 기다린다."

누구일까 생각하면서 나가 보았다.

도키코였다. 도키코는 아무 말 없이 작은 꽃다발을 후짱 앞에 내밀었다.

"도키코."

도키코는 가만히 후짱의 눈을 바라봤다. 눈이 모든 것을 말해 주고 있었다.

"고맙다."

후짱은 목이 메어 꽃다발을 받았다. 도키코답게 이름 없는 작고 흰 들꽃으로 만든 꽃다발이었다.

51

그렇게 보아서 그런지 고향으로 여행을 가기로 결정한 뒤로 아빠는 어딘가 모르게 기력을 회복한 듯이 보였다.

심할 때는 술 취한 사람처럼 눈자위가 가라앉아 있었는데, 요즘은 눈동자가 제법 민첩하게 움직였다. 후짱은 그것이 아빠가 생기를 되찾은 증거라고 여겼다.

"아빠, 참 좋다."

후짱은 새끼 고양이가 어미 고양이에게 휘감기듯이 아빠에게 응석을 부렸다. 뒤에서 껴안았다가 그대로 앞으로 나가 떨어지기도 했다. 그럴 때 후짱은 곧 중학생이 되는 소녀로는 보이지 않았다.

"저 어리광쟁이!"

기요시가 놀리면 후짱이 맞받았다.

"샘나거든 너도 엄마한테 어리광을 부리렴. 기요시, 너 엄마 젖 더 먹겠다고 해 봐. 아빠 안 그래?"

"또 바보 같은 소리 한다."

기요시는 어이없다는 듯이 말했다.

출발 날짜는 나흘 뒤인 월요일로 정해졌다.

비행기로 가면 굳이 나흘 뒤로 정할 것도 없었는데, 퇴원한 지 얼마 안 된 기요시를 배려한 것이었다. 물론 뱃길 여행이 여유롭고, 아빠에게도 좋을 것이라는 의견이 많아서 그렇게 정한 것이다.

일등 선실은 침대가 넷이 있고, 게다가 보조 침대를 부탁하면 아빠와 엄마, 할아버지, 기요시와 후짱이 오붓하게 여행을 즐길 수 있으리라.

"기분은 좋지만 이런 호화판 여행을 할 돈이 있어, 엄마? 내 저금을 찾을까?"

후짱은 돈 걱정을 했다.

"아주머니, 저도 저금을 찾겠어요."

기요시도 그렇게 말했다가 아차 했다.

"아, 그것은 병원비로 다 찾아 써 버렸지, 참."

기요시는 풀이 죽었다.

"고맙다. 너희들 마음만은 고맙게 받겠지만 아저씨도 아주머니도 여태까지 사치라곤 안 하고 10여 년을 일만 했단다. 이 정도 사치쯤 한번 한다고 하느님이 꾸지람하시지는 않을 거다."

"맞아, 맞아."

후짱은 즐거운 듯이 말했다.

"도도 아저씨가 돈은 쓰는 물건이지 모으기만 하는 물건이 아니라고 말했어."

후짱은 도도 아저씨의 목소리를 흉내 내어 말했다.

"책은 사서 읽어라. 집은 빌려서 살아라."

"그건 또 무슨 소리냐?"

엄마가 물었다.

"책은 남의 책을 빌려서 보고 정신없이 집 살 돈만 모으는 사람이 되지 말라는 말."

후짱은 엄마에게 설명을 했다.

"그으래."

"여긴 셋집이야, 엄마?"

"그렇단다."

"잘됐다. 도도 아저씨에게 야단맞지 않겠어."

후짱은 무슨 이야기를 해도 즐거운 모양이다.

후짱은 가만히 있기가 싫어서 깡충깡충 방 안을 뛰기도 하고, 앉아 있는 아빠를 손으로 짚고 뛰어넘기를 해서, 엄마에게 야단을 맞기도 했다.

일요일, 백화점에 선물을 사러 가기로 했다.

"아빠도 가자."

기분이 괜찮은 듯이 보여서 후짱이 그렇게 말하자, 아빠는 고개를 끄덕였다.

"여보, 정말 괜찮아요? 무리하면 안 되는데."

식사도 잘 안 하는 아빠가 혼잡한 백화점 안을 걸어 다닐 힘이 있을지, 엄마는 걱정스러웠다.

"가자!"

아빠가 말했다.

어딘지 듣는 사람을 흠칫 놀라게 하는 강한 어조였다.

그때는 엄마도 할아버지도 그것이 아빠의 변화를 알리는 징조임을 알아채지 못했다. 오히려 아빠가 좋아지고 있다고 받아들였다.

아빠는 별 탈 없이 걸었다.

백화점의 바글거리는 사람들 틈에 들어가서도 똑바로 앞을 보고 다녀서 남들이 보면 그냥 물건을 사러 온 손님처럼 보였다. 후짱만이 아빠가 조금 이상하다고 눈치채고 있었다. 아빠는 후짱의 손을 꼭 쥐고 있었다. 잠시도 후짱의 손을 놓으려고 하지 않았다. 그것도 손을 아주 꼭 쥐고.

"아빠, 아파."

후짱은 억지로 아빠의 손에서 손을 빼서 다른 손으로 바꾸지 않으면 안 되었다. 문득 불길한 예감이 스쳤으나 혼잡하니까 아빠가 불안해하는 거라고 생각하고, 후짱은 아빠에게 질세라 아빠의 손을 꼭 잡아 주었다. 아빠는 여전히 앞을 보고 있었다. 그것은 강한 의지가 있는 사람의 눈이었다.

물건을 많이 사는 바람에 손에 다 들고 올 수가 없어서 집으로 배달을 시켰다.

"아빠, 지쳤지?"

후쨩이 백화점을 나오면서 물었다.

"아니."

아빠는 고개를 저었다.

"아빠가 오늘은 원기 왕성하시구나!"

아빠를 보고 엄마가 그런 말을 할 정도였다.

"엄마, 엄마, 전에 아빠와 엄마와 나 셋이서 밥 먹으러 갔던 류큐 음식점 있었지?"

"아, 그 '나하' 말이냐?"

"응."

나하는 산노미야의 번화가에 있는 고급 류큐 음식점이다.

"거기 또 가자."

"왜?"

"데다노후아 오키나와정의 음식 맛은 이제 그 집에 지지 않아. 먹고 비교해 보려고."

"얘가 아주 장사에 열심이구나. 여보, 당신 엄청 든든한 후계자가 있어서 좋겠어요."

엄마는 웃으며 말했다. 아빠는 고개를 힘차게 두 번 끄덕였다.

나하에서 라후테와 미미가* 같은 대표적인 류큐 요리 몇 가지를 주문했다.

"아빠, 역시 우리 집 요리가 맛있어. 그치?"

---

* 돼지 귀를 얇게 썰어 만든 오키나와 요리.

아빠는 역시 고개만 끄덕였다.

"그런 말은 작은 목소리로 해라. 이 집 주인이 들으면 기분 나쁘잖니."

"그럼 어때."

후짱은 장난스럽게 웃고 날름 혀를 내밀었다.

"당신은 역시 몸을 움직여야 식욕이 나는가 보군요."

엄마는 다행스러운 듯이 말했다. 아빠는 라후테 접시를 어느새 비우고 있었다.

"아빠, 이거 더 드실래요?"

후짱은 들뜬 목소리로 말했다.

음, 하면서 아빠는 정말 후짱의 접시에 젓가락을 가져갔다.

그날 밤도 후짱은 아빠에게 응석을 부렸다. 두 팔을 벌려서 아빠에게 안기기도 하고 아빠의 목에 매달리기도 하고, 지나칠 만큼 응석을 부렸다. 그만하라고 엄마가 주의를 주었지만 후짱은 아빠에게서 떨어지지 않았다.

"아빠와 난 끌리는 별. 그렇지, 아빠, 난 아빠의 애인이거든."

그날 밤늦게 철 지난 나방이 후짱네 집의 목욕탕에 날아들었다. 나방은 지독하게 몸부림치며 몇 번이나 유리창에 제 몸을 부딪쳤다. 그 소리가 파닥파닥 울려 마치 바람에 펄럭이는 깃발 같았다. 갑자기 소리가 멈추고 나방은 곧바로 땅에 떨어졌다.

같은 시간에 아빠의 눈에서도 빛이 영원히 사라졌다.

52

후쨩은 아빠와 함께 하테루마섬의 바다에 있었다.

"봐라, 후쨩. 아빠가 말한 대로지. 저쪽 색깔은 유리색이
지? 그리고 쭉 섬을 한 바퀴 둘러싼 것처럼 비취색이 퍼져 있
고, 산호초가 솟아오른 곳은 비파색이야."

"아빠, 그 색에 빠져들 것 같아."

"하하하…. 한번 빠져들어 보렴."

후쨩은 넝쿨꽃을 덩굴째 머리에 얹어서 모자 대신 쓰고 있
었다.

"아빠에게는 메꽃 모자를 만들어 줄게."

후쨩은 하늘을 향해 휘파람을 불고 있는 듯한 담홍색의 메
꽃을 엮어 아빠의 모자로 삼았다. 꽃모자를 쓰고 두 사람은
산호초가 있는 흰 모래사장을 언제까지나 걷고 있었다. 아빠
는 후쨩의 손을 살며시 잡고 있었다.

"아빠 손, 참 포근하네."

"그래, 이 섬에 사는 것들은 모두 모두 마음씨가 따스하니까 아빠 손도 어느새 포근해진 거지. 후짱, 네 손도 바람처럼 보드랍고 다정하구나."

"아빠의 눈, 진짜 곱네."

"이 섬의 하늘과 바다는 지구의 눈이야. 그러니까 아빠의 눈도 곱지. 후짱도 눈이 참 곱다."

"진짜, 아빠?"

"진짜, 진짜."

후짱과 아빠는 끊임없이 이야기를 했다.

후짱은 눈을 똑바로 뜨고 있었다. 그러나 후짱은 눈앞에 벌어진 일이 믿기지 않았다. 후짱은 울지 않았다.

사람들이 아빠를 대들보에서 내렸다. 할아버지가 아빠의 코와 입에서 흐르는 피를 수건으로 닦았다. 아빠의 목부터 귀 언저리에 걸쳐 한 줄의 붉은 흔적이 보였다. 아빠를 새 요 위에 눕히고, 온몸을 깨끗하게 씻겼다.

많은 사람들이 오고 갔다. 고로야 아저씨가 울고 있었다. 기천천은 소리 내어 울고 있었다.

긴긴 시간이었다.

후짱은 돌처럼 움직이지 않았다. 엄마가 몇 번이나 할아버지의 아파트로 가라고 했으나 후짱은 움직이려고 하지 않았다.

가지야마 선생님이 와서 후짱 앞에서 울었다. 그래도 후짱은 움직이지 않았다.

후짱은 결코 울지 않았다.

"후짱."

기요시가 불렀다. 후짱은 눈을 들었다.

"이거 네게 줄게."

기요시는 작은 주머니를 꺼냈다. 기요시 누나의 유품인 컴퍼스였다. 후짱은 가만히 그것을 보았다. 문득 후짱의 눈에 눈물이 고였다. 후짱은 그것을 받아들고 가슴에 꼭 껴안았다.

후짱이 소리 내어 운 것은 밤샘하는 자리에서였다.

고로야 아저씨가 후짱에게 영전에 향을 올리라고 일렀다. 후짱은 고개를 저었다. 두 번째 일렀을 때 후짱은 소리쳤다.

"아빠는 죽은 게 아니야! 아빠는 웃고 있었어. 아빠는 나하고 이야기했어. 아빠는 죽지 않았어!"

후짱의 눈에서 눈물이 터져 나왔다.

"장난을 치다가 아빠한테 얻어맞은 엉덩이가 지금도 아파! 그런데 어떻게 아빠가 죽었다는 거야? 바보들이야."

후짱은 흐느끼듯 처연하게 울었다. 그러면서 뭘 호소라도 하려는지 끊임없이 중얼거렸다.

"그래도, 뭐라 해도 죽었다고 하면…. 내가, 말해 줄 거야. 아빠는, 잠깐 숨바꼭질하는 것뿐이야. 나는 시집가서 아기를 낳아…. 그 아기는 아빠야…."

엄마도 소리를 내며 몹시 울었다.

"아빠는 그동안에 나비가 되었다가 물고기가 되었다가…

그게 싫어지면…. 엄마의 비취 반지 안에서 낮잠을 자다가 내 지우개 속에서 술을… 마시다가….”

깅 아저씨마저 엉엉 울기 시작했다.

“이 바보야, 그만 울어.”

그렇게 말하면서 기천천도 울고 있었다.

아직은 바람이 차가웠다.

후짱과 기요시는 끙끙거리면서 언덕길을 올랐다.

“요전에는 깡충깡충 뛰어갔는데 말이야. 이상하다.”

도시락을 든 기요시의 숨결은 후짱보다도 거칠었다.

“기요시, 괜찮니?”

“끄떡없다. 끄떡없어.”

“여기에 말이야, 기요시. 고추잠자리가 굉장히 많이 날고 있었어. 아빠와 내가 이렇게….”

후짱은 날고 있는 고추잠자리가 헤엄쳐 가는 듯한 몸짓을 해 보였다.

“걸어간 거야.”

“흐음.”

기요시는 미소를 지었다.

“그래.”

후짱이 갑자기 큰 소리로 말했다.

“저기 봐. 메뚜기가 세 마리나 겹쳐서 날고 있었어.”

후짱이 쪼르르 달려가다 소리쳤다.

"기요시. 바로 여기야, 여기."

후짱은 아빠와 함께 왔을 때와 똑같은 흰 스웨터를 입고 있었다. 도시락 안에 있는 음식도 아빠와 함께 왔을 때와 같았다.

언덕을 다 오르고 나면 넓은 평지가 보인다.

"여기야, 기요시."

"흠, 참 좋은 곳이구나."

기요시는 발아래 펼쳐져 있는 논을 바라보았다.

"꽃무릇이 굉장히 많이 피어 있었지. 빨간 바다 같았어."

"흠."

"아빠와 그 꽃무릇 바다에서 달리기 시합을 했지."

기요시는 흰 스웨터를 입은 후짱이 빨간 꽃무릇 속을 달려가는 장면을 상상해 보았다. 그것은 어떤 그림보다도 아름다울 것이라고 생각했다.

기요시는 아름다운 것을 볼 사람이 한 사람 줄어든 것이 슬펐다. 그러나 후짱이 대견하게 견뎌 내고 있는데 그런 생각을 드러내서는 안 된다고 기요시는 자신을 타일렀다.

"기요시!"

후짱이 큰 소리로 불렀다.

"기요시, 저기 자운영꽃이 피어 있어."

후짱이 가리키는 쪽을 보니 부드러운 푸른 풀에 섞여서 작은 초롱같이 생긴 꽃이 여기저기 드문드문 피어 있었다.

"꽃무릇은 없지만 대신에 자운영이 피어 있어 좋구나, 후짱."

"진짜. 기요시, 여기서 밥 먹자."

소나무, 대나무, 매화나무와 학이 그려진 도시락은 아빠와 엄마 그리고 후짱 세 사람이 먹던 것과 같은 것이었다.

후짱은 도시락을 열었다. 오징어 다시마말이, 빨간 생선묵에 류큐 과자, 주먹밥. 아빠와 함께 먹었던 것들이었다.

후짱은 손수건을 꺼내 그 위에 음식들을 조금씩 덜어 놓았다.

"자, 이건 아빠 몫이야."

손수건이 한 장밖에 없어서 후짱은 이번에는 휴지를 꺼냈다. 그러고는 같은 일을 했다.

"이건 기요시의 누나 차지."

후짱은 친절하게 그렇게 말했다.

아빠의 유골을 가지고 하테루마섬으로 떠나기 전에 다시 한번 아빠와 소풍을 가겠다고 했다. 엄마에게 그때와 똑같은 도시락을 만들어 달라고 후짱이 부탁했다.

엄마는 아무 말도 하지 않고 후짱의 말대로 했다. 후짱은 엄마에게 같이 가자고 하지 않았다. 그것은 아빠의 장례가 끝나자 자리에 누워 버린 엄마에 대한 후짱의 자그마한 배려였다.

"기요시, 나 시집가면 아기 둘을 낳을 거야."

"…."

"하나는 우리 아빠, 또 하나는 기요시의 누나."

기요시는 "응" 하고 대꾸했다.

"후짱, 저기 솔개가 난다."

그러고는 조금 붉어진 얼굴로 푸른 하늘을 가리켰다.

양철북 청소년문학 10

태양의 아이

1판 1쇄   2002년 9월 25일
2판 1쇄   2008년 5월 21일
3판 1쇄   2024년 4월 3일

지은이   하이타니 겐지로
옮긴이   오석윤
펴낸이   조재은
편집   이혜숙
디자인   서옥
관리   조미래

펴낸곳   (주)양철북출판사
등록   2001년 11월 21일 제25100-2002-380호
주소   서울시 영등포구 양산로91 리드원센터 1303호
전화   02-335-6407
팩스   0505-335-6408
전자우편 tindrum@tindrum.co.kr
ISBN   978-89-6372-433-1 (03830)
값   17,000원

잘못된 책은 바꾸어 드립니다.